Abierto toda la noche

David Trueba

Abierto toda la noche

EDITORIAL ANAGRAMA

BARCELONA

Ilustración: © Cinta Fosch
Diseño de la biblioteca: © lookatcia.com

Primera edición en «Narrativas hispánicas»: octubre 1995
Primera edición en «Compactos»: mayo 2000
Segunda edición en «Compactos»: febrero 2002
Tercera edición en «Compactos»: noviembre 2003
Cuarta edición en «Compactos»: marzo 2005
Quinta edición en «Compactos»: octubre 2007
Sexta edición en «Compactos»: marzo 2009
Séptima edición en «Compactos»: octubre 2009
Octava edición en «Compactos»: octubre 2010
Novena edición en «Compactos»: septiembre 2013
Décima edición en «Compactos»: marzo 2015
Undécima edición en «Compactos»: octubre 2016
Duodécima edición en «Compactos»: febrero 2018
Decimotercera edición en «Compactos»: febrero 2019

Diseño de la colección: Julio Vivas y Estudio A

© David Trueba, 1995
    por mediación de MB Agencia Literaria S. L.

© EDITORIAL ANAGRAMA, S. A., 1995
    Pedró de la Creu, 58
    08034 Barcelona

ISBN: 978-84-339-6039-9
Depósito Legal: B. 522-2019

Printed in Spain

Liberdúplex, S. L. U., ctra. BV 2249, km 7,4 - Polígono Torrentfondo
08791 Sant Llorenç d'Hortons

A Palmira y Máximo,
mis autores favoritos.

Primera parte

Habrá tanto dolor como placer, tanta soledad como compañía, tantas bofetadas como besos.

Dios

No puede decirse que conozcas a una familia porque conozcas a sus miembros. Es la conjunción de todos ellos, su sociedad, lo que les otorga un sentido. Cualquier individuo inmerso en el mundo es uno más; en familia es hijo, padre, hermano, nieto. Yo accedí a la familia Belitre por medio de Nacho.

Nacho era el tercero de los hermanos. Nos conocimos años antes, cuando estudiábamos COU en un instituto que ese mismo curso había dejado de ser exclusivamente femenino. La complicidad entre nosotros surgió de inmediato. Éramos los dos únicos chicos frente a una clase de treinta y tres chicas. Los dos veníamos de colegios de curas y, al entrar en el aula, nos rendíamos a una hasta entonces desconocida mezcla de aromas de mujer. Durante aquel año, Nacho rompió el corazón a muchas de ellas. Yo era el hombro sobre el que lloraban. Pero ésta no es mi historia. Ni siquiera la de Nacho. Es la historia de su familia. De todos ellos.

Al comenzar aquel verano de 1986 yo aún apenas sabía nada de los Belitre. Ni tan siquiera había visto el árbol genealógico bendecido por el Papa que decoraba una pared de casa de los abuelos. Bajo el sello vaticano se leía:

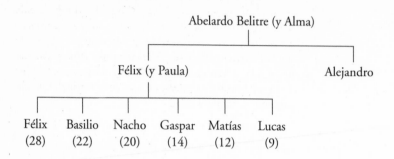

SU SANTIDAD
BEATÍSIMO PADRE JUAN PABLO II
BENDICE ESTA FAMILIA

Abelardo Belitre (y Alma)

Félix (y Paula)   Alejandro

Félix   Basilio   Nacho   Gaspar   Matías   Lucas
(28)   (22)   (20)   (14)   (12)   (9)

He añadido bajo sus nombres la edad que tenían los hermanos en el momento en que comienza esta historia.

UNO

Si esperas, te contaré lo que nos aguarda después de la muerte. Amiga, tú y yo sabemos que vivir no ha estado nada mal, ¿por qué no habría de ser aún mejor lo que viene detrás? Ahora me parece obvio que la muerte es el estado normal y vivir el accidente. ¿Y encuentras alguna razón más justificada para morirse que el saber lo que nos espera? Que no digan: murió de cáncer o de un tumor cerebral. Que digan: murió por curiosidad.

Última carta de Ernestina Beltrán a Alma Belitre

La madre de los Belitre padecía una entrevista con el director del sanatorio infantil Amor de Dios. Matías, el penúltimo de sus seis hijos, había pasado el curso ingresado en aquel lugar. Como solía ocurrir por vacaciones, el niño regresaría con su familia, pero en esta ocasión la madre confiaba en que no necesitarían volver a ingresarlo al terminar el verano. En la nueva casa, tan grande, todo sería más fácil, pensaba para sí, convencida de que mantener a un niño de doce años aislado de su familia era una terapia demasiado cruel.

El director del centro no compartía aquella opinión. «Por supuesto que el cariño puede curar», le estaba diciendo, «pero no basta. La ciencia cree en el hombre, pero el hombre ha de creer también en la ciencia. Su hijo es un caso clínico y como tal debe ser tratado. El síndrome Latimer, de no atajarse antes de la madurez, desemboca en una esquizofrenia profunda de carácter paranoide.» La madre de Matías fue mucho más breve: «Sencillamente quiero que mi hijo crezca entre sus hermanos.»

Matías esperaba a su madre sentado sobre la cama de su cuarto. La excitación por saberse de vuelta con su familia apenas le había dejado dormir durante la noche. De madrugada, se había levantado para, con una diligencia inusitada en alguien de tan corta edad, empezar a recoger sus cosas. Su compañero de habitación en el sanatorio, un niño abandonado con problemas motrices y narcolepsia, se despertó con el ruido.

–Me da pena que te vayas, no quiero estar solo.

–Hombre, ya vendrá otro –le tranquilizó Matías–. Yo tengo que estar al lado de mi familia. ¿Quieres que te enseñe otra vez el álbum?

Matías no se cansaba de mostrar su álbum de fotos familiar. Era un pequeño cuadernillo de plástico regalo de los cereales de desayuno Kellog's en el que Matías había ordenado cronológicamente a los miembros de su familia.

–Éstos son el abuelo Abelardo y la abuela Alma el día que celebraron sus bodas de oro. Ella le tiró el pastel a mi abuelo, pero no acertó. ¿Ves la mancha en la pared?

–¿Éste es tu padre?

–No, mi hermano mayor, Felisín. Ahora tiene veintiocho años, pero cuando se hizo esta foto era más pequeño. El bigote ya no lo lleva, le quedaba fatal. Una noche que estaba dormido, Nacho se lo quemó con un mechero.

–¿Éste es Nacho?

–No. –La imagen presentaba a un muchacho grueso vuelto de espaldas–. Es Basilio. No le gusta salir en las fotos.

Basilio tenía ahora veintidós años, dos más que Nacho –el más travieso de todos, explicó Matías por enésima vez a su amigo, que ya dormía–. Luego venían Gaspar, de catorce, el propio Matías, de doce, y Lucas, de nueve.

–Y ésta es mi madre. ¿A que es guapa?

La madre había dejado al resto de la familia enzarzada en la mudanza. A todos excepto a Felisín, el mayor de los seis, que se encontraba en Cannes, cubriendo el festival de cine para el periódico del que era crítico.

Durante la tarea de carga, Gaspar, en plena ebullición adolescente, se despistó de los demás y echó a correr calle arriba. Se detuvo a la puerta del bar de Vicente cansado por la carrera. En el interior don Vicente atendía la barra mientras su hija Violeta repasaba las mesas con un paño húmedo. Era de la edad de Gaspar, tenía el pelo largo, rizado y castaño, los labios generosos y las formas del cuerpo bien terminadas para sus catorce años. Gaspar estaba enamorado de ella desde la primera vez que la vio, hacía dos años. Dos años de espera y deseo que habían dotado al chico de un desvalido aire soñador y una mirada destellante.

Violeta regalaba esa atractiva indolencia de las catorceañeras. Ante la parquedad de los chicos, dedicados por esa edad a ver crecer la pelusa de su bigote, las chicas, casi niñas, mandaban con autoridad de versadas en el juego sentimental, aprendido con toda probabilidad en las rodillas de un tío cariñoso o de un papá manejable.

Al ver a Gaspar sonrió, salió del bar y se plantó ante él.

–¿No os ibais hoy? –Gaspar asintió sin atreverse a abrir la boca–. ¿Vienes a despedirte?

Gaspar se encogió de hombros. Ella parecía divertida por la situación, él guardaba silencio.

–Bueno, dame un beso, ¿no? A lo mejor no te veo más.

Gaspar acercó su rostro al de ella y sus mejillas se rozaron, pero Violeta interrumpió el beso inocente clavando sus labios en los labios de él.

Así recibió Gaspar el primer beso de amor de su vida. Sin frases poéticas ni música de fondo, sin siquiera lengua. No recordó haber pensado nada especial, sólo haber sentido la incapacidad para sostenerse sobre las piernas y apagar el incendio de sus orejas.

–Espero que vengas a vernos de vez en cuando –le dijo Violeta, y luego sonrió por toda despedida.

Gaspar hubiera permanecido allí hasta echar ramas y que los perros vinieran a orinarle en los zapatos, mirándola a través de los cristales, pero echó a correr por donde había venido, tropezando con la gente, con esa idea que tienen los enamorados de ser seres fantasmales capaces de atravesar las paredes, causa, sin duda, de tantas fracturas de nariz.

A la puerta de casa los demás le esperaban para partir. El pequeño Lucas había convencido a los de la mudanza para que le dejaran acompañarlos en el camión. El padre prefirió ir detrás de ellos, en su coche, con el temor secreto de que las puertas traseras se abrieran y perdiera todas sus pertenencias por el camino. Con toda probabilidad era una imagen recurrente de su infancia, pequeño trauma de *101 dálmatas*. Conducía ajeno a lo que su hijo Lucas comentaba en ese momento en la cabina del camión: «Mi padre tiene una cómoda rota y va a decir que la habéis estropeado vosotros para descontaros algo de dinero.»

Gaspar iba junto a su padre, sentado sobre las rodillas de Basilio y Nacho, que compartían asiento. Apretó la cara contra la ventanilla. A su izquierda quedó la exposición permanente de caravanas rodantes. Gaspar soñaba con comprar una de ellas y vivir junto con Violeta en la carretera. Recorrería Estados Unidos de punta a punta, escribiendo sólo de las cosas que les ocurrieran, «como uno de esos escritores *beat*». Para eso aún faltaba tiempo. Por el momento se conformaría con clavar en la pared de su nuevo cuarto un mapa de Estados Unidos que le susurrara nombres míticos: Nueva Orleans, Missouri, Baltimore, Chicago.

Félix, el padre, aparcó su coche sobre la hierba canosa y encularon el camión de la mudanza en la puerta. Cada uno de los chicos tomó en su mano el objeto más valioso que poseía y enfiló con él hacia el interior de la casa. Basilio con la maleta de pinturas y sus cajas rebosantes de tebeos, desde su idolatrado Crumb hasta su héroe Spirit, Nacho con su guitarra y una caja de libros que en el fondo escondía la colección de fotos pornográficas acumuladas cuidadosamente a lo largo de toda una adolescencia. Lucas cruzaba el jardín cargado con su preciado acuario de peces de colores. Andaba con lentitud extrema para que no se perdiera ni una gota de agua. Nacho le detuvo con aire policial.

–A ver, ¿qué traes ahí? –interrogó a su hermano pequeño.

–Déjame pasar, idiota –dijo Lucas tratando de esquivarle.

Pero Nacho se interpuso de nuevo ante él, metió la mano en la pecera y ante la protesta histérica de su hermano de nueve años le introdujo dos peces púrpura del Surinam en sus slips azul claro. Lucas correteó protegiendo su pecera, pero incapaz de evitar que el agua se derramara empapándole. Ya en su cuarto, se sacó los peces de los calzoncillos y los devolvió al agua.

–Menos mal que no eran caníbales –bromeó Basilio.

–Nacho los quería matar. Maldito hijo de puta-cabrón-gilipollas.

Ya bajaba las escaleras en busca de venganza. Detrás de él, Basilio le reprendió.

–No empecéis a pegaros hasta acabar la mudanza.

Cuando Gaspar llegó con su romántica máquina de escribir Smith-Corona, regalo del abuelo Abelardo, encontró a Nacho asomado al balcón de la habitación que compartirían. Su hermano lo recibió con una palmada en la espalda.

16

—Gaspar, ya tenemos casa.

Tan sólo estuve un par de veces en el piso donde habían vivido todo este tiempo, en Algete, a las afueras de Madrid. Allí todo eran camas-mueble, sillones abatibles, armarios empotrados, repisas desplegables, puertas correderas y mesas extensibles. Ocho personas eran demasiadas para tan pequeño espacio. Los seis chicos se repartían en dos dormitorios. Quienes solían regresar de madrugada, Felisín, el mayor, o Nacho, encontraban a sus hermanos ya acostados y habían de saltar ágilmente por encima de ellos para llegar a bajar su cama-mueble, eso sí, después de plegar la mesa del escritorio y sacar dos de las sillas al pasillo.

—El ideal hubiera sido que nos parierais con las piernas de quita y pon —bromeaba Nacho—. Por las noches dejaríamos la cabeza en el trastero y las piernas en la ventana...

—Sí, y así nos libraríamos del olor de pies de Lucas —decía Basilio, que compartía dormitorio con Lucas, a quien, efectivamente, los pies le olían poderosamente.

Fruto de una «carambola de la vida», como lo definió el abuelo Abelardo, la nueva casa les había caído del cielo. La abuela Alma, que desde hacía diecisiete años había optado por permanecer en la cama, se carteaba incansablemente con una anciana amiga llamada Ernestina Beltrán. Al morir ésta y abrir su testamento, los herederos se toparon con una última cláusula: «Lego mi única posesión en Madrid, el palacete de la calle Tremps, a mi única amistad en Madrid, quien no ha dejado pasar ni un mes sin que una carta suya venga a alegrar mi anunciada degradación: Alma Belitre.»

La abuela Alma recibió la noticia del fallecimiento de su amiga con indiferencia. «¿Crees que porque haya muerto dejaré de escribirle?», comentó a Asunción, la mujer que cuidaba de ella. Así pues, persistió en el envío de cartas a Ernestina, hasta el punto de que, alarmada, la hija de ésta le escribió recordándole el fallecimiento de su madre. «Creo en la correspondencia, no en la muerte», le telegrafió Alma en un huero intento por hacerse entender.

La abuela Alma convino en que la herencia del palacete de la calle Tremps pasara a la familia de su hijo Félix Belitre. Situada entre la Dehesa de la Villa y la Ciudad Universitaria, la casa contaba con tres plantas nada despreciables coronadas por un desván abuhardillado repleto de trastos, goteras y grietas en el suelo. Dos baños, una inmensa cocina y un balconcillo de ensueño en cada planta. Enredadera y malas hierbas campaban a sus anchas bajo la autoridad de un cerezo raquítico que un día volvería a florecer en el amplio jardín bañado por el sol. El mismo sol que cada verano quemaría las espaldas desprotegidas de los pequeños Lucas y Matías, lo que obligaba a la madre a rociarlos con vinagre antes de ir a dormir.

Arrellanados junto a los operarios de la mudanza sobre el césped del jardín, devoraban su comida. El jefe resultó esconder toda una filosofía de la vida bajo su casco minero algo exagerado para su trabajo.

—Por lo que trasladas en una mudanza puedes conocer a la gente. A mí me basta cargar y descargar las cosas para saber lo que pasa dentro de una casa.

—¿Y nosotros? ¿Cómo somos? ¿Tenemos algo raro? —el padre intervino con curiosidad.

—¡Qué va! Ustedes son una familia totalmente normal.

—Menos mal...

—Es que aquí, mi menda, ha vivido mucho, que ya son cincuenta años de mudanzas. A mi pobre padre lo vi morir aplastado por un bargueño que se desplomó escaleras abajo. Muchos accidentes he visto yo.

—¿Por eso siempre lleva el casco? —preguntó Lucas.

—No, qué va. Es que el otro día, en la sierra, me cayó una piña en la cabeza y siete puntos que me dieron.

Se levantó el casco para mostrar el cosido de su calva y se lo puso al pequeño Lucas. Resultó que el ajuste del casco le venía estrecho a Lucas.

—Tremendo cabezón tienes, niño.

—¿Me lo regala? —rogó Lucas, ajustando el plástico del casco al diámetro de su cabeza.

—Pues claro.

La charla quedó interrumpida cuando un anciano apareció en la puerta del jardín y comenzó a dar de bastonazos al camión.

—Oiga, ¿pero qué hace? —le gritaron.

—¿Es que no puedo entrar ni en mi propia casa? —se defendió el viejo sin dejar de apalear el camión.

–Papá –terció el padre para solventar el entuerto–, ¿no ves que es el camión de la mudanza? Perdónenle, es mi padre –se disculpó ante los operarios.

–Yo no soy tu padre –replicó el abuelo Abelardo–. Tú eres mi hijo. Aunque no lo parezca, hay diferencia entre una cosa y otra.

El abuelo entró en el jardín tras romper de un bastonazo el espejo retrovisor del camión.

–Y que conste que la herencia de esta casa era mía.

Saludó a sus nietos con premura, tomó del hombro a Gaspar, hizo que éste le guiara hasta la Smith-Corona. Se sentó frente a ella y pidió papel. Gaspar le tendió un folio.

–Ahora vete, que me espantas a la musa –le dijo a su nieto favorito.

La madre de Matías fue invitada a comer en el hospital y a presenciar la fiesta de final de terapia de los niños internos. Se sentó entre las butacas del modesto salón de actos con el resto de madres y familiares. Allí pudo disfrutar de las imitaciones de los niños de sus personajes favoritos de la televisión y de un pequeño retablo teatral en mimo.

–¿Por qué no has participado tú? –preguntó la madre a Matías, sentado a su lado.

–Pero ¿no lo ves? –le señaló el pequeño–. Es una niñería. Yo ya no tengo edad para estas bobadas.

El mimo hubo de suspenderse apresuradamente cuando uno de los niños participantes comenzó a hablar a gritos y a tirar del pelo a los demás. Una enfermera, soportando mordiscos y patadas en los tobillos, se dirigió a la concurrencia:

–Por favor, aplaudan, que el niño no se sienta rechazado.

Sacó al niño histérico del escenario entre aplausos calurosos y algún bravo excesivo.

–Bueno, Matías –se despedía el director poco después–, espero que pases unas buenas vacaciones.

Matías le miró y con la sorprendente madurez que caracterizaba sus tan sólo doce años le dijo:

–Comprenda, doctor, que un nuevo hogar necesita una dirección firme y alguien debe ocuparse de ello. Somos una familia numerosa.

Matías terminó de guardar sus tebeos y un juego de construcciones en su pequeña maleta ilustrada con un dibujo de Snoopy con el traje regional escocés. Le pasó desapercibida la mueca nerviosa que intercambiaron el doctor y su madre.

–Venga a vernos cualquier domingo –le espetó Matías a la enfermera que los despedía a la puerta del sanatorio.

Unos repetidos bastonazos del abuelo en la baranda del balcón detuvieron las labores de mudanza. Esgrimía un folio escrito a máquina exigiendo silencio absoluto. Desde lo alto del balcón leyó como un dictador que se dirigiera a su pueblo:

> Dijo el poeta: «Hogar dulce hogar»,
> y quién soy yo para negar
> tan sabia receta.
> Esta casa, fruto de la fortuna,
> cedo a mi familia, que suma
> entre Félix y Amanda y Felisín,
> Basilio, Gaspar, Matías, Lucas y Nacho
> nueve personas y no ocho,
> pues siempre será bien recibido
> no yo, sino el invitado de lujo
> de toda casa en buen uso
> y ése no es otro que Dios.

Cuando el abuelo terminó el recitado, su hijo y los nietos aplaudieron diligentes. El abuelo dobló el papel y lo guardó en el bolsillo, sordo a las risotadas de los de la mudanza. Bajó a ayudar a los demás y, junto a Lucas, se convirtió en un obstáculo más que sortear en la pesada búsqueda por parte de los muebles de un lugar donde aterrizar. Nada encajaba en su lugar de destino, pero aquello empezaba a oler a hogar.

A las ocho en punto, los operarios dejaron un buró en mitad del patio y subieron al camión. El padre pagó al jefe sin terminar de explicarse cómo podía estar tan seguro de que ellos no habían roto la valiosa cómoda. Realmente conocen su trabajo, pensó mientras veía alejarse el camión, no hay quien se la pegue.

La madre y Matías aparecieron en un taxi y todos los hermanos corrieron a abrazar al recién llegado. El abuelo y el padre se sumaron al cálido recibimiento.

–Sin prisas, lo importante es que nada se rompa –aconsejó el pequeño Matías a su familia.

Sus hermanos lo guiaron hacia el interior de la casa.

–Vaya, ahora tengo que leeros el poema a vosotros –se quejaba el abuelo.

–No se preocupe, haremos fotocopias –dijo el padre evasivamente.

–Buena idea, lo enmarcaré y lo pondremos en el porche.

El padre y la madre cruzaron el patio.

–¿Seguro que los médicos piensan que es bueno sacarlo del sanatorio? –preguntó el padre.

–Por supuesto. Hasta el director mismo me lo ha dicho: no hay nada que el cariño de una familia no pueda curar –le tranquilizó la madre.

Alguien me dijo que él la tomó de la mano al subir los cuatro escalones del porche que daba entrada a su nuevo hogar y que intercambiaron un corto beso, pero tal extremo no ha podido ser confirmado.

–Ah, se me olvidaba, antes llamó Felisín –informó el padre a la madre–. Ya estaba en Barcelona. Iba a coger un autobús. Dijo que llegarían como a la una o así.

La madre dejó de batir huevos y, con gesto afectado, se asomó al salón.

–Pues ya debería estar aquí.

–Mujer, si aún no son ni las doce.

–Ya, pero él siempre dice que llega dos horas más tarde para que no esté preocupada.

–Vamos, vamos, no dramatices.

–Odio los autobuses, pánico me dan –confesó a su marido–. Van a mil por hora y con todos esos lujos de vídeo y bar incorporado. ¿A ver quién le quita al conductor de ir viendo la tele y bebiendo todo el camino?

Volvió a la cocina con la sospecha de que las estadísticas de defunciones por accidentes de autobús superaban, con creces, incluso a las de los primeros tiempos de la aviación.

El abuelo prefirió no volver a su casa a dormir. Entre los poemas y la mudanza se le había echado la noche encima. «No te preocupes, llamamos a la abuela y te quedas aquí a dormir, que para eso ahora tenemos una habitación de invitados», había dicho la madre con orgullo.

–Pues mejor, porque ya no tengo edad para andar tonteando con la noche –confesó el abuelo a su descendencia.

La cena transcurrió entre bromas y nerviosismo. Nacho interrumpía cada bocado de su tortilla tratando de sintonizar la televisión del salón. Matías terminó por dirigirse a su padre con tono autoritario.

–Félix, termina rápido de cenar que mañana tienes trabajo y luego no hay quien te levante.

Todos enmudecieron. La madre lanzó una mueca nerviosa que quería ser sonrisa. El padre evitó cruzar la mirada con cualquiera de sus hijos y bajó los ojos a su plato.

–Y tú también, Lucas –añadió Matías–. ¡Qué horas son éstas!
–Si ya no tengo colegio.
–Obedece –zanjó la madre.

El silencio fue roto por el ruido de un coche. Corrieron al porche sumido en la noche apacible y vieron cómo Felisín bajaba de un taxi y extraía dos grandes bultos del maletero. Les lanzó un saludo desde la distancia.

–Papá, ¿puedes venir a pagar el taxi? –gritó.

–Espero que no vengan así desde Francia –murmuró el padre camino de la puerta.

Felisín y el padre se repartieron las maletas. Otra portezuela del taxi se abrió y surgió la figura de una mujer en la oscuridad. Los tres fueron al encuentro de la familia, que esperaba anhelante en el porche. Al acercarse, los ojos de todos confluyeron en la mujer. Muy atractiva, sus ojos verdes centelleaban en la noche. Se dejó oír el rumor sordo de la aprobación familiar. Visiblemente agotada, la chica se detuvo ante ellos tras acceder al porche.

Felisín posó las maletas en el suelo y, exultante como un maestro de ceremonias, anunció:

—Os presento a mi esposa, Nicole. —Y se volvió hacia ella—. *Mon père, ma mère, mon grand-père* y estos enanos *sont mes frères*.

Nadie se acercó. Ni un beso. Un saludo distante. Un silencio prolongado. Nicole masculló algo en francés dirigido a Felisín con desgana.

—Dice —tradujo Felisín— que está agotada del viaje y querría dormir.

—Pues hala, hala, a la cama todos —organizó Matías—. Nacho, Basilio, subid esas maletas, y venga, todos a dormir.

Obedecieron las órdenes de Matías. Nicole acusaba demasiado el cansancio del viaje como para interesarse por el extraño tono autoritario de aquel niño. Fueron desfilando hacia sus respectivos dormitorios. Los cuatro chicos a la segunda planta. Los demás a la primera. Nicole y Felisín se introdujeron en su cuarto. De la lámpara colgaba una tira de papel de colores: «Bienvenus les recién casés».

—Matías —anunció la madre—, hoy duermes con el abuelo.

—Ni hablar, yo duermo contigo —sentenció el muchacho entrando en el dormitorio paterno.

El padre iba a protestar, pero la madre le detuvo con un gesto.

—Déjale, seguro que extraña el sanatorio.

Así pasaron la primera noche en su nuevo hogar. El sueño cayó sobre ellos con velocidad de vértigo. El padre, mientras calentaba con sus pies los pies helados del abuelo, pensó que las mudanzas venían a demostrar lo poco que uno deja tras de sí. Matías se abrazó con fuerza a su madre en la cama de matrimonio. La madre sonrió segura de que ya nunca volvería a ingresarlo.

Así, gracias a un tumor cerebral que había segado la vida de Ernestina Beltrán y a la amistad de ésta con la abuela Alma, pudo la familia Belitre, por primera vez en su vida, escuchar el canto de los grillos rasgar la noche de Madrid.

DOS

> Espero tus noticias sin demasiada expectación. Tampoco es que me importe mucho conocer algo que, indefectiblemente, estoy obligada a conocer por mí misma en breve. Me intriga, eso sí, saber cómo es un mundo sin enfermedad ni muerte, dos cosas que nos rodean aquí desde el día en que nacemos.
>
> De Alma Belitre a Ernestina Beltrán

El síndrome Latimer fue reconocido oficialmente como enfermedad mental en el Congreso Internacional de Psiquiatría de Basilea del año 1949. Desde mucho antes, 1903, se tuvo conocimiento del primer caso de esta enfermedad. Jonah Latimer, un joven de Long Island, tan sólo aparentaba ser un caso más de fracaso escolar. Desde sus primeros años de colegio, se atribuyó para sí el papel de maestro y trataba de ocupar el lugar de éste al frente de la clase. Con trece años escasos se dirigía a sus compañeros como sólo el maestro lo haría, preparaba las clases del día siguiente, en los recreos rondaba alrededor de la sala de profesores y se hallaba en constante trifulca con otros niños que se negaban a acatar los deberes que él se empeñaba en imponerles. Ni las continuas reprimendas ni el castigo físico lograron atajar su fijación.

Afortunadamente, el joven y ya magullado Latimer cayó en manos del doctor Arnold Eggelhoffer, un psiquiatra centroeuropeo que había introducido en Estados Unidos las novedosas enseñanzas de Freud. Tras estudiar al paciente, el impulsivo Eggelhoffer se decidió a escribir a su maestro en Viena pidiéndole consejo.

Freud llegó a Nueva York en el vapor *George Washington*, de la compañía Lloyd. Le acompañaban sus discípulos Jung y Ferenczy. En el muelle los recibieron los doctores Ernest Jones, A. A. Brill y el mentado Eggelhoffer. Dos días después, este último y Freud examinaron al joven Latimer de su demencia precoz. Por esos días surgió el chiste.

Un doctor trata de calmar a su paciente, un tal señor Latimer, pero éste insiste en saber cuál es su enfermedad. «Bueno, aún no conocemos muchos casos como el suyo», le dice el doctor. El paciente insiste. «Tranquilícese, señor Latimer, seguro que encontramos la solución para atajar su enfermedad.» Pero el paciente no se calma y termina por preguntar: «¿Esta enfermedad tendrá al menos un nombre?» «Bueno, señor Latimer», le responde el doctor, «por el momento la conocemos como el síndrome Latimer.» Se trataba de un chiste muy popular por aquellos años, lo que da idea de hasta qué punto el caso tuvo repercusión pública.

1949 es el año en que se acepta la denominación de la enfermedad y se introduce dentro del grupo de los complejos esquizofrénicos de carácter paranoide. Para ello hicieron falta los casos de un empleado de banca en Liverpool que sustituía a su propio interventor jefe; el de un sargento de la Armada francesa que insistía en ser su propio coronel; y, finalmente, el dramático caso de una joven de Memphis que terminó por asesinar a su tía Rifka, tras dos años pretendiendo suplantarla en las reuniones de familia.

En la actualidad en España hay censados mil quinientos treinta y dos enfermos de síndrome Latimer. Matías Belitre es uno de ellos.

Siempre fue un niño paranoide con problemas de adaptación. Jamás pudo recibir una enseñanza normal, expulsado reiteradamente de jardines de infancia y colegios bajo la misma acusación: falta de integración, retraso intelectual y tendencia al paternalismo para con sus compañeros.

Dos años atrás se determinó que padecía el síndrome Latimer. En estos casos de asimilación esquizoide (adaptación patológica de la personalidad al medio, según Meyr), el enfermo opta por asumir el papel de una persona cercana sin abandonar su propia identidad. Este proceso condujo a Matías Belitre a creerse el padre de sus hermanos, el padre de su padre e incluso, y esto es lo determinante del síndrome Latimer, su propio padre.

El único remedio conocido hasta la fecha, en prevención de la catatonia o un final violento, es la reclusión. Por él habían optado los miembros de la familia Belitre hasta que decidieron reintegrar a Matías y respetar su identidad simulada como único modo de convivencia. En Matías, a su vez, por tendencia imitativa, se desencadenó un inusitado interés por los juegos de azar, los deportes de masas, los telediarios y la lectura de prensa y adoptó expresiones tan ajenas a un niño de doce años como «¡Dónde vamos a ir a parar!», «¡Hay que ver cómo están las cosas!» o «Mal se le pone el ojo a la vaca».

No terminaban con Matías todas las complicaciones médicas de la familia Belitre. Confieso haber sentido cierta repulsión el día que Nacho me presentó a Basilio, el segundo de sus hermanos. Ágil con las pinturas y los colores, de talento desarrollado para el dibujo y las manualidades, era, sin embargo, una presencia desagradable y patética. Acné sangrante y erupcionado poblaba su cara y espalda, y cualquiera de sus constantes estallidos provocaba regueros de sangre que goteaban cálidamente de su barbilla. Los dermatólogos que lo trataban desde los trece años coincidieron en su dictamen: acné histérico.

Pero ya antes de que el acné irrumpiera volcánicamente en su adolescencia, Basilio era considerado un niño horriblemente feo. Su nariz era en extremo picuda y un tabique nasal desviado le forzaba a producir un singular sonido al respirar. Tenía bolsas carnosas moradas bajo los ojos y los fármacos contra el acné que él mismo se había administrado de forma caprichosa (de la A de Acneicil a la Z de Zotal Antiacneico, pasando por la D de Dermatilomicida 2.000) habían terminado por hincharle la cara y el estómago, hacerle perder pelo y desarrollar una indeterminada necrosis en la oreja izquierda.

Cumplidos los veintidós, había renunciado a sus visitas periódicas a los médicos, limpiezas de cutis y operaciones estéticas. Parecía acostumbrado a la risa y el desprecio de la gente por la calle, la falta de amigos y el saludo negado de cualquier visitante. Era un solitario entregado a su pintura y a unos mediocres estudios de física en la universidad.

Sólo su familia guardaba con él una relación de normalidad. Tan rutinariamente como aceptaban el síndrome Latimer de Matías, soportaban la visión del antiestético y penoso Basilio. En las familias predomina esa virtud de abrazar la extravagancia cotidiana como normalidad.

Aquella mañana el abuelo Abelardo despertó a todos voceando una tradicional diana militar. Durante el desayuno se decidió visitar a la abuela Alma.

—La pobre estará deseando saber de nosotros —explicó el abuelo.

—Habrá que despertar a Felisín —propuso la madre.

—Estarán agotados del viaje. Les dejamos una nota... —Al padre le interrumpió Matías:

—Eso, voy a dejarles una nota. —Y con su cimbreante caligrafía Matías escribió: «Hemos hido a casa de la avuela. Volberemos a comer. Papá.»

La abuela Alma afirmaba que, a punto de cumplir los ochenta, sus piernas ya no la sostendrían por mucho tiempo, así que hacía diecisiete años que no salía de la cama. Asunción, una mujer mayor, campechana y achacosa, se había instalado en la casa para cuidar de ella como si de su propia madre se tratara. Vivía con ellos todo el año y con el tiempo se había convertido en un miembro más de la familia.

—¿Qué es eso de que Felisín se ha traído una francesa? —indagó la abuela—. He leído que apenas se cambian de bragas. Eso es la civilización. Así que por fin alguien aventurero en la familia.

—Por lo visto se han casado en Niza —informó el padre.

—¿Casados? —La abuela vio inmediatamente decepcionado su interés—. Desde luego, qué juventud más meapilas.

La abuela Alma leía y escribía con regularidad sobre una mesita portátil que se acoplaba a su cama, cuya cabecera presidía un retrato de André Breton. Era culta y su pasado estaba lleno de aventuras entre libros y hombres. De aquello sólo conservaba lo primero, la inmensa estantería repleta de gastados volúmenes.

—¿No vas a salir de ahí ahora que todavía puedes andar? —se atrevía a insinuarle el abuelo.

—Vaya —se irritaba la abuela—, será mejor que me quede en cama porque me da la gana a que tenga que hacerlo por una enfermedad, ¿no? A ti lo que te gustaría es que me cagara y me meara encima sin poder disfrutar de las ruinas de mi inteligencia como me merezco. Pues te vas a joder, porque desde aquí veo el mundo mejor que Ortega en su Hispano-Suiza.

Alma sobrevivía a todos y a todo, sola, con las esporádicas visitas familiares y la correspondencia continuada con sus amistades de todas partes del mundo. Sólo había tenido dos hijos: Félix y el tío Álex. El segundo apenas se ocupaba de ella, vivía en Nueva York, pero todo en la boca de la abuela eran elogios para él. Y un elogio de boca de la abuela era algo raro de escuchar.

—Álex, ése sí que ha sabido sacarle el jugo a la vida y a su talento —les recordaba, refiriéndose a la supuesta existencia de lujo americana del tío Álex como autor teatral en Broadway—. Aquí me ha mandado otro recorte del *New York Times* poniendo de maravilla su última obra.

—Abuela, tiene que venir a ver la casa, es impresionante —dijo Matías.

—A mí no me tiene que gustar. Al fin y al cabo sois vosotros los que vais a vivir en ella. Ya comprenderéis lo que quería decir Ambrose Bierce con eso de: «El hogar es el único sitio abierto toda la noche»..., ya lo entenderéis, seguro. Esa zorra de Ernestina se tuvo que follar a un buen ricachón para conseguir ese palacete...

—No hable así, madre —la corrigió su hijo Félix.

—Pero si a tus hijos les encanta oír a una vieja loca diciendo tacos, ¿verdad?

El abuelo Abelardo se había encerrado en su cuarto para escribir en sus cuadernos, libretas de contabilidad que se había llevado consigo al jubilarse y que ahora amontonaba en su dormitorio. Las paredes de la habitación estaban llenas de imaginería religiosa y una pequeña estantería poblada de libros de poesía y vidas de santos.

—¿Qué estás escribiendo ahora? —le preguntó Gaspar.

—Escucha a ver qué te parece —anunció el abuelo levantando en sus manos lo escrito y leyendo en voz alta—: «En el combate de la belleza y la muerte, / no podrán jamás vencerte, / quedará el recuerdo y tu alma, / Alma, en la mente de quien te canta.»

El abuelo se detuvo y miró a su nieto en busca de aprobación.

—¿Sabes lo que es?

—Una poesía —respondió Gaspar.

—Hombre, claro, si sólo me dices eso. Es una poesía, pero una poesía de muerte, igual que hay poesías de amor o religiosas. Y a este tipo de versos los poetas los llamamos elegías. Se escriben a la muerte de una persona querida, son llantos líricos.

–Pero la abuela todavía no se ha muerto –replicó extrañado Gaspar.

–Bueno, no esperarás que cuando se muera me ponga a improvisar unos versos y salga todo un churro. Además, cuando tu abuela se muera, vendrá el velatorio, el entierro y toda esa zarandaja y a ver quién saca tiempo en esos momentos para escribir unos versos deprisa y corriendo. Así que hay que tenerlo muy bien preparado, para que esté a la altura de una unión de tantos años.

La abuela Alma gozaba de buena salud, por lo que el perfeccionamiento de las elegías del abuelo prometía prolongarse hasta lo magistral. Tras terminar el desayuno llamó a su cuidadora y, en un tono audible para todos, entonó con hastío:

–Asunción, ¿te importaría decirle a mi familia que ya ha cumplido con su deber cristianazo de visitar a la abuela y que pueden irse a casa? Así no hay quien coño lea.

–Bueno, vámonos, que la abuela tiene que descansar –terció Félix.

–Eso, que hay mucho que hacer en casa –concluyó Matías.

Felisín y Nicole aún no habían aparecido cuando se sentaron a la mesa los demás. Nadie se atrevía a subir a llamar a los recién casados. Finalmente, el pequeño Matías se alzó con la responsabilidad paterna. Con sus doce años pálidos y enfermizos, bajo para su edad y algo famélico, hacía uso de una agilidad dialéctica increíblemente precisa.

–¿No crees que ya es hora de sacarlos de la cama? –le sugirió a su madre con lo que parecía más una recriminación.

La madre subió hasta el dormitorio, en la primera planta, frente al suyo y el de invitados y llamó tímidamente con los nudillos a la puerta.

Abajo los hermanos bromeaban entre ellos.

–Éstos deben llevar toda la noche dale que te pego –apuntó Nacho–. Yo no he podido pegar ojo. Ya me habían dicho que las francesas son muy gritonas.

–No digas bobadas –le reprendió el padre.

–La tía está buenísima –afirmó Basilio–. ¿Cómo les habrá robado una joya así a los gabachos?

–¿Qué quiere decir Nicole? ¿Nicolasa? –preguntó Gaspar–. Pues suena mejor en francés.

–Todo suena mejor en francés –aseguró el padre con cierta melancolía.

Lucas comenzó a imitar a Nacho, lo que significaba que el pequeño repetía cada gesto y frase que pronunciara su hermano. Por mucho que se intentara evitar, el niño proseguía con la imitación hasta la extenuación del imitado. Un día había llegado a repetir cada gesto y frase de Gaspar durante quince horas y nadie fue capaz de detenerlo. Sus nueve años encerraban a un curtido charlatán, gordito, como un contable de banco reducido a metro y medio.

–No empieces con tus imitaciones, ¿quieres? –le rogó Nacho.

–No empieces con tus imitaciones, ¿quieres? –le imitó Lucas.

A la luz del día Nicole seguía siendo hermosa, pero real. Conservaba el pelo castaño en lisa cascada sobre los hombros, la piel blanca y los ojos verdes, pero se percibía el maquillaje y toda una retórica de disimulo que al pretender esconder defectos los acentuaba. Felisín volvió a presentarle a sus hermanos. Ahora, en su recorrido por la mesa, intercambió dos besos con cada uno, excepto con Basilio. Mutuamente evitaron acercarse y se dedicaron un saludo lejano. Basilio estaba acostumbrado a no ser besado por las visitas y acogió como normal el instante de repugnancia que había atisbado en la expresión de Nicole. El beso entre Nacho y ella fue acompañado por un «mua y mua» imitativo de Lucas.

–Felisín –le espetó la madre–, pregúntale si le gustan las patatas con carne.

–No, mamá, por favor –se indignó su hijo mayor–. No me llames Felisín delante de Nicole. Para ella soy Félix.

La madre asintió algo acobardada. Lucas, con media sonrisa de ratón, dejó de repetir todo lo que hacía Nacho y comprendió que aún podría lograr mayor incordio.

–¡Felisín, Felisín, Felisín!, te llamas Felisín –aguijoneó como mosca cojonera ante el embarazo de Felisín.

Sin alcanzar a entender, Nicole se abandonó a una mueca vaga. La sonrisa era su más primario modo de comunicación. Tampoco su desconocimiento del idioma le permitía integrarse más allá en esa forma tan baja de civilización que es una familia numerosa a la hora de comer. El hombre es el único animal que no encuentra descanso en familia, sino depredación insaciable.

–Felisín, Felisín...

Matías proporcionó un pescozón a Lucas que le hizo callar.

–Come y calla.

Nicole buscó explicación a la autoritaria actitud de Matías, pero sólo encontró miradas huidizas. Basilio bajó la cabeza no para evitar mirarla, sino para evitar ser visto. El padre percibió la extrañeza de Nicole y acertó a desviar el punto de interés.

–Bueno, ahora ya puedes contarnos cómo os conocisteis.

Felisín dio un sorbo a su vaso de agua y, con credibilidad absoluta, se dispuso a mentir a su familia.

TRES

Por el momento, esta edición del Festival de Cine de Cannes nos regala cada día la pasión, la excitación, la sensualidad, en una palabra, la felicidad del buen cine.

Última crónica de Felisín Belitre desde Cannes

Amor era una palabra mayúscula para los Belitre. Por aquella idea, individualmente, eran capaces de justificar las mayores atrocidades. Estar enamorado era una razón de tal peso, que eliminaba cualquier culpa. No sabían, todavía, que el amor puede llegar a ser el más miserable de los sentimientos, el más cruel, egoísta y tirano. Un Belitre enamorado era una locomotora ciega, apasionada, que no obedecía a ninguna vía.

Por eso, a nadie le importó demasiado que Felisín dibujara su torrencial idilio con Nicole como un fabuloso cuento de hadas. Su familia nunca llegaría a saber con precisión los detalles de cómo se habían conocido ni del inicio de su relación. Se enamoraron y, para los Belitre, aquello bastaba.

He llegado a saber que Nicole era azafata de la marca de cigarrillos Gitanes. Repartía cajetillas a lo largo de La Croissette, vestida con una camisa blanca y una faldita azul, en claro referente a los colores de la marca. Felisín escribía la crítica de cine para un periódico regional de tirada limitada.

Tan limitada que había de ser Felisín quien se pagara el viaje. El periódico sólo corría con los gastos de la estancia en un hotel de tercera desde el que se alcanzaba a ver el neón del Carlton en los días claros. Su historia de amor tuvo un comienzo espectacular. Se encerraron en la habitación del hotel que sólo abandonaban para alimentarse, obligación de la que habrían prescindido de no haberse sentido desfallecer tras cuarenta y ocho horas de aislamiento.

Felisín tan sólo llegó a mandar tres crónicas al periódico y Nicole renunció a su trabajo. Ayudada por Felisín, quemó su traje de azafata en el interior de la papelera. Al caer la tarde, Felisín dictaba su crónica al periódico. Nicole le señalaba en el catálogo las películas que se proyectaban aquel día en la sección a concurso. Felisín improvisaba comentarios, casi todos positivos, dado su estado de optimismo: «La cinta italiana es un Himalaya de pasión, encanto y sensualidad», «Como todo lo francés, esta película es una interminable celebración de la belleza», comentarios, por lo general, en contradicción con las más irritadas opiniones de sus colegas.

El método se prolongó apenas un par de días, hasta que otro crítico y supuesto amigo, ofendido por la falta de ética profesional, se puso en contacto con el periódico y desveló la causa real de tanta magnanimidad. Se adueñó del puesto de Felisín sin que a éste el despido le provocara el más mínimo contratiempo. Le susurró a Nicole: «Ahora, mi único empleo eres tú.»

Por los cohetes supieron que el festival había llegado a su clausura y esa noche se abrazaron aún con más fuerza, aunque no hicieron el amor por tener Felisín el glande en carne viva, «*Ça ne va pas se terminer jamais*», y el mayor de los Belitre quería decir que lo suyo no se terminaría nunca.

Una jueza de Niza, íntima amiga de Nicole, los casó tras pasar por alto la ausencia de varios documentos. Tomaron un autobús a Marsella, un tren a Barcelona y otro autobús a Madrid. Cuando Felisín y Nicole llegaron en taxi a la casa de los Belitre eran marido y mujer y ambos desempleados. Pero en su corazón sentían, quizá por primera vez, la llama de la felicidad. Ésa fue la única verdad que contenía el relato que Felisín detalló a su familia.

Para salir aquella su primera noche en Madrid tuvo que pedir dinero prestado a su padre.

–Te lo devuelvo mañana, estoy pendiente de cobrar unas cosillas...

Felisín estaba volcado en su pasión por el cine, aunque sus esporádicos trabajos de crítico no le aportaran medios de subsistencia propios. Soñaba con dirigir películas, cosa que nunca lograría, y tomaba constantes notas para densos libros de análisis de la obra de maestros del oficio que jamás llegaría a escribir. A sus veintiocho años permanecía en el hogar paterno con unas perspectivas económicas de lo más negro.

—En la empresa te podría encontrar algo —acostumbraba a ofrecerle el padre.

—Papá, si uno quiere hacer lo que le gusta en esta vida tiene que esperar y no agarrarse a lo primero que pasa. El mundo está lleno de frustrados.

—Frustrados sí, pero comen.

—¿Comer te parece una razón suficiente para arruinarse la vida? Hay cosas más importantes.

Secretamente, su padre anhelaba que, con el matrimonio y la llegada de Nicole, Felisín variaría su bienintencionado idealismo. También a él el matrimonio le había instalado de una bofetada en plena realidad.

—Por cierto, papá, ¿me dejas también el coche?

Felisín y Nicole cenaron paella en un restaurante de la calle Arrieta y durante la comida hablaron del futuro como remedio al presente. Aquella tarde, Nicole se había visto obligada a admirar la colección de dientes de leche ya amarillentos que la madre guardaba de la infancia de sus hijos y con los que pretendía en el futuro confeccionarse un collar. Soportó, con una sonrisa cansada, trece álbumes de fotos desenfocadas que mostraban la peripecia vital de la familia jalonada por comentarios entusiastas de la madre. Nicole fue toda oídos. Aunque en realidad era sólo ausencia de voz. Esa noche, de nuevo a solas con Felisín, se sintió más aliviada. «Tienes una familia extraña», *bizarre* fue la palabra que utilizó, y Felisín lo tradujo como un elogio. «Sí, ya verás como dentro de nada eres una más entre ellos», y prefirió no interpretar la mueca que escuchar aquello produjo en Nicole.

Aún no se conocían bien, al fin y al cabo su suelo de ocupación se había limitado a la cama, pero Nicole se sentía protegida por él, era uno de los pocos hombres que la habían tratado con cariño en su vida y le divertía esa gárgara gutural que quería ser pronunciación francesa. Felisín no se cansaba de decirle cosas hermosas, de hacerle sentir la mujer más extraordinaria del mundo.

Se hartaron de gin-tonics en una terraza de la Castellana y, con las copas, Nicole se atrevió a sugerir: «Tendríamos que empezar a pensar en un sitio para nosotros», y Felisín asintió enérgico.

Antes de salir de casa aquella tarde, Felisín había entrado en el dormitorio de Nacho y Gaspar y les había confesado su deseo de independizarse muy pronto.

—Vaya, ¿ahora que traes algo interesante a casa te lo quieres llevar? —le dijo Nacho.

Felisín le agarró del cuello y venciéndolo sobre el colchón de la cama le gritó:

—Júrame que ni te vas a acercar a ella.

—Pero, tío, ¿estás loco? —se defendía Nacho—. ¿Crees que le voy a quitar la mujer a mi hermano?

—Nacho, que te conozco.

Felisín no ignoraba el éxito de Nacho, sin precedentes familiares, en lo que a mujeres respectaba. Se debía quizá a su mirada intensa, que provocaba la inmediata rendición del contrario. Había perdido la virginidad a los doce años en la vagina de la monitora de un campamento de verano. Con una vida sexual tan intensa como atropellada, su día más penoso había tenido lugar cuando lo descubrieron siendo masturbado en los servicios de profesores por la catedrática de lengua de tercero de BUP. El cascabeleo de las pulseras de ésta atrajo la atención del jefe de estudios, lo que provocó la expulsión de la profesora y un notable descenso de las calificaciones de Nacho en lengua española.

Al volver de madrugada, Nacho encontró a Gaspar leyendo bajo las sábanas iluminado por una linterna. No le importaban las amenazas de su madre sobre el daño irreparable que aquello causaría en sus ojos. Gaspar deseaba con todas sus fuerzas llevar gafas. Había elegido incluso el modelo. Unas de montura redonda, preciosas, que había visto en una foto de Joyce, a quien, tras haber leído el *Ulises* y *Retrato del artista adolescente* sin alcanzar a comprender nada en absoluto, admiraba ciegamente.

—¿Has visto lo celoso que se ha vuelto Felisín? Y todo por esa francesita —añadió Nacho—. Demasiado niña pija para mí, tanto maquillaje y mierda de ésa... Te lo digo en serio, no es mi tipo.

—Ni el mío.

—¿Ah, pero tú tienes tipo? A tu edad no se tienen preferencias, hay que follarse todo lo que se pueda..., no vas a andar con distinciones.

—Sí, eso es verdad —reconoció Gaspar.

—¿Qué tal va tu novela?

—He empezado otra.

—¿Ya has dejado la de Guillermo Brown cuando es abuelo y sus nietos son unos fachas? —le interrogó Nacho recordando un viejo proyecto.

—Sí. Ahora voy a escribir una historia de amor.

—¿De amor? —se escandalizó Nacho—. Pero tú estás loco. Todo el mundo escribe historias de amor. ¿Y tú qué coño sabes del amor?

Gaspar confesó que no demasiado. Por eso tenía algún problema para escribir escenas de la novela.

—Por ejemplo —le contó a Nacho—, después de mucho tiempo enamorado de una chica, ¿no?, ella... ella de pronto le da un beso en la boca, ¿no? Y el protagonista no sabe qué hacer.

—¿Y no se la tira?

—Es que es muy tímido —acertó a explicar Gaspar—. Ella es su primer amor y no sabe qué hacer.

—Lo mejor es pasar de ella. No ir a verla —aconsejó Nacho—. Si la tía le ha dado un beso es porque quiere rollo. Pues que sufra. Que ahora sea ella la que tenga que perseguir al chico. Eso siempre funciona.

—¿Y si la chica no va a buscar al chico?

—Joder, le ha dado un beso, ¿no? Tarde o temprano ya aparecerá. Las tías no dan nada gratis.

Nacho sospechó que aquello era algo, como en todos los escritos de Gaspar, autobiográfico.

—Así que eso es lo que te ha pasado a ti. ¿Te has enamorado?

Gaspar negó rotundamente y fingió caer dormido. Violeta no era como los ligues de su hermano Nacho. Ni como Nicole. Violeta era salvaje y real, y atrevida, con sus labios de melocotón. ¿Melocotón? ¿Cómo sabe un melocotón?, se preguntó. Para su deformación romántica la metáfora era de lo más sugerente, pero, la verdad, jamás se había detenido a degustar un melocotón. Le indignaba no recordar apenas nada carnal del beso que había culminado sus dos años de enamoramiento. No acertaba a rememorar el sabor de los labios de Violeta, el instante del roce.

—¿Quieres dejar de dar vueltas en la cama? —le espetó su hermano Nacho en la oscuridad–. Te daré un consejo: con las chicas no hay que fantasear, porque ellas tienen los pies bien puestos sobre la tierra.

Gaspar aguardó a que su hermano durmiera para calmar su excitación. Se masturbó en el interior de un calcetín que abandonó al calor de su zapatilla antes de rendirse al sueño.

En el otro dormitorio, Lucas acababa de despertarse sobresaltado, salió de la cama y se acercó a la pecera. Era ceremonioso en la alimentación de sus peces. Llamaba a cada uno por su nombre antes de clavar un pedazo de jamón york en el extremo de un delgado alambre. Los peces estaban llamativamente gordos, se movían con pesadez por el agua sucia de la pecera hasta atrapar su alimento. En su intento de dar a cada uno la misma cantidad los había sobrealimentado, eso unido a que en la pequeña pecera se hacinaban multitud de peces como si aquello fuera una parodia submarina del metro en hora punta. En el silencio de la noche, Lucas repetía los nombres de sus pececillos. Sincrónicamente, como el asesino que mata a martillazos a su víctima.

A su lado, Basilio estaba terminando una de sus viñetas. La profesora y toda su clase de la academia se ahogaban en el semen que Basilio lanzaba subido a una de las mesas del fondo de la clase. Se había autorretratado a la perfección, con un gran pene entre sus manos. La clase apenas conseguía ya asomar la cabeza fuera del líquido viscoso en el momento anterior a perecer.

La madre cerró con sigilo la puerta de su dormitorio. Dentro, profundamente dormido, había dejado a Matías. Abrió la puerta del cuarto de invitados y en el sofá nido se unió a su marido bajo las sábanas. Se abrazaron como unos novios furtivos.

–Félix, estoy preocupada por Felisín. Yo no sé si esta chica...

–Mujer, así espabilará.

–Pero todo esto de la boda... ha sido tan precipitado. Y ella no tiene ninguna preparación.

Félix se incorporó con premura sobre su mujer.

–¿Ya te has olvidado de cuando eras joven?

–¿Estás loco? –La madre le detuvo–. Hoy ni hablar. Matías podría despertarse.

La madre de los Belitre sumergió su mano bajo las sábanas y

trató de borrar el gesto de disgusto del padre de los Belitre. Cinco minutos después estaba de vuelta en su dormitorio. Matías ocupaba buena parte de la cama de matrimonio y al entrar su madre se le abrazó sin abandonar su profundo sueño. Ella, en su oficio de madre, no pudo dormir hasta que oyó a Felisín y Nicole entrar en casa. Serían las tres o las cuatro de la mañana. Un instante después trató de no oír el ruido que hacían en su dormitorio.

Cualquiera que viera al abuelo Abelardo desayunar, como cada mañana en la cafetería Manila de la Gran Vía, hablando y gesticulando solo, pensaría que acusaba la más desoladora demencia senil. Y puede que fuera cierto. Él sostenía que desayunaba en compañía de Dios y «mejor parecer un loco que habla solo que ignorar al Altísimo si está a tu lado». Con Él entablaba las más banales conversaciones. Siempre a solas porque, según el abuelo, Dios detestaba las masas, aunque le gustara el fútbol y fuera hincha del Atlético de Madrid, ya desde los tiempos en que se denominaba Atlético Aviación: «Ni en mis aficiones me gusta abandonar al desgraciado.»

Dios aleccionaba al abuelo aquella mañana sobre la influencia de las casas en las personas que las habitan. «Para tu familia, cambiar de casa será como cambiar de piel. Antes de que puedan llamarla hogar, tendrán que manchar las paredes con sus miserias y sus alegrías.» El abuelo no podía entender cómo Dios insistía en despreciar a los poetas, siendo Él alguien que se expresaba con tal lirismo.

Predijo que enviaría sobre su familia pruebas de fuego y el abuelo le rogó que no fuera duro con ellos. Dios habló de una mujer que removería los cimientos de sus vidas y el abuelo creyó que se refería a la esposa francesa de Felisín, pero Dios, anticipándose a su pensamiento, le aclaró que no se refería a ninguna francesa. «Habrá tanto dolor como placer, tanta soledad como compañía, tantas bofetadas como besos.»

–Si sólo me dices eso... –le recriminó el abuelo con una carcajada irónica, y la pareja que estaba sentada junto a él sintió pena de aquel viejo loco.

Gaspar, ignorante de lo temprano que aún era, bajó al porche y se sentó en las escaleras. En pijama de verano, con los pies descalzos, pensaba en Violeta. Cada vez se aproximaba más el momento de volver a verla. Sentía irreprimibles deseos de sentarse a escribir el primer capítulo de la novela cuyo teclear tempranero Nacho había interrumpido con un: «Como escribas una palabra más te tragas la máquina.»

—¿Cómo es que madrugas tanto? Ya estás de vacaciones. —El padre se unió a su hijo sentándose en los escalones.

—No tenía sueño. Además quiero empezar otra novela.

—Vaya, muy bien. Todavía me acuerdo de cuando te enseñé a escribir...

—Pero, papá, tú no me enseñaste a escribir, fue mamá.

—Ah, pues debió ser a alguno de tus hermanos, lo que no recuerdo es a quién.

—A lo mejor fue a Felisín.

—Puede ser. —Y un escalofrío recorrió la columna vertebral del padre como si una mano amontonara todas las hojas del calendario ya vividas.

Entraban en la casa cuando el padre giró la cabeza y reparó en su coche aparcado en el jardín. Tenía un faro roto y toda la aleta derecha deformada por un golpe.

—¡Qué coño ha pasado! —exclamó yendo hacia el coche—. Maldita sea. Este Felisín, es que no se puede confiar en él. Imposible, te lo rompen todo.

El padre trató esforzadamente de enderezar la aleta. El Renault 18 blanco, tipo ranchera, era de los que inmediatamente encasillan a su conductor como evidente padre de familia. Félix no pertenecía a esa raza de miserables que cuidan su coche más que a sí mismos, lavado semanal, revisión constante, puesta a punto, delectación contemplativa y la única razón por la que meterse en una paliza a muerte. Sin embargo, en su profesión de cobrador de seguros de vida y entierro, utilizaba el coche a diario.

—Ni que fueran niños todavía —se quejaba—. Es imposible confiar en ellos.

En sus dormitorios, el resto de la familia podía oír las lamentaciones del padre. Felisín le explicó en francés a Nicole que su padre acababa de detectar *le p'tit coup de hier soir,* el pequeño topetazo de la noche anterior. Nicole se dio media vuelta para mostrar su preciosa espalda desnuda por toda respuesta.

Felisín se llevó la mano a la ceja. Estaba hinchada, pero la herida ya se había cerrado. La noche anterior, mientras acariciaba algo alcoholizado la entrepierna de Nicole, había perdido el control del coche y había golpeado contra la horquilla de una acera. Nada serio, salvo la herida en la ceja, causada por Nicole que, con el susto, perdió los nervios y comenzó a golpearlo hasta hacerle sangrar.

La madre, escuchando las lamentaciones del padre, se sentó sobre el colchón. Matías se fingía dormido, le avergonzaba enfrentarse a la madre tras haberse meado en la cama. La madre lo arropó con cariño y bajó las escaleras.

—Vamos, vamos, es sólo un coche —trató de tranquilizar a su marido—. Entra a desayunar y no andes descalzo por el jardín.

El abuelo Abelardo encontró a su hijo terminando de recomponer la aleta antes de salir para el trabajo. El padre, sin responder a su saludo, encendió las luces para comprobar si la bombilla del faro aún era útil.

—¿Funciona? —preguntó el abuelo. El padre negó con la cabeza—. Lo sabía. Nada de faro. «Yo soy la única luz en el desierto.» Eso es lo que me ha dicho. Menos mal que el Señor nos guía en la gran tribulación y nuestros coches no necesitan faros.

—Entonces rompo el otro también —ironizó el padre con visible enfado.

El abuelo afirmó y blandió el bastón en el aire antes de dejarlo caer sobre el otro faro. El padre desvió a tiempo lo que era un golpe certero.

—Era una broma, papá.

—No hay bromas con Dios —dijo el abuelo alejándose hacia el porche.

El abuelo se sentó junto a su nieto favorito, Gaspar, en la mesa de la cocina.

—Abuelo, ¿qué más te ha dicho Dios?

—Que no desvele nada de nuestra conversación a no creyentes o a novelistas. Dios sólo habla para rapsodas y por eso Su voz es verso, verdad y vida. Las tres uves, que, por si no lo sabías, son sinónimos.

La madre con un gesto reprendió a Gaspar por su sonrisa burlona. Prestaron atención al abuelo, que proseguía:

—Por cierto, le gustó mucho mi oda al nuevo hogar de los Belitre. Homérico, eso fue lo que dijo.

El padre no hizo sonar el claxon de su coche aquella mañana en lo que era su habitual forma de despedida antes de salir hacia el trabajo. Aún estaba enfadado con Felisín. Y en general con todos sus hijos. Nunca le había gustado enfrentarse a ellos, pero sentía que pese al paso del tiempo no se hacían mayores, no maduraban, carecían de sentido de la responsabilidad. No quiero ser padre eternamente, pensaba, algún día también a mí me gustaría ser persona.

CUATRO

Érase un príncipe tan feo que Cenicienta abandonó el
baile a las ocho y media.

Popular

Basilio Belitre no era una buena persona, pero prueben a serlo
cuando la gente aparta la vista de ustedes repugnada o cuando los
conocidos alternan la ofensa cruel con la sorna por la espalda como
único modo de convivencia.

—Parece que su enferma imaginación no le ayuda a resolver esa
fórmula, ¿verdad, señor Belitre? —le retaba la profesora de física de pie
junto a su pupitre. En las manos sostenía el dibujo que había encontrado entre las páginas del libro de Basilio. Ella sólo buscaba un problema para dictar, pero al volver las hojas del libro le saltó a la vista su
propia caricatura con un hacha haciéndole la raya en el peinado y una
versión de su cuerpo desnudo fláccido y cadavérico. Firmado B. B.

—Salga a la pizarra, señor humorista —le había ordenado la profesora.

Ahora el copioso sudor de Basilio humedecía la tiza en su mano.
La clase contenía la risa ante la ironía de la profesora. Basilio supo
que un grano le había estallado al ver gotear sangre de su barbilla.
Sus compañeros se revolvieron asqueados. Basilio se llevó la mano a
la cara conteniendo el borbotón.

—Puede ir a lavarse —concedió la profesora, sin siquiera la piedad
a destiempo de evitar una sonrisa cómplice con la clase.

Basilio corrió hasta los servicios y se lavó la cara con el agua
helada. Pegó una patada a la puerta de uno de los cubículos y se
encerró, sentado sobre una de las tazas. Se entretuvo en desenrollar
todo el papel higiénico y dejarlo amontonarse en el suelo. Sacó un
rotulador de su bolsillo y pintó sobre la pared de sucio gotelé. Eran

rayas sin ningún sentido, levemente inclinadas, cientos de rayas, como si quisiera cubrir la pared entera, tiznarla de negro. Ése le parecía un buen fondo para la viñeta de su vida. Luego se secó las lágrimas con el último pedazo de papel.

Cada vez que sonaba el teléfono en casa de los Belitre sucedía lo mismo: Lucas se lanzaba atropelladamente escaleras abajo hasta descolgarlo y su hermano Nacho surgía de dondequiera que estuviese para advertirle: «Si es una chica no estoy.»

–¿Nacho? No, acaba de irse –era la respuesta invariable de Lucas a la defraudada voz femenina al otro lado de la línea.

Claro que a Nacho le gustaban las chicas, pero le agotaba salir con ellas, soportar una relación convencional, meterse en un bar y desperdiciar un par de horas antes de terminar haciendo lo que a ambos congregaba: sexo. Nacho salía con sus amigos y a medida que la noche se precipitaba hacia su final, elegía a la chica que más le interesara e iniciaba el asalto.

Cuando salíamos juntos, él y yo representábamos extremos opuestos. Admiraba su falta de escrúpulos. Se acercaba a una chica, la tomaba del brazo y le decía la mayor burrada que se le ocurriera. Ella reparaba en sus ojos y cambiaba la amenaza de una bofetada por una sonrisa. Un rato después, yo seguía pagando copas a la amiga, sin perder la esperanza, mientras Nacho se revolcaba con la chica en el asiento trasero de mi coche.

Aquella chica, estoy seguro, tropezaría hasta el desánimo con la vocecilla de Lucas al teléfono: «¿Nacho? No, se acaba de ir.»

Nacho tocaba la guitarra. Se instalaba en la mecedora del porche con su camiseta del Estudiantes y pasaba el rato rasgando las cuerdas de su guitarra acústica. Cuando el aburrimiento se apoderaba de él, quedaba con nosotros y se lanzaba a la noche. O probaba con alguna de las chicas de su agenda. Tres minutos y dos disculpas después ya tenía lista otra cita.

Cuando aquella tarde llamó al timbre, Aurora le abrió la puerta con un batín de seda como único atuendo. Nacho le mostró un tarro de mermelada de frambuesa que acababa de comprar y la mejor de sus sonrisas.

Aurora superaba la treintena, más apetitosa que atractiva, divorciada y con mirada triste. Llevaban casi tres semanas viéndose con toda la regularidad que el carácter de Nacho toleraba. Pusieron el dormitorio perdido de mermelada. Como todos los que fornican tanto como quieren, Nacho había desarrollado un profundo concepto de generosidad sexual. Más importante que divertirse uno, era conseguir divertir al otro. Hacerlo disfrutar como nadie antes lo hubiera ni tan siquiera sugerido. Esto era, por añadidura, ventajoso en términos de futuro. Luego le tocaba marcharse lo más aprisa que podía, pese a las protestas de Aurora. Nosotros le veíamos llegar con la cara de apacible relajo de quien se presenta bien follado.

La madre, que aún lo imaginaba virgen, estaba segura de que a esa hora Nacho se encontraba visitando a la abuela junto a Gaspar. Que su hermano menor mantuviera en secreto su deserción le costó a Nacho un suculento soborno. Así que a esa hora Gaspar, solo pero con mil pesetas en el bolsillo, se presentó feliz en casa de la abuela Alma. Asunción le abrió la puerta confesando que se despertaba de la siesta. «Cada día que pasa me hago más dormilona y este dolor en el pecho no se me acaba de ir», se justificó frotándose los ojos mientras le acompañaba al dormitorio de la abuela. Gaspar se sentó junto a su cama, en silencio. La abuela dormía. Abrió un ojo.

–Sigue durmiendo, abuela... Yo puedo leer cualquier cosa.

–A mi edad no me conviene dormir muy profundamente, no sea que no me despierte nunca. ¿Qué tal van tus escritos, pequeño?

Gaspar, pudoroso, eludió responder.

–Así me gusta, que no hables de tu obra con desconocidos –le dijo la abuela con ese tono suyo tan difícil de interpretar–, no como ese pesado de Lorca. Siempre recitando sus versos. Era verle llegar y echarnos a temblar.

Gaspar suponía que todas aquellas historias de la abuela llenas de amistades famosas eran sólo invenciones. Como cuando contaba que se colaba con sus amigos en burdeles de moda disfrazada de chico o escandalizaba al abuelo al rememorar su casquivana juventud en la Residencia de Señoritas.

–No busques en los libros lecciones que aprender –le decía a su nieto–. Los buenos libros tienen que hacerte daño, cambiarte la vida.

La abuela aspiraba el humo de su pipa que inundaba el dormitorio de un agradable olor. «Antes de que llegue el meapilas de tu abuelo», le dijo a Gaspar. El abuelo siempre le discurseaba sobre lo pernicioso que era fumar y le escondía las pipas donde ella no pudiera encontrarlas. Asunción se pasaba el día buscándolas por toda la casa. Si una tarde no encontraba ninguna, la abuela se levantaba de la cama, iba al dormitorio de su marido y le pisoteaba los crucifijos con ordenada ira.

—¿No está el abuelo? —preguntó Gaspar.

—No, el muy gilipollas dice que iba visitar a un amigo enfermo... Pobrecillo.

Meapilas, cabronazo y lamedioses eran los insultos más habituales que dirigía a su marido. Por contra, el abuelo siempre hablaba de ella con piedad exquisita: gran mujer venida a menos, gloria degradada de otros tiempos, belleza ya putrefacta. Gaspar pensaba que su abuela Alma estaba chalada perdida. Sin embargo, no sabía cuánta razón tenía al llamar pobrecillo al enfermo visitado por el abuelo.

Sentado a los pies de la cama de su amigo Manolo, bronquítico perdido, el abuelo estaba enfrascado en un contradictorio anecdotario de episodios de su amistad, mientras Manolo recordaba cómo hacía años había borrado con ahínco el teléfono de Abelardo de su listín telefónico para evitar tentaciones. Entonces fue cuando Manolo alargó la mano y, sacando un paquete de tabaco de debajo del colchón, encendió un cigarrillo furtivo. Como un resorte, el abuelo le arrancó el pitillo de la boca y lo pisó con furia.

—¿Pero qué haces? ¡Infeliz! —le gritó ante la sorpresa de Manolo.

El abuelo Abelardo era un cruzado antitabaco. En verano solía vestir camisetas con la inscripción «Yo tampoco fumo», rompía cualquier cigarrillo que se le ofreciera y no toleraba que se fumara en su casa o en la de su hijo. Tampoco en las casas a las que iba de visita. Allá donde viera un cigarrillo plantaba su inquisidora repulsa.

—Mira dónde te ha llevado el tabaco... —le gritaba a su amigo aleccionadoramente—. Estás hecho una ruina, das asco, no sirves para nada. Mírame a mí, y tengo cuatro meses más que tú.

Manolo, entre toses, presenció con indiferencia la serie de flexiones y estiramientos gimnásticos que el abuelo había iniciado. Encendió otro cigarrillo, pero Abelardo le arrebató cigarrillo, paquete y mechero dejándolo con una O en los labios.

—¿Estás loco? Se acabó. Ni hablar.

El abuelo, presa de la ira, levantaba la voz a su amigo, que apenas podía incorporarse en la cama.

—El tabaco es el veneno mortal de este mundo. Tráelo todo, vamos, dámelo todo —exigía el abuelo.

Manolo abrió el cajón de la mesilla y se abrazó a un cartón de Ducados, su secreto tesoro, para mantenerlo lejos del alcance del abuelo. Éste creyó que se trataba de un gesto de arrepentimiento de Manolo que le entregaba el tabaco voluntariamente y se lo arrancó de las manos sin reparar en su oposición. Tiró el cartón al suelo y lo pisoteó dando saltos sobre él.

Manolo, desde la cama, tosía sin control. La bronquitis le impedía articular con claridad, aunque cualquiera podía entender sus palabras:

—Cabrón, hijoputa. Dame mi tabaco —increpaba a su amigo de guerra—. ¿Qué haces, desgraciado?

Pero el abuelo lo interpretaba de modo muy distinto.

—No, no me des las gracias. Lo hago por tu bien.

—Dame ese cigarrillo, hijoputa.

—Así me gusta, que tú mismo me des el tabaco. No te arrepentirás. Vamos a acabar con este vicio.

Lanzó a la papelera el amasijo de tabaco destrozado que ahora recogía del suelo. De encima de la mesilla cogió un montón de pólizas de seguro y papeles del hospital. Lo echó todo a la papelera y prendió fuego al interior.

—Acaba tú con el tabaco antes de que el tabaco acabe contigo —acertó a decir el abuelo antes de que la boca de la papelera escupiera una llamarada.

Manolo, con un dolor intenso en el pecho, se retorcía en la cama. El olor a cartón quemado, humo y tabaco inundaba la habitación. Las llamas sobresalían de la papelera. El abuelo palmeó el hombro de su amigo. «Hijoputa», le espetó Manolo entre toses.

—Nada, nada. Cuando te pongas bueno ya me lo agradecerás.

Las alarmas antiincendio se dispararon. Manolo entró en coma bronquítico con esputos sanguinolentos. La enfermera, alertada por el humo, entró en la habitación. Para entonces, el abuelo, enorgullecido por su acción, se había deslizado por el pasillo de enfermos pulmonares ganando la salida.

Echó a andar hacia casa sumido en sus pensares: Había que ver la cara de agradecimiento del pobre Manolo, aunque no le quedan ni dos días. Maldijo el anuncio de tabaco americano en la parada de un autobús y de un certero bastonazo quebró el cristal que lo protegía. Ante el asombro de los cercanos, se justificó: «Lo hago en defensa propia.» Prosiguiendo su camino, inspiró el aire de la ciudad y trató de hallar un remedio para acabar con la contaminación del mundo.

Por fortuna, no lo encontró.

Cuando Gaspar volvió a casa, reinaba la tranquilidad que precede a la cena. Fue a entrar en el salón, pero la reunión de amigos de Felisín le hizo cambiar de idea.

–No hay mejor poesía que la del silencio –decía uno.

–Gaspar, lárgate de aquí –ordenó Felisín.

Más que una tertulia aquello era un cine-club portátil. Los cinco o seis amigos de Felisín, todos ellos cinefilos, se reunían para charlar y proyectar viejas películas en 16 mm. Por un contacto en un colegio mayor conseguían las cintas, que proyectaban sobre la pared del salón gracias a una anticuada máquina de Felisín. El proceso era anacrónico, pero aquellos guardianes del séptimo arte habían declarado la guerra al vídeo. Felisín incluso, un día que Nacho apareció por casa con un modelo de segunda mano, había iniciado una huelga de hambre. Estuvo comiendo sólo bocadillos hasta que se deshicieron del aparato. La intelectualidad de los encuentros sólo era contradicha por la costumbre de los amigos de Felisín de arramblar con las bebidas de la nevera y el vicio de uno de ellos de hurgarse en la nariz y desasirse de los mocos gracias a la cortina del salón. Vicio aquel del que siempre era culpado Lucas cuando la familia descubría los estrafalarios colgantes de la cortina. Todos ellos tenían ese aspecto descuidado, rayano en lo desaseado, de quien pasa muchas horas a oscuras. A la llegada y a la hora de irse desfilaban entre murmullos como los enanitos de Blancanieves, aunque la única nieve que habían visto era la posada sobre sus hombros. Aquella tarde visionaban *Gertrud* de Dreyer, y Alberto Alegre, el más sentimental de todos, escondía sus lágrimas mientras alguien le insistía en el misticismo de la iluminación.

Felisín no toleraba la presencia de sus hermanos en aquellos encuentros. A Lucas, si era descubierto parapetado tras el sofá, lo expulsaba a empellones, aunque tras la puerta continuaba repitiendo las frases que se pronunciaban en el interior. Aquella tarde, sin embargo, la única interrupción había sido Nicole. Cuando entró en el salón todos enmudecieron. Nicole pidió dinero a Felisín para salir de compras. Felisín hubo de pedir prestado a sus amigos, que se excusaron evasivamente. El dinero va a ser un problema, rumiaba Felisín, tras aceptar el préstamo de su madre.

Ella estaba preparando la cena en la cocina y preguntó de una voz a Gaspar si Basilio aún seguía encerrado en su cuarto. Gaspar subió hasta el dormitorio cercano al suyo y comprobó que la puerta estaba trancada. Basilio llevaba aislado desde el mediodía. Todo intento de la madre para convencerle de que bajara a comer resultó inútil. Incluso la exigencia de Matías: «Te ordeno que obedezcas a tu madre», había sido ignorada.

Tras la clase, Basilio había llegado en autobús y decidió cruzar el parque frente al Hotel Don Quijote para acortar el camino hasta casa. Allí, un grupo de niños se aburría intentando decidir a qué jugar hasta que repararon en él. Comenzaron a seguirle por la calle, primero en broma, luego de un modo ridículo. Basilio se encaró con ellos para que le dejaran en paz, pero aquello no hizo más que empeorar las cosas. Terminó por pegar una bofetada a uno de los niños.

Entonces se desató la batalla. Los niños, insultándole a gritos, comenzaron a lanzarle piedras. La gente se volvía con curiosidad hacia tan lamentable espectáculo.

—Feo, feo, feo —gritaban los niños.

Las piedras empezaban a ser un peligro tangible, así que Basilio se puso la carpeta sobre la cabeza a modo de escudo y echó a correr. Llegó hasta la casa y cerró la puerta del jardín a su espalda. Los niños se aferraron a los barrotes sin cejar en sus gritos.

—Aquí vive la familia Monster.

—¡Gordo!

—Feo, no salgas de tu casa. Das asco.

—Aborto, feto malayo.

Nacho y Gaspar, que practicaban puntería en una esquina del jardín con su escopeta de perdigones, corrieron hacia allí. Nacho los puso en fuga a perdigonazos, asegurando que a uno le había sacado un ojo, pero antes de que pudieran celebrar la victoria sobre el escuadrón de inocentes infantes, Basilio ya había corrido a encerrarse en su cuarto.

No era la primera vez que reaccionaba así. Se venía abajo y se echaba a llorar, se desmoronaba la fortaleza que lo rodeaba y, consciente de la pura realidad, se atrincheraba en su cuarto. El mundo le despreciaba, era un monstruo como le habían gritado los niños lapidadores. Con el paso de las horas, tras dormir y llorar, con las lágrimas escociéndole los granos abiertos y mechones de pelo esparcidos por la colcha, Basilio reaparecía en el comedor de casa. Nadie comentaba nada. Se limitaban a dejar que el calor de la familia lo abrazara y le devolviera el ánimo.

CINCO

La figura paterna debe compensar las deficiencias de una madre en los terrenos de autoridad, solidez profesional, seguridad y bricolaje.

Enciclopedia *Ser madre hoy*, pág. 73

–Mal empezamos –se quejó el padre antes de salir para el trabajo–. Hace un calor infernal.

Los Belitre disfrutaban de jardín por primer verano en su vida y solían dispararse la manguera unos a otros provocando refrescantes guerras de agua. Nadie echaría de menos los quince días de hacinamiento mediterráneo, arena de playa y agua sucia en que consistían sus vacaciones habituales.

Cuando Nacho apareció con una de esas piscinas redondas desmontables, sueño húmedo de todo madrileño en verano, ninguno planteó demasiadas preguntas. De haberlo hecho, éste tampoco les habría confesado cómo nos lió a cuatro amigos para asaltar un chalet deshabitado y cargar con ella en plena noche. Pasaron el día ocupados en hacer aflorar el ingenio constructor suficiente para poder montar la piscina. La situaron en la parte derecha del jardín de los Belitre, donde permanecería años hasta perecer convertida en un colador por el paso nada generoso de coceantes bañistas.

A medianoche, la familia se había calzado sus respectivos bañadores y aguardaban a que la piscina terminara de llenarse para saltar al interior. Basilio vestía también camiseta, pues odiaba mostrar su espalda destrozada por los granos. Cuando inauguraron aquel pantano portátil el agua rebosó alarmantemente y se impuso la conveniencia de que nunca se metieran más de tres personas al mismo tiempo.

–Nacho, salte ya, que yo también quiero entrar –se quejaba Lucas.

–Aquí se está de maravilla.

–Soy la reina de los mares.

Matías logró hacer llegar un cable con una bombilla desde el salón hasta la rama de un árbol cercano para iluminar la escena. Lucas corrió por su inútil cámara de fotos y desenfocó para la posteridad aquel momento familiar.

–Ojalá se hubieran quedado Nicole y Felisín –repetía la madre–. No sé qué empeño tienen en cenar siempre por ahí.

Nacho se tiró a bomba desde la escalerilla y salpicó gran parte del agua afuera. Todos gritaron de alegría. El padre corrió hacia casa para responder al teléfono, que sonaba insistente desde hacía rato.

Un vecino, que no se identificó, amenazaba con llamar a la policía si no cesaba de inmediato la escandalera. El padre salió consternado al porche e informó al resto de la familia.

–Menudo hijoputa –sentenció Nacho, y comenzó a gritar–: Sal si tienes cojones. Te voy a quemar la casa.

Se dirigía al edificio de apartamentos que quedaba a la izquierda.

–Nacho, por favor, no seas animal –le reprendió el padre–. ¡Adónde vamos a llegar!

–Vaya vecindario –se quejó la madre.

–Mal empezamos –fatalizó el padre.

–Sí, muy mal empezamos –insistió Matías.

–Venga, venga, todos afuera –ordenó la madre–. Además, éstas no son horas de baño.

Envolvió a los que iban saliendo en diversas toallas sin detener sus explicaciones médicas.

–Secaos bien el pelo, que os puede dar un corte de digestión.

Nacho fingió un ataque de paraplejia celebrado con risas por todos sus hermanos, excepto Matías, que le reprendió con dureza: «No bromees con las cosas que dice tu madre.» Nacho se levantó del suelo y compartió la toalla con Gaspar.

Felisín y Nicole cenaban en un restaurante francés de la Cava Baja. El mayor de los Belitre apenas reparaba en la comida, había tenido suficiente con ver los precios. Necesitaba con urgencia encontrar un medio de ganar dinero. Ese mismo día había tenido que suplicar a Nacho para que le prestara. A su padre no se atrevía a pedirle más, ni tan siquiera el coche, con lo que el gasto en taxis se sumaba al inflacionista intento de Felisín por hacer sentirse cómoda a Nicole. No quería privarle de nada, al menos hasta que se aclimatara a un país desconocido y se integrara en una familia que aún le era ajena. Para cuando eso sucediera, Felisín ya habría conseguido un trabajo, pagaría sus deudas y podrían pensar en alquilar una casa.

Felisín levantó la vista de su plato y miró a Nicole. Era preciosa y estaban realmente enamorados, sonriendo, cogidos de la mano por encima del mantel, lo que hacía dificultoso su manejo de los cubiertos. Nicole acercó su rostro para recibir un beso de Felisín. Aquéllos eran días felices en sus vidas.

Lejos quedaban ahora las torturadas relaciones que jalonaban el pasado de Nicole. O las más bien precarias experiencias sexuales de Felisín. Tan sólo una novia duradera y formal que dejó en Zaragoza al terminar la mili y a la que visitaba con puntualidad cada fin de semana hasta que ella, aburrida de tanto hablar de cine, decidió abandonarlo.

–¿Por qué? –le había preguntado él.

–No sé... Creo que contigo nunca encontraré la seguridad que una mujer necesita –fue la única respuesta que ella acertó a darle.

Un año más tarde se casó con un fabricante de puertas blindadas de Huesca.

Volvieron a casa de madrugada. Al descubrir la piscina llena de agua, se acercaron sorprendidos y en un pícaro abrazo ella fue despojándole de la ropa. Felisín se dejó hacer y, finalmente, la excitación venció a la prevención. Desnudos ascendieron por la escalerilla. El padre, desvelado, los observaba sentado en un escalón del porche. Se sumergían con sigilo para su baño a deshoras. Se abrazaron y se besaron. Hicieron el amor dentro del agua con un compás pausado y placentero. El padre se deslizó escaleras arriba hasta el cuarto de invitados.

–Tú eres un niño, todavía no sabes lo que es follar –le insistía Nacho a Gaspar desde su cama antes de dormirse–. En cuanto lo aprendas te traerá por culo el amor.

—Ya, pero mi novela... —Gaspar era incapaz de convencer a su hermano.

—Mira, si de verdad quieres hacerte famoso, lo que podrías escribir es un libro filosófico.

—¿De filosofía?

—Exacto. Todo el mundo escribe de los chicos y la infancia cuando ya tienen cuarenta años. Tú puedes escribir un libro de cómo son los chicos de catorce años y nadie te podrá llevar la contraria porque *tienes* catorce años. Se supone que tú sabes más que todos ellos.

Gaspar, tumbado en su cama, reflexionó sobre el asunto. No le fue difícil imaginarse en debates de televisión y tertulias de radio, opinando entre profesores y especialistas, firmando ejemplares de su libro o dando conferencias por todo el país sobre los más diversos asuntos en torno a los chicos de catorce años.

—Un ensayo —sentenció Nacho.

—Se podría llamar *La vida a los catorce años* —sugirió Gaspar.

—Es un buen título.

Precisamente era el título lo que había atraído la atención de Basilio hacia aquel libro. Al ojearlo descubrió que entre sus casi quinientas páginas se le ofrecían respuestas a gran parte de sus problemas. Desde entonces había pasado las horas sumergido en aquella lectura apasionante. Ahora, no quería dormirse antes de terminarlo.

La agresión social: problemática preocupante estaba escrito por un joven psiquiatra español llamado Tristán Bausán. Basilio, poco aficionado a la lectura, había dejado de lado sus dibujos. Subrayaba párrafos completos y releía páginas que le resultaban oscuras.

Decidido a entrar en contacto con el autor, sacó el tema ante sus padres. Ellos le recordaron cómo había sido él mismo quien decidió no visitar más dermatólogos y rechazar al psicólogo del seguro, conocido de la familia, que se ofreció para charlar con él.

—Fuiste tú el que dijo que los médicos no sirven para nada —le recordó el padre.

—No te puedes fiar de un charlatán que ha escrito un libro para hacerse promoción —arguyó la madre.

Pero Basilio insistía en su interés por contactar con aquel hombre y someterse a su tratamiento.

–¿Qué tiene de diferente a cualquier otro? –preguntó el padre.

–No tiene nada que ver. Éste llama a las cosas por su nombre. Se entiende lo que quiere decir.

–Tú eres muy normal, no tienes nada raro –insistió la madre–, Olvida a los niños que te insultaron y compórtate como un chico más.

–Las teorías de este doctor son totalmente innovadoras –se defendió Basilio.

–Peor me lo pones –cortó la madre–. Seguro que es de alguna secta, que estoy harta de leer cómo atraen a los chicos con problemas y los drogan y todo eso. Al sobrino de Antonia, la de la pollería de Algete, le sacaron todo el dinero, le dejaron ciego y luego lo abandonaron.

Basilio, incapaz de convencer a sus padres, los dejó plantados en la cocina y salió pegando un portazo. Durante los días siguientes se negó a dirigirles la palabra. Entre sus hermanos se había levantado cierta curiosidad en cuanto al libro. Intercedieron por Basilio ante sus padres, pero la desconfianza de éstos era absoluta.

–Dejadle que él decida lo que quiere –había abogado Felisín.

–Sé demasiado de la vida como para confiar en milagrosos doctores salidos de la nada y que parecen tener la curación para todos los males –decía la madre–. Te hacen creer que con unas hierbas todo se cura.

–Mujer, de hierbas no le he oído mencionar nada –terció el padre.

Nacho había subido al cuarto de Basilio y hablaba con él para intentar tranquilizarlo. De pronto, por la ventana, alcanzó a ver algo que le hizo exclamar: «Oh, Dios, la he cagado.»

Natacha, una chica de nuestra clase de derecho con la que Nacho había mantenido una inconstante relación, cruzaba el jardín acompañada por Lucas. Tras cientos de llamadas telefónicas, la chica había decidido presentarse en su casa. Lucas, sabiendo que lo que hacía fastidiaría a su hermano, acompañaba a Natacha escaleras arriba con una sonrisa traviesa.

–Ya verás qué sorpresa le vas a dar –le adelantó el pequeño.

Subían hacia los dormitorios de la planta superior, cuando Nacho surgió de la habitación de Basilio y, con teatralidad absoluta, abrazó a Natacha para sorpresa no sólo de ella, sino también de Lucas.

–Natacha, ¡qué sorpresa! Te estaba llamando ahora mismo a casa.

–Ya –contestó ella con descaro–. ¿Y quieres que yo me lo crea?

–Ahora entiendo por qué nadie me cogía el teléfono.

Tomó de la mano a Natacha y le plantó un beso en los labios, prolongado, pasando su lengua por las encías de ella. Con un gesto, despidió a Lucas, que comenzó a descender escaleras abajo quitándose el casco de obra que tanto le hacía sudar.

–Me alegro de que hayas venido, de verdad. Pero ¿puedes esperar un segundo?

Ella asintió. Nacho abrió la puerta del dormitorio de Basilio y pidió a la chica que entrara.

–Ahora mismo vuelvo.

Natacha entró y se sentó sobre la cama mirando los pósters de las paredes. Basilio tosió para hacer notar su presencia y ella se volvió con un ligero susto.

–Hola, yo me llamo Basilio. Tú eres Natacha, ¿verdad?

–Sí, ¿cómo lo sabes?

–Bueno, Nacho no para de hablar de ti y cuando te he visto he supuesto que eras tú.

Natacha se forzó a sonreír tratando de disimular su repulsión. Basilio avanzó hasta la puerta y corrió el cerrojo. Con media sonrisa se dirigió hacia ella, que se tensó como un gato.

–No me extraña que le gustes tanto a Nacho, eres muy guapa –le confió Basilio a aquella joven más bien recia y algo vulgar–. Me gustaría verte desnuda.

–Perdona, pero me voy.

–Espera, no tengas tanta prisa. Sólo quiero hablar contigo. ¿De verdad que no quieres desnudarte? Hace mucho calor.

Basilio se abalanzó sobre ella, la sujetó con fuerza y comenzó a besarla. Ella apartaba sus labios, por lo que el rostro acneico de Basilio rozaba su cara. La chica lanzó un grito de horror. Basilio la agarró con más fuerza.

–Déjame chuparte las tetas –le susurró.

La chica estaba asqueada, al borde del vómito, presa de un histerismo casi total.

—Tócame, tócame —le decía Basilio con perversión.

La hizo caer sobre la cama y la chica supo que iba a ser violada por aquella bestia. Natacha consiguió desasirse en un descuido de Basilio y corrió hacia la puerta. Liberó el cerrojo y escapó de la habitación escaleras abajo. A la carrera salió de la casa, cruzó el patio y abandonó el hogar de los Belitre. Aún hoy, tiene pesadillas en las que se le aparece el rostro de Basilio, pustulento y horrible, y grita y se abraza a su marido, que jamás ha creído la historia que ella le contó y siempre ha sospechado que fue brutalmente violada de niña.

Nacho palmeó la espalda de Basilio cuando se encontraron en el rellano a la puerta del dormitorio.

—Ha salido perfecto —felicitó a Basilio—. Gracias, tío.

—¿Quién era esa chica? ¿Qué es lo que ha pasado? —gritaba la madre desde la cocina.

—Ahora te toca a ti —anunció Basilio.

Nacho asintió y bajó las escaleras. Con rostro indignado se plantó ante su madre.

—Era una amiga mía, pero se ha ido corriendo.

—¿Por qué? ¿Y esos gritos?

—Basilio la ha atacado. Quería violarla.

—¿Qué? —se escandalizó la madre.

—Lo que oyes. Y es por culpa vuestra, si le dejarais ver a ese doctor... Un día vamos a tener un problema serio.

A la madre le costó trabajo hacer lo que hizo. Subió las escaleras de la casa y llamó a la puerta del dormitorio de su hijo. Basilio la recibió sentado en el colchón de su cama. La madre se sentó junto a él. Había llegado la hora de aplicar lo aprendido en su lectura favorita, la enciclopedia *Ser madre hoy*. «No ceda nunca al chantaje de un hijo», rezaba el texto, «pero sepa reconocer sus errores, dar marcha atrás y, en determinados casos extremos, pedir perdón, tratando a su hijo como si en verdad fuera el ser humano en el que su trabajo de madre ha de convertirlo.»

—Quizá no he sido razonable —llegó a decirle a Basilio—, pero es que, para mí, mi hijo es completamente normal, no tiene nada de enfermo.

A Basilio le sorprendía que su madre se dirigiera a él en tercera persona, sin embargo, la victoria que acababa de apuntarse le abstraía de todo lo demás.

—Puedes llamar a ese doctor —le dijo la madre antes de salir del cuarto—. Pero, antes de acordar nada con él, tu padre y yo debemos conocerlo.

Cuando bajaba de nuevo hacia la cocina, escuchó ruidos procedentes del desván. Subió por las escaleras carcomidas. La portezuela estaba abierta y Gaspar trajinaba bajo el abuhardillado.

—Gaspar, ¿se puede saber qué haces aquí?

—Estaba buscando... por si había algo valioso.

—Dijimos que estaba terminantemente prohibido entrar en el desván hasta que lo viera un arquitecto. ¿No te das cuenta de que el suelo está podrido?

—Sí, mamá, ya salgo —rezongó Gaspar yendo hacia la puerta.

—¿Ves el suelo? Como tu padre no llame a unos albañiles pronto se nos cae encima. Como a esa familia de Tarrasa que tardaron quince días en encontrarlos bajo los escombros.

—Ya salgo.

—Prométeme que no vas a volver a entrar.

—Te lo prometo —admitió Gaspar con desgana.

A la mañana siguiente, el más madrugador fue Matías. Estaba enzarzado a golpes empeñado en arreglar las zapatas del grifo de la cocina. Su padre, cuando entró a desayunar, se sorprendió al encontrarlo.

—¿Qué haces aquí tan pronto?

—Alguien tendrá que hacer todas estas chapucillas, si no, ¿adónde iríamos a parar?

—Matías, ya lo haré yo este fin de semana. Tú no sabes cómo funciona esto.

—Pues lo aprendo. Lo que no podemos es llamar a un fontanero cada vez que falla algo.

Su padre enmudeció. Desayunó mientras su hijo revolvía en la caja de herramientas con total naturalidad. No le importó que estuviera causando una inundación nada despreciable en la cocina ni haber visto interrumpida su ducha matinal, pues Matías había cortado el agua sin previo aviso. Eran gajes del oficio. Cualquier padre habría hecho lo mismo. No lo que hizo el padre entonces, sino lo que estaba haciendo Matías allí, en plena faena, tirado en el suelo, causando un metálico escándalo a altas horas de la mañana en pleno verano. No todos, bien mirado, tenían la suerte del padre de los Belitre, que podía reconocer sus errores al vérselos cometer a su hijo de doce años. A fin de cuentas, Matías hacía una didáctica reducción del papel de cabeza de familia: cuatro o cinco frases dichas con autoridad, un coscorrón a tiempo y entrega absoluta, aunque inconstante, a las chapucillas del hogar. ¿Para qué más sirve un padre?, se preguntó Félix Belitre. Y luego se marchó al trabajo.

A media mañana, encontró a Felisín en el pasillo de su oficina y sonrió con orgullo.

—Gracias por venir —le dijo—. Entra, vamos a empezar.

Felisín se sentó entre la docena de jóvenes aspirantes a enrolarse en el oficio de vendedores de seguros. El padre había sido designado por su superior para impartir un curso de una semana sobre ventas. Felisín, si superaba el tiempo de prueba, podría acceder a un puesto de trabajo.

—Bueno, en estos días os voy a dar una breve introducción al oficio —explicaba el padre, profesoral—, los mínimos conocimientos que se necesitan para llevar a cabo este trabajo.

Los demás habían sacado un cuaderno de notas, pero el padre observaba a su hijo, ausente, con gesto escéptico. Proseguía su clase, con el anhelo secreto de ganar el interés de Felisín.

—No debéis olvidar que estamos tratando de la muerte. Un asunto escabroso. Vender seguros de vida consiste en recordarle a la gente que va a morir, y eso no es plato de gusto. Por eso, la regla de oro es jamás pronunciar la palabra «muerte». Hablaremos a los clientes de «ausencia forzada», «lo inevitable», «lo que ha de llegar», pero jamás nombraremos la muerte. Al mismo tiempo, debemos apelar a sus sentimientos más nobles. A su generosidad para con los que se quedan. En el fondo, hay que convencer al cliente de que pagando nuestros recibos alcanzará la inmortalidad. ¿Por qué? Porque habrá ganado para siempre el cariño y el respeto de quienes le pierden.

Felisín, tras consultar su reloj con indiferencia, optó por levantarse, cruzar en silencio la improvisada aula y abandonar la clase.

Padre e hijo ni tan siquiera se miraron. Félix se sintió humillado, insultado. Felisín se alejó por el pasillo de oficinas, con el orgullo intacto, reafirmado en su opción de vida.

A aquella misma hora, en el otro extremo de la ciudad, el abuelo tomó el micrófono que le tendía el sacerdote y habló a los que se congregaban en la iglesia.

—Mi dolor ante la muerte de Manolo es muy grande, porque tengo reciente mi visita al hospital hace unos días, donde pude verlo hecho una ruina humana, ya destrozado por el tabaco, ese nefasto vicio enemigo del hombre. Aún veo a mi amigo Manolo tendiéndome su cartón lleno de cajetillas y susurrándome con aquel hilillo de voz: «Abelardo, amigo, aleja este veneno de mí. Destruye mi tabaco.» Demasiado tarde.

La viuda de Manolo emitió un sollozo contenido, trataba de recordar de qué conocía a aquel hombre que había pedido permiso al cura para hablar desde el altar al terminar la misa de funeral.

—Deprisa y corriendo —prosiguió el abuelo—, he querido componer un último adiós para nuestro amigo. Sé que sabréis perdonar la precipitación de mis versos, improvisé esta octava durante la tarde de ayer.

El abuelo se colocó las gafas, sacó una hoja de su bolsillo, la desdobló y comenzó a leer sus rimas ditirámbicas:

> En el combate de la amistad y la muerte
> no podrán jamás vencerte,
> quedará el recuerdo y tu alma,
> Manolo, en la mente de quien te canta.
> Fuimos compañeros de guerra,
> siempre perduró nuestra amistad
> y así en el cielo como en la tierra,
> por siempre perdurará.

A Gaspar lo despertó el revuelo de su cuarto; Nacho, Lucas y Basilio cruzaban a la carrera hasta el balconcillo que daba al patio.

—Corre, corre, ven a ver esto —le animó Nacho.

Se levantó de la cama y fue a unirse a sus hermanos. Se hizo un hueco para mirar desde el balcón.

Junto a la piscina, tumbada en la hamaca, tostándose al sol, Nicole. Tan sólo llevaba puesta la parte inferior del bikini y unas gafas oscuras. Mostraba a sus jóvenes cuñados unos pechos primorosamente redondeados, turgentes, de aréolas tersas y rosadas, con la forma de un par de grandes lágrimas. Basilio se ayudaba de los prismáticos que colgaban del cuello de Lucas, último vestigio de un disfraz de explorador regalo de varias noches de Reyes atrás.

Nicole oyó los comentarios, se volvió hacia ellos y, levantando sus gafas de sol, los miró un instante. Trataron de esconderse con disimulo, pero, turbados, no lograron más que un amasijo de torpezas en el balcón. Nicole se colocó de nuevo las gafas e, indiferente, ganó el sol con todo su cuerpo.

Matías entró en el dormitorio acompañado del chapoteo de sus zapatillas empapadas y cruzó hasta el balcón. Sus hermanos le abrieron un hueco entre ellos y se sumó al voyeurismo adolescente. Después de un instante, balanceó su cabeza con gesto de adulta preocupación.

—Mal empezamos —murmuró para sí.

SEIS

Todo hombre, al nacer, polariza la agresividad del resto de su especie sobre él. Su felicidad futura dependerá, exclusivamente, de su capacidad para eludir el papel de víctima.

La agresión social: problemática preocupante, pág. 21

Los miembros de la familia Belitre comían, sentados todos a la mesa de la cocina, cuando el doctor Tristán Bausán entró por primera vez en su casa. Rondaba los treinta años, alto y, pese al calor, vestido sobriamente con traje gris y corbata sobre la impecable camisa blanca. Su rostro parecía no haber sido terminado de encajar, con un pelo negro oscuro que caía en cascada sobre su frente y perilla cuidada que terminaba de otorgarle un aire excéntrico e intelectual. Sólo una cicatriz en su mejilla, que describía una extraña parábola, parecía contradecir la idea que transmitía el conjunto.

–Doctor Tristán, soy Basilio. Yo soy quien le llamó. –Basilio creyó oportuno identificarse y presentarle al resto de la familia.

Tras los saludos, el doctor atrajo hacia sí una silla vacía para sentarse junto a ellos, pero el abuelo le detuvo.

–Esa silla está ocupada.

–Lo siento, como no vi a nadie... –se excusó el doctor.

–Ni lo verá, pero está ocupada –replicó el abuelo, ajeno al desconcierto del visitante–. Sólo quien cree puede verlo.

–Basilio, tráele otra silla al doctor –intervino la madre.

–Ésta –prosiguió el abuelo– está reservada para Dios. En cualquier momento puede presentarse a comer.

–Le advierto –comenzó a decir el doctor mientras ocupaba la silla que Basilio le ofrecía– que la forma insustancial de Dios carece de necesidades como comer o sentarse.

–Se nota que sabe usted poco de Dios –le retó el abuelo con una sonrisa–. Él se alimenta por medio de nosotros. Ya lo dice el

Apocalipsis: «Mira que estoy a la puerta y llamo; si alguno escucha mi voz y abre la puerta yo entraré a él y cenaré con él y él conmigo.» Más claro el agua.

El padre lanzó al doctor una mirada tranquilizadora que quería restar importancia a las palabras del abuelo y sugería que los demás miembros de la familia no se adherían a tan descabelladas teorías.

—Por favor, coman, coman –rogó el doctor Tristán–. Perdonen que no les acompañe, pero no tengo costumbre más que de desayunar y cenar. Mis años en América, claro está. Estudié en Palo Alto...

—Mala costumbre, doctor –le reprendió la madre–. Está demostrado que no hay nada como tres comidas diarias.

—Mi trabajo, señora, consiste en dudar de todo lo demostrado. Pero ustedes coman con tranquilidad. Me gusta observar.

Llegados al café, Matías insistió para que se trajera una taza al doctor.

—Vamos, no te quedes ahí parada –recriminó a su madre–, un café tomará seguro.

—Eso sí, gracias –asintió el doctor.

Cuando la madre volvió a tomar asiento, el doctor decidió llegado el momento de hablar a la expectante familia. «Supongo que esperan de mí que exponga mis cartas, pero soy poco aficionado al juego.»

—Quizá debería ponernos en antecedentes –convino el padre.

—Eso –puntualizó Matías.

—Sartre dijo: «El infierno son los otros»; yo digo: «El ambiente es la enfermedad.» Es decir, sólo los sanos provocan que existan los enfermos y, como en toda provocación, los unos tienen mucho en común con los otros. Diferenciarlos es la única tarea de doctores y especialistas. Para el resto de los mortales es tan difícil como diferenciar una pulga macho de una pulga hembra.

—Yo sí puedo diferenciarlas –interrumpió Lucas, que fue acallado por su hermano Matías con un cachete en la cabeza.

—Vete a jugar con tus peces.

Lucas salió obedientemente del cuarto. El doctor Tristán clavó su mirada en Matías y luego buscó de reojo respuesta a tan llamativa actitud en algún gesto de los demás. No la encontró.

—Yo voy a echarme la siesta, que estoy molido —añadió Matías.

En el instante en que salió de la cocina, el doctor se volvió hacia los padres.

—No sé si lo saben, pero su hijo sufre el síndrome Latimer en estado muy avanzado.

Con un vago asentimiento, la madre dio a entender que, por desgracia, lo sabían. En ese instante, su opinión sobre el doctor Tristán varió en redondo. Especialistas de todo tipo habían empleado años de análisis y estudios antes de dar con la enfermedad de Matías y ahora aparecía este hombre, repasando su perilla, y en apenas un instante determinaba el síndrome del pequeño. El doctor proseguía:

—Confieso que Basilio va a ser uno de mis primeros pacientes. Trato de aunar la psiquiatría, la psicopatología y la psicología en una misma terapia. Mi experiencia es corta, lo sé, pero garantizo dedicación absoluta y entrega en cuerpo y alma al tratamiento de su hijo.

Al padre le preocupaba que los honorarios del doctor fueran prohibitivos para su modesto sueldo, pero silenció sus temores cuando oyó de boca de su mujer un expeditivo: «Doctor, me gustaría que empezara cuanto antes. Creo que es el hombre que mi hijo necesita.»

—El único hombre al que su hijo necesita es a sí mismo —terció el doctor con una sonrisa victoriosa—. Todos nos necesitamos, pero a veces nos cuesta trabajo encontrarnos.

A la mañana siguiente, cuando el padre salía hacia el trabajo, se topó con el doctor Tristán a la puerta del jardín. Traía un carrito en el que llevaba un gran macuto y su maletín habitual. El padre le abrió la puerta mientras el doctor le comunicaba su sorprendente primer paso en la terapia. Había decidido instalar una tienda de campaña en el jardín, que sería su vivienda, cuartel general y consulta para el caso de Basilio Belitre.

—Pero, hombre, tanto como instalar una tienda de campaña...

—No me gustaría dar ningún paso con su desconfianza. Si se niegan a mis métodos lo mejor es que lo digan cuanto antes.

El padre no contradijo al doctor y subió a su coche. Le observó mientras exploraba el suelo del jardín a la busca del lugar idóneo para montar la tienda. Se alejó en su coche reconociendo que su trabajo a veces era una bendición que le permitía escapar de las excentricidades de su casa. Y el doctor Tristán parecía sospechosamente bien adaptado al entorno familiar.

A los hermanos Belitre los despertó el martillear del doctor que terminaba de clavar las piquetas de la tienda de campaña en el suelo del jardín. Un instante después la tienda se alzaba junto a la piscina, bajo la sombra del cerezo, y el doctor emprendía la labor decorativa en el interior. Siempre con su elegante traje y corbata, colocó un saco de dormir, un infiernillo de gas y una linterna a modo de lámpara. Desplegó los pocos libros que había traído con él y adhirió a una de las paredes de la tienda una gran foto en blanco y negro de dos extraños tipos que el doctor identificó como Friedrich Nietzsche y su madre. Fue precisamente la madre de los Belitre la única que se atrevió a criticar aquella medida.

–Puede ocupar la habitación de invitados sin ningún problema, pero no se le ocurra dormir a la intemperie. El jardín está lleno de bichos.

–Señora, mi elección no es aleatoria –se negaba el doctor–. Se basa en años de estudio sobre la relación ideal entre el paciente y el médico.

–Vaya, la medida me parece un poco excesiva.

–Freud y los suyos descubrieron que un paciente tumbado era más accesible. De ahí la invención del diván. Yo me he revelado contra el tópico de la consulta inamovible en estos tiempos de cultura portátil.

–Ah, si es por eso –cedió la madre.

Toda la familia terminó por congregarse en torno a la tienda de campaña. El doctor emergió de ella y le hizo un gesto a Basilio para que entrara.

–Creo que ha llegado el momento de nuestra primera sesión.

Basilio entró en la tienda y el doctor subió la cremallera. Aquella primera sesión no fue especialmente intensa. Tras plantearle el test de Apercepción Temática de Murray, el doctor dedicó la mayor parte del tiempo a escuchar cómo Basilio le narraba la historia de la familia y la suya propia. El doctor Tristán tomaba notas, pero no despegaba ni por un instante sus ojos de los ojos de Basilio, algo a lo que éste no estaba acostumbrado y que ganó su total confianza. La gente solía apartar la mirada de él, como se evita el muñón de un inválido, con la creencia de que ignorar el defecto lo hace desaparecer y provocando lo que el doctor denominaba el *contacto incómodo.*

–Creo que estamos de acuerdo en que tu problema son los demás. La gente que te odia, te rechaza, se burla de ti o te ofrece una piedad que tú no deseas.

Basilio asintió.

–Eso por un lado, pero ¿qué me dices de ti?

Más tarde, Basilio conduciría al doctor hasta su cuarto para mostrarle su serie de lienzos y viñetas. El doctor se sonrió y dijo:

–Cualquier alumno de Freud haría una interpretación obvia de estas pinturas, demostrando su estrechez mental y su poca cultura. A mí, permíteme decirlo, sólo me parecen cruelmente divertidas, algo simples y con moral de tebeo, aunque pintas bien.

A la hora de comer, el padre de los Belitre entró con su coche en el jardín. Allí se erguía la tienda del doctor como un monumento a la psiquiatría moderna. Monumento, aunque de distinto cariz, era el tumbado junto a la piscina en forma de Nicole, que se ofrecía al sol como si quisiera atraer toda la luz hacia ella, medio adormilada bajo sus gafas oscuras. Aquél se había convertido en su método favorito de matar el tiempo de convivencia familiar. Felisín, sentado dentro del agua, sostenía ante sus ojos un viejo ejemplar de *Nuestro cine.*

El padre llamó su atención y le preguntó si podían hablar un instante. Felisín salió del agua y se envolvió en una toalla. Caminó junto a su padre hacia un lugar apartado del jardín donde pudieran charlar sin ser oídos.

–Sabes –le dijo el padre a su primogénito– que nunca he criticado tu rápido matrimonio y que Nicole me parece una muchacha excelente, incluso lo del coche está olvidado, pero...

–Si sigues enfadado por lo del trabajo, olvídalo. No tengo vocación de vendedor de seguros.

–No es eso. –El padre señaló hacia Nicole–. Tendrás que hacer algo con ella.

–¿Y qué quieres que haga? –susurró el hijo.

—Comprende que tus hermanos son pequeños, que están en una edad... ya me entiendes. No se puede tener a una chica desnuda en el jardín.

—No está desnuda.

—Poco le falta —atajó el padre lanzando una mirada a la inmóvil Nicole.

—Papá, tomar el sol en *top-less* no es tan raro. Sobre todo en Francia.

—Desgraciadamente, no estamos en Francia.

—Comprende que su mentalidad no es igual que la nuestra...

—Pero si yo no pongo ningún reparo, no es por mí. ¿Es que no has visto cómo la miran tus hermanos? Son sólo unos niños y es demasiado para ellos.

—¿Y qué quieres que haga? ¿Que le explique que somos una familia retrógrada y reaccionaria que se escandaliza por esas tonterías? Ya bastante alejada se siente de nosotros como para que encima le prohíba hacer lo que le gusta.

—Algo habrá que hacer —propuso el padre—. Esto no puede seguir así.

—Claro que no, pero en vez de obligarla a cambiar a ella, ¿por qué no obligas a cambiar a tu familia? Ya se acostumbrarán a verla así.

—Sí, eso también es verdad —reconoció el padre.

—Además, papá, ahora mismo no tengo dinero para poder ir por ahí a divertirnos o salir de casa más a menudo.

—Bueno, tú pídeme todo lo que necesites, en eso sí que no tengas reparos.

—¿De verdad?

—Pues claro.

—Es que me sacas de un apuro.

El padre echó mano del dinero de su cartera y se lo tendió a Felisín. Lucas había llegado con un cubo hasta la piscina y jugaba por los alrededores. Sus ruidos despertaron a Nicole, que se levantó de la hamaca y decidió darse un remojón. Subió por la escalerilla de la piscina y se sumergió en el agua. Su grito rompió la paz del momento.

Al ponerse en pie en la piscina resbaló y perdió el equilibrio. Había pisado un pez de Lucas de entre todos los que aleteaban por el agua para horror de la chica francesa. Lucas se metió en la piscina con su cubo para rescatar sus peces de colores. Felisín corrió hasta allí, ayudó a salir a Nicole y la cubrió con una toalla. Lo que menos había esperado encontrar en una piscina portátil eran peces.

–¿A quién se le ocurre meter los peces en la piscina?, idiota –le recriminó Felisín a Lucas con un capón.

Pero el pequeño sostenía en la palma de su mano el pez aplastado.

–Idiota, gilipollas, loca francesa, imbécil. Con esas tetas que pareces una vaca, asquerosa, hija de puta.

Nicole entendió lo que Lucas decía y se lanzó hacia el pequeño, que ya salía de la piscina, pero Felisín se interpuso y la sujetó calmándola en francés. Alertados por los gritos, el resto de la familia salió de la casa.

–Calma todos, por favor –rogaba el padre.

–Este niño es un imbécil –se quejaba Felisín.

–¿Pero qué es lo que ha pasado? –trató de mediar la madre.

–La vaca esta ha matado a Thor.

–¿Quién es Thor?

–Mi pez favorito.

–¿Pero cómo se te ocurre echar los peces a la piscina? –se lamentaba el padre.

Matías avanzó hasta Lucas y le dio un capón repitiendo paternalmente:

–¿Cómo se te ocurre echar los peces a la piscina?

Pero Lucas se revolvió con rabia y comenzó a gritarle:

–Loco, loco, no me toques, loco. Tú no eres mi padre, loco. Tú no eres mi padre, sólo eres uno que está loco.

El padre no hizo nada por acallar la rabia del pequeño, que se sentía acosado y chillaba a Matías acercando su cara a la de él, con el pez muerto en una mano y el cubo en la otra. Matías le propinó un severo bofetón que hizo callar a todos, incluso el llanto de Lucas.

En ese momento, por la puerta del jardín, a la carrera, surgió la triste figura del abuelo Abelardo, blandiendo su bastón en el aire, agitado y gritando: «¡Ha muerto! ¡Ha muerto!»

Todos se volvieron hacia él y de inmediato se trazó un corro en torno al abuelo jadeante.

–La he encontrado muerta en la cama. Se ha muerto –repetía el abuelo con su esfuerzo por recobrar el aliento.

La madre se abrazó a él y rompió a llorar.

–Sabía que esto iba a ocurrir. Lo sabía.

Sus lágrimas se unieron a la agitación del abuelo. Por la mente de todos cruzó el recuerdo de la abuela Alma, ahora fallecida.

–Al menos no ha sufrido –dijo el abuelo.

–Era una mujer maravillosa –terció la madre.

–Sí, pero se nos ha ido –sentenció el abuelo.

El padre se hizo a un lado del grupo y contuvo a duras penas las lágrimas. Sintió como un puñal la frustración de nunca haber podido expresar a su madre todo el amor que sentía por ella. Ya nada podría devolverle los años malgastados. Lucas moqueaba, sin poder contener su llanto ahora renacido.

Nacho, que salía del interior de la casa, ajeno a todo, se acercó hasta el grupo y, con un nudo en la garganta, preguntó a su hermano Felisín, que permanecía abrazado a una estupefacta Nicole:

–¿Qué ha pasado?

–La abuela ha muerto –declaró Felisín.

Al oír estas palabras, el abuelo abandonó su ensimismamiento, escapó del abrazo de la madre y replicó con indignación:

–¡Qué coño la abuela! La que se ha muerto es Asunción.

Lucas ofició el modesto entierro de su pez Thor en una esquina apartada del jardín de los Belitre y tejió una cruz con dos ramas. Este entierro se confunde en su memoria con el de la buena de Asunción, esforzada cuidadora de la abuela desde tantos años atrás.

En el cementerio, cuando el sacerdote terminó de leer unos salmos preciosos en los que se comparaba a Dios con un pastor y a los hombres con ovejas, el abuelo se entregó al recitado de un poema que, dijo, había improvisado para la ocasión:

> En el combate entre la generosidad y la muerte
> no podrán jamás vencerte,
> quedará siempre tu alma,
> Asunción, en la mente de quien te canta...

Ni Matías ni Lucas ni Gaspar asistieron al sepelio. Felisín se quedó en casa cuidando de ellos, con Nicole. La madre insistió en que Felisín debía ir al entierro como hermano mayor y que Nacho podía haberse quedado a cuidar de los pequeños, pero Felisín no quería ni oír hablar de la posibilidad de que Nacho se quedara a solas con Nicole.

Tampoco la abuela Alma abandonó su cama para dar un último adiós a Asunción. Quiso reflexionar sobre ella y ofrecerle el tributo de su presencia intelectual antes que su presencia física. Le escribió a su fallecida amiga Ernestina: «Como tú, otro ser cercano se marcha. Si os encontráis, estoy segura de que os haréis mutua compañía en ese aburrimiento que debe de ser lo perfecto.»

Por fortuna, no tardaron demasiado en encontrar a alguien que cubriera la plaza de Asunción. Una sobrina suya con estudios de enfermería se había ofrecido voluntaria para ocupar el puesto de su tía.

Te advierto que cuidar de mí puede ser la cosa más aburrida desde que Proust dejó de escribir –le había advertido la abuela.

–A veces no está de más aburrirse un poco –le había contestado Sara, que así se llamaba la joven.

> Día tras día a nuestro lado,
> siempre perduró nuestra amistad
> y aunque hoy estemos separados,
> por siempre perdurará.

Nacho escuchaba con desatención los versos de su abuelo junto a la sepultura. Esa misma tarde me comentaría la indiferencia que le produjo la ceremonia necrófila de aquel entierro, el primero al que asistía. A los veinte años, la muerte no entraba en nuestros planes.

SIETE

> No habrá ya noche, ni será necesaria la luz de las antorchas ni tan siquiera la luz del sol, porque el Señor Dios os alumbrará y reinará por los siglos de los siglos.
>
> Apocalipsis 22, 5-6

Sonó el teléfono y Lucas corrió al salón para descolgarlo. Nacho asomó la cabeza por la puerta de su cuarto y gritó por el hueco de la escalera:

—Si es una chica no estoy.

—Es papá —le respondió Lucas con un grito.

—Lucas, por favor, no pegues esos gritos, que casi me dejas sordo —lo abroncó el padre al otro lado de la línea.

—Perdona, papá.

—Escucha, dile a mamá que me es imposible ir a comer. Tengo unas gestiones que hacer y ya tomaré algo en un bar por aquí.

La madre supo al instante que algo preocupaba a su marido. Y, con esa percepción extrasensorial que tienen las mujeres con sus maridos y con sus hijos, no se equivocaba. «Sólo espero», le confió a Matías, que engrasaba el picaporte con todas sus herramientas esparcidas por el suelo, «que no vaya a uno de esos restaurantes que cocinan todo con mantequilla. Es fatal para su colesterol.»

Pero eso no era lo que preocupaba al padre. A media mañana, tras cobrar dos pólizas en pleno centro de Madrid y derretirse en su coche por más de media hora, subió a ver a su madre. Quería hablar con ella, a solas, sin el bullicio de su familia, como acostumbraban a ser sus esporádicas visitas.

—Tú debes de ser Sara, la sobrina de Asunción, ¿verdad? —dijo el padre cuando ella le abrió la puerta—. Soy el hijo de Alma.

—Ah, encantada —saludó la nueva cuidadora de la abuela—. Pase, aunque acaba de quedarse dormida. No se encontraba muy bien.

–Vaya, entonces volveré luego.

Félix entró en la cafetería que había al otro lado de la calle a esa hora medio vacía y se sentó a la barra. La falsa muerte de su madre le había sumido en la reflexión. A la primera sensación de alivio le siguió la urgencia por aprovechar esta segunda oportunidad que se le ofrecía. El espejo decorativo le devolvía su imagen de hombre gris. Pensar, se dijo, es la causa de todos mis males. Pero no podía evitarlo. Su vida era su familia y su familia era la causa de todos sus problemas. Aunque también terminaba por ser la solución de todos ellos.

La noche pasada, de nuevo como dos amantes furtivos, su mujer se había reunido con él en la cama de la habitación de invitados. Antes de que ni tan siquiera pudieran pensar en la posibilidad de hacer el amor, la madre había preferido volver a la cama con Matías. El síndrome Latimer estaba resultando persistente y cada día que pasaba el padre se encontraba más y más desplazado por un imitador de doce años que le suplía en su papel con una vehemencia y una autoridad mayores de las que él nunca había mostrado.

–Tienen que tener cuidado con ese muchacho –le había advertido el doctor Tristán–. No sé si han optado por el trato adecuado.

–¿Qué quiere que haga? Tampoco puedo enfrentarme con él.

–Eso en ningún caso. Contradecir la personalidad de Matías puede traer consecuencias terribles. Lo que pasa es que tampoco se puede ignorar el problema. Es como si por culpa de alguien que se cree Napoleón nosotros estuviéramos obligados a ser Josefina.

Era cierto, porque, eliminada la alternativa de la reclusión, el padre había optado por seguir el juego con naturalidad. ¿Para qué valgo yo?, se preguntaba a menudo.

Sonrió al recordar sus años jóvenes, lo mucho que quería a su mujer y cómo había acelerado la hora del matrimonio para evitar la convivencia con su padre. Entretanto, su madre había volcado el cariño en su hermano pequeño, Álex. Le pareció irónico: cuando era hijo, pisoteado por el padre; ahora que era padre, pisoteado por los hijos.

Salió a la calle y se acercó al puesto de flores de una gitana. Le compró un ramo de rosas rojas y la mujer lo sujetó del brazo con insistencia.

—Por guapo te voy a leer la mano.

—No, gracias.

—¿Qué pasa? ¿Te da miedo? —le seguía diciendo la gitana cuando él ya se alejaba—. Pues te advierto que aunque no lo quieras saber te va a ocurrir, porque lo que está de pasar siempre pasa.

Volvió a llamar a la puerta de la casa de la abuela y, algo decepcionada, Sara le informó que ésta aún dormía.

—Vaya, pues otro día la veré —acertó a decir. Miró a los ojos a la chica y le entregó el ramo de flores—: Qué más da. Quédatelas tú.

Sara cogió el ramo y con una sonrisa vio cómo Félix Belitre desaparecía escaleras abajo sin darle tiempo a agradecérselo. El padre condujo hasta su antiguo barrio de Algete, donde comería en el restaurante de unos viejos amigos que, eso sí, tenían la costumbre de cocinar con demasiada mantequilla.

Después de recoger la mesa, la madre fregó los cacharros que no habían podido entrar en el lavavajillas. Obligó a Lucas y Matías a echarse la siesta para que no soportaran el calor de la sobremesa.

—Pero, mamá, no tengo sueño —protestó Lucas.

—La siesta hay que dormirla aunque no se tenga sueño. —Y, señalando a Matías, que ya subía las escaleras, añadió—: Deberías aprender de lo obediente que es tu hermano.

—Claro, porque tengo que dar ejemplo —asintió con orgullo Matías.

Nacho tocaba la guitarra en el porche.

—Anda, Nacho, cántame esa tan bonita de Charles Aznavour —le rogaba la madre mientras terminaba de fregar.

—Ni lo sueñes, menuda horterada.

—*La Bohème,* que me recuerda a cuando tu padre y yo éramos novios.

—Mamá, esas canciones son de antes de que se inventara la guitarra.

Con disimulo, Nicole había bajado el volumen del televisor en el salón para escucharle mejor. Ojeaba una de esas revistas de moda con desgana y el pasar de páginas le servía de abanico en la lucha contra el calor en una batalla que tampoco le importaba demasiado perder. Felisín apareció y se sentó junto a ella en el sofá. Parecemos un matrimonio, pensó Nicole, pero a ella misma le resultó una idea ridícula.

–Aparta un poco, que me das calor –rogó.

Convivir con toda aquella familia sin la más imprescindible de las intimidades estaba agotando su paciencia. Era obvio que nunca una chica había vivido entre aquella gente y, por fortuna, ahora ya poseían dos cuartos de baño y no llegó a conocer las largas colas en hora punta que se producían en la casa de Algete. Aun así, cada vez que entraba en el baño, alguien indefectiblemente comenzaba a golpear la puerta y forcejeaba con el picaporte hasta comprender que estaba ocupado.

–Joder con la francesa, parece que vive en el váter –era el comentario habitual.

Al saberse escuchado, Nacho arrancó con la única canción que conocía en francés, del repertorio de algún viejo disco de su hermano Felisín.

> *Quand je pense en Fernande,*
> *je bande, je bande*
> *Quand je pense en Felisín,*
> *je bande aussi,*
> *Quand je pense en Nicole*
> *alors je bande encore...*

Nicole sonrió en el salón, aunque a Felisín no le hizo tanta gracia y con un tono que parecía querer decir «Qué bonita canción, tócanos otra», dijo:

–¿Quieres saber cómo suena una guitarra cuando se rompe en tu cabeza?

–No, gracias.

Nacho cambió el repertorio por algo menos peligroso, pero pronto se aburrió y salió al patio a pegarle patadas a un balón. El doctor Tristán se unió a él, revelándose como un magnífico dominador de la pelota.

–Eh, ¿dónde aprendió a hacer eso?

–Llegué a jugar en juveniles del Barcelona. Tuve que retirarme pronto, por mi alergia al césped.

Y logró lo nunca visto, implicar en un deporte a Basilio. Pronto se agregaron a ellos Felisín y Gaspar.

Nicole se levantó del sofá decidida a darse un baño cuando oyó la voz de la madre desde la cocina.

–Felisín, anda, dile a tus hermanos que no hagan deporte después de comer. –Pero se detuvo al ver aparecer a Nicole–. Ah, eres tú. Perdona, creí que era Felisín. Es que no me gusta que se agiten demasiado después de comer.

Nicole le contestó con una sonrisa, por lo que la madre supuso que no la había comprendido en absoluto. Nicole ya se disponía a emprender la subida de las escaleras, pero la madre llamó su atención y le habló vocalizando con esmero.

–Nicole, bonita, anda, ven aquí.

Nicole entendió el gesto y entró. La madre le alargó un trapo de cocina.

–Ayúdame a secar, hija –le pidió la madre.

La suegra comenzó a pasarle platos aclarados que Nicole secaba sin atreverse a protestar. Tenía calor y no le apetecía estar allí de pie en la cocina, sin entresacar de la conversación de la madre apenas alguna palabra suelta.

–Aquí es que no hay nadie que ayude –explicaba la madre–, y mira que su padre es un ejemplo. El único Matías, pero claro, él es diferente... ¿Vosotros sois muchos de familia?

–*Pardon?*

Felisín entró en ese momento en la cocina para refrescarse con un vaso de agua antes de volver al partido.

–No bebas agua sudando –le corrigió su madre.

Nicole dirigió a su marido una mirada de hastío que era un ruego para ser liberada de aquella tortura. Felisín comprendió y le quitó el trapo de las manos.

–Deja, ya lo hago yo –se ofreció. Pero la madre no permitió tal cosa. Sujetó con brusquedad a Nicole para impedir que ésta saliera de la cocina. Arrebató el trapo a Felisín y se lo volvió a poner en las manos a ella.

—Ni hablar. Quiero que me ayude Nicole —ordenó la madre—. Estábamos hablando de nuestras cosas, ¿verdad?

Por toda respuesta, la joven francesa devolvió el trapo a Felisín, contagiada de la brusquedad materna. La madre, indiferente, le tendió a Nicole un plato chorreante. La francesa, con apatía, lo dejó caer al suelo, donde se hizo añicos.

La madre alzó la mano para pegar un bofetón a Nicole, pero Felisín se interpuso entre ellas. Nicole abandonó la cocina y enfiló las escaleras rumbo a su cuarto. La madre le increpó, fuera de sí.

—Es una vaga, nunca me ayuda. ¿Qué clase de mujer es ésta? —gritaba al borde de las lágrimas—. Se cree que está en un hotel.

Felisín aplacaba los grandes aspavientos de su madre al borde de la histeria.

—La señorita tiene más clase que nosotros, ¿o qué?

—Vamos, mamá. No lo líes más. Ya lo hago yo.

—Yo no quiero que lo hagas tú. Quiero que lo haga ella.

—Compréndelo, mamá, aún no está adaptada, no entiende el idioma, sus costumbres son diferentes.

Los hermanos habían detenido su partido de fútbol y prestaban atención a la discusión.

—Ten en cuenta que su familia es rica de toda la vida —inventó a la desesperada Felisín—. En Francia es diferente. Simone de Beauvoir y todo eso, ya sabes.

—Tú eres un calzonazos —le gritó la madre—. Si he visto que hasta hacías tú la cama.

—Yo la quiero, mamá..., no te consiento...

—No, si ya sabía yo que tanto sexo no podía ser bueno. Te ha sorbido el seso esa fulana, porque es una fulana, de eso no hay duda. A saber dónde la encontraste.

La madre se alejó de él y puso rumbo al salón. Felisín fue tras sus pasos, irritado, gritando:

—Lo que pasa es que tienes celos. Te crees que puedes tratar a Nicole como si fuera tu hija. Pues no es tu hija. Te recuerdo que no has tenido ninguna hija. Es mi mujer. Lo tomas o lo dejas.

–Yo nunca habría tenido una hija así.

La madre rompió a llorar y se derrumbó sobre el sofá. Felisín se concedió el tiempo de un hondo suspiro antes de agacharse junto a su madre. Le tomó una mano y, con cariño, trató de mitigar su disgusto.

–Perdona, mamá. Lo siento, no quería decir eso. Es este calor...

La madre se esforzaba por contener sus lágrimas.

–¿Me perdonas, mamá?

–Anda, pon la tele.

Felisín obedeció y encendió la televisión. Dejó a su madre sentada en el sillón y subió las escaleras hasta su cuarto. Llamó quedamente a la puerta y entró. Nicole estaba tendida en la cama, boca abajo. Felisín se tumbó junto a ella y la abrazó.

–Vamos, no llores –dijo en un francés dudoso–. Comprende a mi madre, siempre ha querido tener una hija. Tú eres para ella...

–Vamonos de esta casa –le interrumpió Nicole con voz quebrada.

–Sí, sí –asintió resuelto Felisín–. Nos iremos pronto. Buscaré un trabajo y alquilaré un apartamento para nosotros solos.

Nicole se volvió hacia él. La cama aún estaba deshecha. Felisín sintió el irreprimible impulso de hacer el amor. Ella le separó con sutileza:

–No, demasiado calor.

El abuelo encontró a la madre, aún deprimida, sentada frente al televisor. La convenció para que fuera a dar un paseo: «Yo me quedaré al cuidado de la casa.» La madre salió y recorrió el barrio, que todavía no conocía. Casas en construcción, edificios de apartamentos por todas partes. Se dio cuenta de lo privilegiados que eran al vivir en un chalet tan maravilloso como el que había heredado la abuela Alma, en pleno corazón de una barriada en expansión.

La acompañaban Matías y Lucas. El pequeño correteaba de un lado a otro, pisoteando hormigueros y pateando piedras a su paso. Matías, por el contrario, iba cogido de la mano a la madre y caminaba con la vista perdida.

–Vaya pelea con Nicole –dijo.

–Bueno, no ha pasado nada. Una discusión sin importancia. Esto pasa siempre en cualquier familia.

–La culpa es de Felisín. Siempre la defiende en contra nuestra.

–Es normal, Matías, están enamorados. Y ella es su mujer. Un marido debe defender a su esposa.

–Claro, por eso yo te defiendo a ti.

–Bueno, bueno, ya se arreglará todo –le tranquilizó la madre.

A la madre la alteraba la idea de pasear por la calle del brazo de su hijo de doce años. Fuera de casa se sentía indefensa. Entre las paredes de su hogar se alzaba su reino y abandonarlo era poco menos que una temeridad.

De vuelta en casa, Matías rastrillaba el jardín cuando alguien llamó al timbre. Eran dos hombres extravagantes con una apacible sonrisa. El primero era alto, espigado, rubio, de tez muy blanca. El segundo era grueso, con gafas, de aspecto descuidado. Ambos vestían el mismo traje azul marino, algo colegial, hecho a medida y con sendas chapitas en las solapas donde se podían leer sus nombres: John y Paul.

–¿Está *chu padrue?* –preguntó uno de ellos.

–Soy yo –respondió Matías.

Los dos hombres, de origen inglés, intercambiaron una mirada de incomprensión. El más alto volvió a hablar:

–¿Con quién *podruíamos* hablar? *Truaemos* el mensaje de Dios.

–Ah, entonces al que buscáis es a mi abuelo.

Matías corrió a avisar al abuelo, que apareció un momento después con una sonrisa afectuosa a la que no correspondían los dos hombres, sino que la llevaban eternamente dibujada en su rostro.

–Hola, señor, *probablamanti* no nos *conosca* –dijo John con un acento que trituraba las palabras negándoles sus erres–. Yo soy John y él es Paul. *Truaemos* un *mansaje* para usted y su familia.

–Pues díganme.

–*Dejarué* que sea Paul quien hable.

–Sí, porque usted la verdad es que debería aprender a hablar castellano un poquito mejor.

El más gordo tomó la palabra. Su acento era peor, si cabe.

–Lo *qui quiríamos dicirla...*

–Vaya por Dios, pero si a éste se le entiende menos. –Los hombres se miraron, apocados, y el abuelo les concedió–: Sigan, sigan. ¿Cuál es el mensaje?

–Bueno..., queremos que sepa que las iglesias están *hasiendo una intipritición equivocuada* de la *palabrua* de Dios. *Despecian* a Dios y a Jesucristo.

El abuelo, sin pensarlo dos veces, propinó un sonoro bofetón a Paul. Las gafas de éste fueron a parar al suelo.

–No admito críticas a Nuestro Señor en mi casa –advirtió el abuelo, en tanto Paul recuperaba sus gafas.

–Pero, señor, nosotros no *cruitecamos* a Dios. Seguimos sus palabras a pies *huntillas*. Somos testigos de Jehová. ¿Ha oído hablar de *nosotruos*?

–Ah, los famosos testículos de Jehová –reconoció el abuelo–. He oído hablar mucho de vosotros. Y no me fío un pelo. Dios es uno y trino por mucho que digáis.

–*Nosotruos* no lo negamos.

–Él mismo lo dice: «Yo soy el alfa y el omega, el principio y el fin.»

–Nuestro *coñocimiento di la parabra* de Dios es profundo y res... petuoso.

–Pero, vamos a ver, ¿no sois de esos que creéis en la bobada esa de la evolución? ¿El hombre viene del barro, sí o no?

–Al *pruincipio di tudo* está Dios.

El abuelo no dio tiempo a más. Se fundió con ellos en un abrazo fraternal y los invitó a entrar en casa. Los sentó a la mesa del porche y los obsequió con sendas Coca-Colas.

–Años, años llevo buscando por esta gran tribulación a alguien que conozca la Biblia –les explicaba el abuelo.

–*Prisamente himos editado una prueciousa visión ilustriada del Apocalipsis. Y muy buarata.*

–¿El Apocalipsis? Ése es mi libro favorito. Y el de Dios también, ¿lo sabíais? Porque me lo ha dicho Él mismo...

–*Nusotros no criímos en apiraciones.*

–¿Ah, no? Pues preguntadme, preguntadme lo que queráis saber de él.

En el salón tenía lugar la proyección de *Carta a una desconocida*. El melodrama desbordó los lacrimales del bueno de Alberto Alegre. Los demás no se dejaron arrastrar por el sentimentalismo. Felisín, la verdad, estaba ausente. Alberto le había conseguido un puesto de crítico en sustitución veraniega del titular y se moría de ganas de contárselo a Nicole. En cuanto regresara de sus compras se lo diría. Y esto era sólo el principio de la buena racha, estaba seguro.

Durante la nueva sesión de tratamiento, el doctor Tristán había plantado a Basilio delante de un espejo. Le mantuvo frente a su propia imagen casi cinco minutos en completo silencio. Luego, sin permitirle apartar la vista de su reflejo, comenzó a hacerle preguntas. ¿Qué sentirías por alguien que tuviera ese aspecto? Asco. ¿Crees que él es culpable de su cara? Sí. ¿Si tratara de acercarse a ti, qué harías? Huir. ¿Confiarías en alguien con esa apariencia? No.

Lo que el doctor Tristán intentaba inculcar en su paciente era que el rechazo social que sufría no era algo extraño basado en un odio personal, sino en la repugnancia exterior. Así, le demostraría que trabajando sobre uno mismo podía lograrse la buena relación con los demás. La palabra clave era autosatisfacción. Cuando Basilio alcanzara una autoestima aceptable, sería capaz de transmitir esa confianza al resto de las personas.

—La sociedad rechaza antes a un deforme que a un imbécil, pero, con sus actos, el deforme puede ganarse el afecto social, mientras que el imbécil sólo puede perderlo —le dijo el doctor.

—Ya, doctor —le interrumpió Basilio—, pero usted en su libro habla de un método radical para acabar con esta situación. Eso es lo que yo quiero...

—Los tropezones no vienen de andar mal, sino de andar demasiado aprisa —zanjó el doctor—. Confía en mí.

Pero lo que Basilio tenía era, precisamente, prisa. Estaba cansado de humillaciones. Hacía días que había decidido no aparecer más por la academia. Se había matriculado en ella para tratar de aprobar alguna asignatura de física en la convocatoria de septiembre, pero su profesora se había empeñado en hacerle la vida imposible. En las horas de clase se refugiaba en un cine o en cualquier biblioteca, aunque, todo sea dicho, en ninguno de los dos sitios era bien recibido.

Antes de empezar a escribir nada, uno debía conocer el final de la historia. Al menos eso había leído Gaspar en una entrevista con un escritor ruso. Su novela terminaría con un beso en el que el chico y la chica se confesaran que se habían querido desde la primera vez que se vieron. Exactamente igual que ocurriría entre Violeta y él esa misma tarde.

A medida que el autobús se acercaba a la parada en la plaza de Algete, el nerviosismo de Gaspar aumentaba. Había imaginado hasta el menor de sus movimientos, como en una partida de ajedrez, dejando incluso el tiempo preciso para que Violeta moviera sus piezas abriendo la defensa, cada uno con su pequeño reloj de control que ya llevaba dos años de retraso. Dos años desde aquel día en que entró en su bar y ella no le cobró la consumición.

Para Violeta fue una casualidad encontrarse con Gaspar aquella tarde. Acababa de salir del bar, cargada con una caja de cervezas, cuando se cruzaron por la calle. Él parecía despistado y no la vio hasta que ella le llamó la atención.

–Gaspar. ¡Hola!

–Hola, Violeta... esto... he venido a ver a mis antiguos amigos –se explicó Gaspar antes de ser preguntado.

–Ah, muy bien. ¿Qué tal la casa nueva?

–Fenomenal. Es una casa increíble, puedes venir a verla cuando quieras...

–Oye –preguntó ella–, ¿tienes mucha prisa?

–No, no, no. Qué va. Tengo toda la tarde...

–¿Podrías hacerme un favor? Te importaría llevar esta caja a la obra que hay junto al Burger. Ya está pagado.

–No, no, claro –dijo con decepción Gaspar.

Un minuto y una corta despedida después, vio irse a Violeta tras un «Menos mal porque llegaba tarde». Cargó con la caja de botellines de cerveza hasta una obra cercana. ¿Cómo había podido ocurrirle aquello? Se sintió el hombre más infeliz del mundo.

Visitó la que había sido su librería habitual durante todos estos años. El viejo librero lo saludó con familiaridad y le obsequió con una edición usada de *La cartuja de Parma*. Compró dos novelas de Wodehouse y robó el *Curso de literatura europea* y la *Historia abreviada de la literatura portátil*. Vagó por la calle frente al bar, esperando que Violeta apareciera de nuevo. Una vez más se le había escurrido entre los dedos. Una vez más la realidad no estaba a la altura de sus novelas. Había llegado dispuesto a adueñarse del corazón de Violeta y lo único que había conseguido eran veinte duros de propina que le había dado uno de los obreros al entregar la caja de cervezas.

Empezaba a hacerse tarde y Gaspar, que estaba dispuesto a esperar toda su vida por ver de nuevo a Violeta, fue consciente de que debía irse. Corrió hasta el autobús y se sentó al fondo. Iniciaron la marcha. Apoyada la cabeza en la ventanilla, vislumbró a Violeta en la distancia, caminando calle abajo. Era ella, no había duda. Su pelo rizado y sus piernas largas bajo la falda negra. Se estaba besando con un tipo mayor que ella, con melena oscura y rostro curtido, con unos vaqueros gastados y una camisa gris. Los vio alejarse. Ella con su brazo en la cintura de él. Él con el suyo sobre los hombros de ella. Se besaban a cada paso acompañados por el baile del vuelo de la falda de Violeta. Gaspar dejó que el autobús lo arrastrara lejos de allí.

Tenía ganas de llorar, pero no podía. Estaba demasiado nervioso. Al llegar al centro de Madrid, descendió y caminó entre la gente, más solo que nunca. Había prometido a su madre ir a ver a la abuela, pero no tenía ganas de ver a nadie. Quería morirse. Odiaba al mundo, Pero amaba a Violeta. Pese a su traición, pese al adiós definitivo, nunca podría olvidarla.

Subió pesadamente las escaleras, una a una, él que gustaba de subir de tres en tres, como si ahora cada escalón fuera un mazazo en las rodillas. Al llegar ante la puerta le saludó el relieve de «Dios guarde esta casa» con una ironía que se le escapaba. Llamó al timbre. Tuvo que esperar un instante. Lo mejor sería irse, no tenía nada que hacer allí. Dudaba incluso que el dolor le permitiera hablar.

Sara abrió la puerta. El cabizbajo Gaspar levantó con parsimonia la cabeza. Le pesaba el plomo de la derrota sobre el cuello, el fin de Violeta. La joven le miraba con curiosidad, no se conocían.

–Soy Gaspar –acertó a decir.

–Yo soy Sara, pasa. Vienes a ver a tu abuela, ¿verdad?

Gaspar asintió vagamente, aunque no había escuchado la pregunta. El rostro de Sara, ¿de dónde salía aquella chica?, permanecía ante él como una visión y en aquel momento ya no existía nada más en el mundo.

Dios mío, pensó, es maravillosa.

Segunda parte

Alguien que a toda hora se queja con amargura de tener que soportar su cruz (esposo, esposa, padre, madre, abuelo, abuela, tío, tía, hermano, hermana, hijo, hija, padrastro, madrastra, hijastro, hijastra, suegro, suegra, yerno, nuera) es a la vez la cruz del otro, que amargamente se queja de tener que sobrellevar a toda hora la cruz (nuera, yerno, suegra, suegro, hijastra, hijastro, madrastra, padrastro, hija, hijo, hermana, hermano, tía, tío, abuela, abuelo, madre, padre, esposa, esposo) que le ha tocado cargar en esta vida, y así, de cada quien según su capacidad y a cada quien según sus necesidades.

AUGUSTO MONTERROSO, *La vida en común*

OCHO

¿Puede el chico de catorce años enamorarse de una mujer mayor?

No puede. Debe.

GASPAR BELITRE, *La vida a los catorce años,* cap. 3

Conocí a Sara algún tiempo después de que le abriera la puerta a Gaspar Belitre. Me enamoré de ella, creo, en ese primer instante. No sabría explicar por qué. Quién lo sabe. Ocurre a veces, cuando los ojos de una persona no se limitan a mirarte, sino que te absorben, te introducen en un túnel donde sólo puedes abrazarte al vértigo. Lo que ocurrió entre ella y yo..., bueno, eso es otra historia que ahora no viene al caso contarles.

Cuando Gaspar salió aquella noche de casa de su abuela, Violeta se había borrado de su mente con un golpe de viento y no había otro rostro, otra mujer en sus pensamientos más que Sara. Gaspar Belitre continuaría siendo así largos años, enamorándose y desenamorándose con esa facilidad infantil. A la mañana siguiente se sentaría frente a la máquina de escribir y, abandonado a la lírica novelesca, se explayaría en el conocimiento científico sobre los jóvenes de catorce años. ¿Puede un chico de catorce años estar enamorado de alguien mayor?, escribió Gaspar con su personal estilo. A continuación explicó durante un par de folios que alguien joven, en su despertar a la vida, necesita adiestrarse al costado de un adulto, de alguien que oriente sus pasos en el bosque de la ignorancia (la metáfora es suya). Tras zanjar aquella apología del amor entre edades, se sintió más satisfecho consigo mismo.

Pero Sara no era tan mayor. Tenía veintidós años con todo su aspecto adolescente a cuestas y no transmitía en absoluto una imagen de madurez. Sus ojos eran azules, casi transparentes. El pelo rubio, tostado. En la piel pálida de su rostro, los labios eran un deseado paréntesis rosa. A todas luces obsesionado, el ensayista de catorce años se dedicaba tan sólo a convertir su propia experiencia en generalidad. Porque Sara no estaba tan lejos de ser una adolescente. Con sus piernas musculosas y su vestir siempre descuidado y masculino. Se desplazaba a todas partes con su Honda de 125 cc. y un casco de media esfera que dejaba al descubierto su mentón acogedor.

–¿Y ese casco? –le había preguntado la abuela–. ¿No me digas que vas en moto? Te advierto que estoy harta de que mis cuidadoras se maten antes que yo.

–Descuide, la esperaré –le devolvió Sara, que no tardó en habituarse a la relación irónica con la abuela.

Entretanto, las aguas no habían, ni mucho menos, vuelto a su cauce en el seno de la familia Belitre.

Lucas, el pequeño, había declarado la guerra a Francia, es decir a Nicole, la asesina de peces, como él la llamaba. Desde por la mañana, cuando la francesa salía a tomar el sol al patio, Lucas la perseguía con su cantinela burlona. Si ella le ignoraba, él se entregaba a desfilar cantando la Marsellesa. Cualquier frase que Nicole pronunciara en la mesa o en su conversación con Felisín, Lucas la repetía con sorna. Nicole no hablaba demasiado, pero aquel hostigamiento al que se veía sometida acabó por arrinconarla en un silencio casi absoluto. Cada vez que abría la boca, estuviera donde estuviera, Lucas repetía su frase. A veces con pisos de distancia entre uno y otro se oía el grito de Lucas mofándose reiteradamente de la piscicida. Había decidido vengarse y empleaba toda su artillería en la guerra contra su cuñada.

Desde hacía unos días, además, observaba el extraño comportamiento de sus peces de colores que flotaban sobre la superficie del agua del acuario, sin sumergirse y sin tomarse el menor interés por los pellizcos de foie gras que Lucas les ofrecía.

–Vosotros también odiáis a la francesa, ¿verdad? –les preguntaba Lucas–. Nunca le perdonaremos que matara a Thor.

Felisín intercedió ante sus padres para lograr el silencio de su hermano pequeño, pero la familia estaba acostumbrada a hacer oídos sordos al flujo constante de palabras que desde su más tierna infancia escupía por la boca el charlatán Lucas. Ahora se había convertido en rutina que cada tímido *«passe-moi le pain»* susurrado por Nicole fuese seguido del «pas mua lepén» irritante de Lucas.

Nicole, como solución, había resuelto salir más. Ahora pasaba aún menos tiempo en casa de su familia y prefería pasear por la ciudad o ir de compras. Felisín enviaba sus críticas de cine al periódico y al verlas publicadas concebía esperanzas de algún día abandonar la casa paterna. Esperanzas que se diluían en círculos de rotulador alrededor de inalcanzables ofertas de alquiler de pisos que publicaba el *Segunda Mano*.

Nacho y yo nos encontramos en la bodega donde tomábamos la primera cerveza de la tarde. Llevaba días intentando convencerle para que se uniera a nuestro grupo y tocara con nosotros.

–Estamos hasta los cojones del guitarra.

–Tío, no me apetece estar en un grupo –me contestó–. Además, después de esta noche me puedo morir tranquilo. Voy a cumplir el sueño de mi vida.

–Que es...

–¿Te acuerdas de Aurora?

Me sorprendió oírle mencionar a Aurora. Pensaba que su relación con ella no habría pasado de un par de noches. Ya en otras ocasiones Nacho había salido con mujeres mayores, pero siempre con la inconstancia habitual en él. Incluso para sus amigos, Nacho era lo más parecido a una pastilla de jabón.

–El otro día me preguntó cuál era mi fantasía sexual. Me dijo que si yo cumplía la suya, ella cumpliría la mía.

–¿Y cuál era la suya?

–Eso qué más da. El caso es que le conté que la mía era follar con dos tías a la vez y ya se ha conseguido a una amiga suya.

–Pero entonces tú cumpliste la fantasía de ella. ¿Y qué era? –insistí.

–Joder, qué plasta. Que no quiero tocar en ningún grupo, ya te lo he dicho.

John y Paul, los dos testigos de Jehová, apenas conocían el mundo. Abandonados al nacer a la puerta de un Children Home en pleno corazón de Bristol, ya de niños habían entrado a formar parte de la orden que fundara C. T. Russell más de cien años atrás. Desde entonces estaban sometidos a una recta disciplina que incluía desde el desprecio a la bandera, los cumpleaños o la Navidad, hasta la prohibición de fumar, llevar barba, ver televisión o jugar al ajedrez. Aquella rectitud de costumbres era la única vida que conocían y su entrega a Dios, ahora, a los treinta años, era absoluta. Podía decirse que el abuelo Abelardo, fuera de la orden de Jehová, era su único amigo en la ciudad. Por ello, no les pareció nada reprobable adoptar la costumbre de visitarlo casi todas las tardes y charlar con él de teología.

El abuelo encontró en ellos cuatro oídos entregados en los que liberar su misticismo. Tiempo antes había frecuentado grupos religiosos con los que salía de acampada o incluso cumplió su sueño de viajar a Fátima. Fue tras una utreya de convivencia cristiana cerca de Badajoz cuando la familia le prohibió tales reuniones. Había vuelto a casa infestado de chinches, sus únicos compañeros de celda de rezo, que se reprodujeron frenéticamente hasta obligar a una desinfección total del piso de la abuela.

Desde hacía días, John y Paul venían comentando con el abuelo un acontecimiento que removía las estructuras religiosas del país. Una mujer aseguraba ver a la Virgen cada primer sábado de mes en un prado de El Escorial junto a un viejo roble. Expediciones de autobuses con creyentes de todos los rincones del país acudían para presenciar cómo la mujer, arrodillada en el suelo, recibía con sus rezos la puntual presencia de la Virgen.

–Deberíamos personarnos en el lugar de los hechos –les empujaba el abuelo–, y poner la mano en la llaga, como Santo Tomás.

–*Poderíemos* ir el *prossimo* fin de *simana* –propuso John.

La madre les había preparado unos bocadillos y un caldo en un termo para que comieran caliente. Al mediodía, el tren los dejó en la estación de El Escorial y, por sus compañeros de viaje y el ambiente de la ciudad, localizaron sin dificultades el prado a las afueras donde tenían lugar las apariciones. Se había cortado el tráfico y la zona estaba repleta de autobuses y coches de curiosos y creyentes. John y Paul vestían con su traje habitual, aunque se habían guardado las chapitas identificativas. Aún recordaban la ocasión en que un grupo de jóvenes cristianos, tras una manifestación contra el aborto, los había pateado. Las relaciones entre los testigos de Jehová y sus compañeros de fe no eran demasiado buenas y tampoco era cuestión de tentar a la suerte.

El abuelo se había calado una gorra de pana y llevaba una camisa de cuadros con su habitual bastón. Parecía más un excéntrico inglés que un creyente autóctono en busca del contacto divino. Tras mucho insistir logró que John y Paul se quitaran la chaqueta y la corbata y se arremangaran la camisa.

De pronto, los vendedores de estampas, rosarios, reliquias y cassettes del Papa atenuaron sus voces comerciales y en un instante reinó el silencio más absoluto. Los que bebían de la fuente de agua contaminada que creían milagrosa, detuvieron sus tragos. El abuelo y su extravagante compañía ganaron posiciones hasta conseguir tener al alcance de la vista a la protagonista de las visiones. La mujer oraba de rodillas sobre la hierba y su rezo llegaba a cada rincón del prado gracias a un micrófono que sostenía su marido y un sistema de altavoces repartido con profesionalidad por el arbolado. Con innegable puntualidad la mujer interrumpió su tercer avemaría y comenzó a gritar guturalmente con los brazos extendidos hacia adelante: «Señora, mi señora, gracias por venir», repetía. Un escalofrío de emoción recorrió el silencio de todos los congregados. Alzaron las cabezas. No podían ver nada, pero, por sus gestos, la comunión era total y sentían como suya la visión de aquella buena señora.

El abuelo Abelardo observaba con escepticismo a la gente a su alrededor. En ese momento Dios se había presentado ante él y estaban charlando.

—¿Señor, qué es todo esto? —preguntó el abuelo—. Yo no veo a la Virgen por ninguna parte.

—Déjalos, Abelardo, tú y yo sabemos que no hacen ningún mal —le dijo Dios—. Es como si temiendo quemarse la boca la gente dejara de fumar. Es falso, pero a la larga evitan enfermedades aún peores. La mentira puede ser tan buena como la verdad si es utilizada con bondad.

Pero el abuelo no podía creer lo que no veía y en un murmullo proseguía su protesta. Una anciana le chistó para que guardara silencio.

—Este aquelarre me está sacando de mis casillas.

–Abelardo, no juzgues el contenido por la forma. Piensa en la hermosura del vacío. Aunque una sola de las personas aquí congregadas utilizare lo que siente para hacer el bien en esta vida, ya valdría la pena todo este espectáculo que tú juzgas dantesco. –Dios, con su tremenda habilidad dialéctica, logró apaciguarlo.

Llegados a este punto, la mujer transmitía a los creyentes congregados, micrófono en mano, las palabras que le dirigía la Virgen. «¿Qué quieres de nosotros, mi Señora?», decía. «¿Que recemos por la paz universal? Así lo haremos. ¿Qué quieres que te recemos, mi Señora? ¿Un avemaría?» Y la mujer comenzó a rezar seguida como un solo hombre por todos los que estaban a su espalda. El abuelo Abelardo no pudo contenerse más y se lanzó hacia adelante con furia.

–¡Deténgase esta farsa! –gritó, pero la gente ya estaba acostumbrada a saboteadores en estos actos.

Los guardas jurado que protegían a la vidente fueron hacia allí. El abuelo Abelardo imploraba a todos los presentes:

–¿Cómo va a pedir Nuestra Señora que le recemos un avemaría? ¿No os dais cuenta? Eso es de un egocentrismo humano. Es como si ella dijera: «Soy bendita entre todas las mujeres, soy la mejor», eso es imposible. La vanidad es un pecado capital. Esta farsante está insultando a la Virgen...

Los que estaban más cerca de él se lanzaron a acallarle recriminando su postura. A empellones, una señora estuvo a punto de hacerlo caer. El abuelo levantó su bastón con furia. El resto de creyentes alzaba su recitado de «vidaydulzuraesperanzanuestra» por encima del tumulto. John y Paul trataron de interponerse entre la gente y el abuelo Abelardo. Alguien gritó: «¡Son mormones! ¡A por ellos!»

La gente se abalanzó con violencia, pero los guardas jurado llegaron a tiempo de agarrarlos del brazo y emprender el camino de salida. Los creyentes, indignados, gritaban enfurecidos: «Fuera, fuera, fuera», y «Cristo, Cristo, Cristo». Una mujer hirió a Paul en la mejilla con el latigazo cortante de su rosario. Algunos les escupieron a la cara y en un momento de desfallecimiento el abuelo se arrodilló implorando hacia los cielos: «Señor, soporto este castigo sólo por defender la verdad.» Los guardas lo levantaron en el aire y levitando lo sacaron de aquella maraña de creyentes que expresaban su cristiana indignación con insultos y salivazos.

—Lo más prudente es que se vayan —les aconsejó el cabo de la Guardia Civil.

—Nos iremos —aceptó el abuelo—. Pero que sepan que Dios se viene con nosotros.

Abelardo, John y Paul abandonaron el lugar cuando arreciaban los rezos. Desde la estación, esperando el primer tren, aún podían oír los cánticos religiosos. La tímbrica voz de las exaltadas niñas de un colegio de monjas de Abertura, pequeño pueblo extremeño, entonaba, con el solo acompañamiento de bandurria y pandereta, el primer movimiento de una hermosa canción que el abuelo conocía de memoria:

> María es esa mujer
> que desde siempre el Señor se preparó,
> para nacer, como una flor,
> en el jardín que a Dios enamoró.

Gaspar se ganó un cariñoso beso de su madre en la mejilla cuando le anunció que iba a visitar a la abuela enferma. Y hacia allí partió Gaspar con la noble vocación de acompañar al enfermo en las tristes horas y la indigna intención de estar cerca de Sara en previsión de dulces horas. Llamó al timbre y, con un grácil saludo, Sara le hizo pasar. Estaba preciosa con una camiseta deportiva y unos amplios pantalones de lino blancos. Revolvió el pelo de Gaspar con la mano mientras éste le explicaba que él era el único de los hermanos que solía visitar a la abuela con asiduidad.

—A mis hermanos no les gusta la abuela —dijo con gesto teatral Gaspar—. A mí, en cambio, me encanta venir a verla. Ahora, en vacaciones, no me importa venir casi todos los días.

—Vaya, eres un nieto ideal —le elogió Sara—. Ojalá cuando yo sea vieja tenga a alguien como tú.

—Puedes estar segura. —Y Gaspar se ruborizó.

—¿Vas a estar mucho rato?

—Bueno, horas y horas. —Gaspar estaba inspirado—. Con ella es que se me pasa el tiempo volando. Se me puede hasta echar la noche encima.

–¿Ah, sí? –Sara estaba gratamente sorprendida–. ¿Me podrías hacer un favor?

–Pues claro.

–¿Podrías quedarte con ella hasta que yo vuelva? No tardaré mucho. –Sara le miró a los ojos a la espera de una respuesta.

–Bueno. –Gaspar trató de pensar–. Bueno, claro, no sé...

–Es que tengo a mi novio enfermo y quiero ir a verle.

–Ah, ¿tienes novio? –interrogó Gaspar con fingido desinterés.

–Sí, Julio. ¿Y tú? ¿Tienes alguna chica por ahí?

–¿Eh? –se sorprendió Gaspar–, no, no... Bueno, salía con una, pero bueno..., ya sabes..., se hartó de mí...

–Vaya, estoy segura de que se arrepentirá.

A Gaspar le bastó aquel piropo para justificar su tarde. Que Sara tuviera novio al fin y al cabo no era tan raro. Chicas así no andan sueltas por el mundo, reflexionó. Además había dicho que estaba enfermo. Eso le hizo concebir esperanzas. A lo mejor ese cerdo de Julio tenía una enfermedad incurable y la palmaba. Ojalá, pensó. A veces un simple constipado se complica y acaba con la vida de una persona.

Con desgana, entró en el dormitorio de la abuela.

–¿Otra vez tú? ¿Ya te has leído los libros que te presté? No te preocupes, antes de que acabes con la biblioteca, los días ya habrán acabado conmigo.

La abuela, aquella tarde, encantada con la visita de Gaspar, estaba siendo más cariñosa con él que de costumbre. Le decía que desde siempre había sabido que era su nieto inteligente y que, por el brillo de sus ojos, podía verse que sería un buen escritor.

–¿Sabes quién tenía esa misma mirada? Dorothy Parker.

Gaspar hubo de confesar que no conocía a tal persona. La abuela se escandalizó. Le ordenó abrir el armario empotrado en la pared y del último cajón sacar unos sobres llenos de fotos. Una a una fue mostrando a Gaspar las innumerables fotos de ella junto a una espantosa y vieja señora peinada con moño y enfundada en vestidos horrorosos.

–Esta foto nos la hicieron en Valencia. Un chico guapísimo que era mi novio por entonces. Por ahí tengo un libro magistral que escribió de su viaje donde no deja de hablar de mí. ¿Lees inglés?

Gaspar negó con la cabeza.

–Luego le dices a Sara que busque en el trastero. Por ahí debe haber una máquina de escribir antigua que era la que usaba Hemingway.

–¿Una Smith-Corona? –preguntó Gaspar.

–Sí, portátil, y en uno de los lados están grabadas sus iniciales: E. H.

–El abuelo me la regaló en mi cumpleaños pasado.

–¿Qué?

–Dijo que había sido de un amigo suyo.

–Sí, de José María Pemán, no te jode el hijoputa..., cómo se gana a los nietos... Ese bastardo ególatra se pasa la vida escribiendo poemas para cuando me muera, pero pienso morirme después que él y en su entierro bailar una jota.

–Así que era de Hemingway...

–Él era un cretino, pero, hijo mío, cosas del arte, con esas teclas escribió *La capital del mundo*, que es uno de los cuentos más geniales de la literatura moderna. ¿Lo has leído?

Gaspar estuvo a punto de mentir, pero negó algo avergonzado.

–Pero bueno, ¿qué cojones os mandan leer en la escuela?

Gaspar se marchó de casa de la abuela tras la vuelta de Sara. La observó una última vez antes de enfrentarse al calor de la noche. Estaba realmente enamorado de ella. Le había prometido a la abuela ir a buscar sus viejos libros, y aunque quisiera negarlo, aquélla sería su coartada para poder ver con frecuencia a Sara. No pudo por más que odiar a ese tal Julio. Pensar en otro tocando a la frágil Sara... Deseó con todas sus fuerzas la desaparición de ese hijo de perra guaperas, porque seguro que era guapo, que se cayera por un barranco o lo atropellara un coche. O unas fiebres incurables, ¿por qué no? Odiaba a aquel desconocido que tenía el privilegio de apartarle el pelo de la cara cuando Sara se inclinaba, que tenía el placer de ser mirado por aquellos ojos eternos.

Por la noche, en la cama, Gaspar soñaría con Sara. Vivían juntos en una casa en el campo, él dedicado a la escritura y la pesca, como Hemingway. Ella leía emocionada las páginas mecanografiadas de su siguiente libro mientras Gaspar mordisqueaba una pipa con aspecto de escritor consagrado. Sonrió en su sueño y saboreó la visión nocturna de Sara, que al terminar de leer las páginas se levantaba del sofá, iba hacia él y le premiaba con un largo y cálido beso en los labios.

NUEVE

Amor: La estupidez de pensar demasiado en otro antes
de saber nada de uno mismo.

AMBROSE BIERCE, *Diccionario del diablo*

La sala, medio vacía en el primer pase matinal, estaba aún más
helada que la sonrisa de la taquillera. Basilio no prestaba demasiada
atención a la película. De aquel modo solían transcurrir sus dos
horas de clase diaria en la academia. Como en todas las salas de
cine durante el verano, Basilio estaba pasando un frío terrible. Se
había sentado encima de sus propias manos para resguardarse del
aire acondicionado. Tras el final feliz de la película, salió a la calle a
vivir su vida infeliz.

Junto a la cadavérica cartelera, una mujer joven trataba de recomponer la envoltura de un gran espejo de al menos dos metros de
largo. Basilio vio cómo intentaba acarrearlo ella sola y lanzarse de
nuevo a la calle. Al ver que la chica se volvía hacia él, apartó la vista,
como era su costumbre. Pero la joven llamó su atención.

—Oye, perdona, ¿me puedes echar una mano? Es hasta aquí al lado.

—Claro —se ofreció Basilio.

Basilio tomó un extremo del espejo y la mujer el otro. Ella guiaba volviéndose constantemente a reponer el papel que envolvía el
espejo, cada vez más al descubierto.

—Creía que lo iba a poder llevar yo sola, pero el condenado
pesa...

—Sí pesa, sí...

Un poco azoada, se dio cuenta de su brusquedad con Basilio y
comenzó a deshacerse en excusas y agradecimientos.

—Huy, perdona, que es que te he secuestrado sin pedírtelo por
favor, ya llegamos..., perdona de verdad, es que me...

94

–Nada, nada, no te preocupes.

Basilio no había podido evitar lanzar una discreta mirada a las piernas alegres de la chica bajo el breve vestido de gasa. Le falta la raqueta para ser una tenista, pensó. Llevaba el pelo revuelto e iba sin maquillar, pero escondía un cierto atractivo bajo sus rasgos imperfectos y desordenados. Basilio apenas hablaba, sólo para restar importancia al esfuerzo y atenuar así las disculpas de la chica.

–No llevo mucho viviendo aquí. Me acabo de separar...

Basilio la vio colocar el espejo sobre una de las paredes y quitar el envoltorio con un diestro tirón. Tan joven y ya ha estado casada, pensó mientras descubría el final de sus muslos al ponerse la chica de puntillas para retirar el último pedazo de papel.

–Bueno, ¿qué te parece? –preguntó la chica volviéndose hacia Basilio.

Tenía sus ojos clavados en los de él, como si de verdad le importara su opinión. Basilio se vio obligado a responder:

–Grande, me parece grande.

La chica sonrió hacia él, luego hacia el espejo y, variando mínimamente la colocación, explicó:

–Me encantan los espejos, me encanta ponerlos por todas partes, te dan como la idea de que la casa es más grande, ¿no crees? Debe de ser por el reflejo.

Basilio dudó un instante y luego asintió. Miró alrededor. Había una gran estantería vacía.

–También me gusta mirarme, no te creas. Soy... eso... ¿cómo se dice?

–¿El qué?

–Sí, hombre, eso de cuando te crees..., ah, vanidosa. Huy, si no nos hemos presentado. Me llamo Mayka, ¿y tú?

–Basilio.

–Basilio, no te he ofrecido nada. ¿Qué quieres tomar?

–Nada, gracias, ya me iba.

Hubo un silencio. Ella insistió en la invitación. Él la rechazó amablemente. Mayka le acompañó hasta la puerta y la abrió. Le tendió la mano y dijo que estaba encantada de conocerle. Basilio salió y comenzó a bajar las escaleras. De pronto, la voz de la chica, desde lo alto, le detuvo.

—Por cierto, ¿qué tal la película que has ido a ver? Había pensado ir mañana, pero odio ir sola al cine —reflexionó la chica en voz alta—, no te apetecería verla otra vez, ¿verdad?

Basilio se mantuvo en silencio durante un instante y luego se atrevió a decir lo que estaba pensando: «Si es contigo, sí.» La chica lanzó una sonora carcajada que resonó en la profundidad de la escalera.

—Vamos, vamos, ahora va a resultar que eres un galán.

Basilio salió al calor de la calle. No pudo evitar que una sonrisa se abriera paso entre sus granos. Estaba convencido de que tenía posibilidades con la chica. Era ella la que había hecho todos los avances. El optimismo le invadió camino de casa. De pronto, el cristal del escaparate de una tienda le devolvió su imagen. Basilio se reencontró con la realidad. ¿Cómo había podido pensar aquello? Era imposible que alguien sobre la tierra, y menos una chica, se sintiera atraído por él. Sencillamente esas cosas no pasan. No merecía la pena ni tan siquiera comentárselo al doctor.

El doctor Tristán entró en la cocina y abrió el frigorífico. Extrajo de él una bolsa donde guardaba su traje gris.

—¿Se marcha? —le preguntó la madre.

—No, voy a vestirme para la sesión con Basilio.

—Bueno, doctor, entre Basilio y usted ya hay confianza. No creo que le haga falta ponerse de etiqueta, aunque con esta costumbre suya seguro que el traje estará fresquito.

—Pues sí, lo está. Además, el paciente y el doctor han de mantener siempre ciertas distancias. De quien le quería hablar es de Lucas.

En breves palabras, expuso que la educación de Lucas evidenciaba un descuido paterno fundamental y causante de cientos de problemas. De no solucionarse en breve tiempo, la personalidad del pequeño Lucas habría de ser siempre charlatana, irritante y odiosa. La madre pensaba que el doctor Tristán exageraba, pero el acoso a Nicole estaba superando límites. Lucas la imitaba y perseguía de sol a sol y aquel comportamiento exigía a gritos una medida correctora. «Siempre dentro de una parcela científica», aclaró el doctor Tristán. La madre se confió a los buenos modos del doctor y dejó que éste actuara en consecuencia.

Aquella misma tarde, el doctor volvería con un ingenio sorprendente en sus manos. Todos estaban sentados a la mesa comiendo; Lucas imitaba el silencio de Nicole. El doctor entró en la cocina y pidió a Felisín y Basilio que sujetaran a Lucas. Cuando lo tenían inmovilizado, pese a sus gritos y cabezazos, el doctor le agarró y procedió a colocarle el ingenio. Se trataba de dos correas de cuero cosidas que terminaban en una hebilla. Puestas alrededor de la cabeza de Lucas se disponían del siguiente modo: una le pasaba por debajo de la nariz a modo de bigote y le recorría en sentido circular la cabeza; la otra le sostenía la barbilla, cruzaba las mejillas y terminaba en un candado sobre la parte superior del cráneo. El doctor cerró el candado y logró que las mandíbulas de Lucas quedaran apretadas, lo cual le impedía hablar. Su mirada se cruzó con la de Nicole, que expresaba un callado agradecimiento.

–Doctor, por favor, esto me parece excesivo.

–A mí me parece perfecto –le alentó Felisín, atisbando horas de calma para Nicole.

–Como madre no lo puedo consentir. Lucas es sólo un niño, necesita hablar, expresarse...

El doctor tendió la llave a la madre agregando:

–Usted dispone del silencio de su hijo. Utilícelo del modo que quiera.

Allí se terminó la comida de Lucas. Desde ese día y durante años, arrastró consigo ese bozal que su madre le quitaba para comer y dormir. Los primeros días fue causa de protestas y disputas, pero luego el silencio de Lucas se apreció como algo necesario y saludable. El chico hacía su vida normal con el bozal y el candado sobre la cabeza. Acudía a la madre si iba a salir a jugar con sus amigos y se comunicaba por medio de una libreta colgada del cuello.

–No es ninguna crueldad –explicó el doctor–, este método ha sido usado durante siglos en países árabes para forjar el carácter de los niños.

Años después, un reformado y tierno Lucas agradecería aquel silencio forzado y el ingenio del doctor Tristán, tan importante en su formación. Y aún hoy, aunque es incapaz de encajar en su cabeza un casco de moto, es una persona afable, reservada e incluso tímida.

Matías había ordenado a Gaspar que rastrillara todo el patio después de comer, pero Gaspar, entre protestas, se negaba a hacerlo. Matías, con insistencia paterna, le habló con autoridad y llegó a ponerle el rastrillo en la mano. Cuando Gaspar lo lanzó lejos de sí, Matías entró en la casa y fue directamente a hablar con la madre. Le dijo que Gaspar no respetaba su autoridad, que qué clase de hijos estaban educando, que intentara ella hablar con él para ver si entraba en razón. La madre salió al jardín y llamó a Gaspar.

Primero le habló con ternura, en un intento de hacerle comprender la enfermedad de su hermano y que obedeciera: «Tampoco te está pidiendo que hagas nada malo.» Pero Gaspar tenía planes muy distintos para aquella tarde. Planes con un nombre propio: Sara.

–Había pensado en ir a ver a la abuela.

–Ya irás mañana. No le des este disgusto a tu hermano.

Con rabia contenida, Gaspar recogió el rastrillo y comenzó a agrupar las hojas caídas. Su hermano Matías se sentó en el porche. Se secó las lágrimas. Poco a poco, a medida que el cansancio quemaba su enfado, Gaspar fue comprendiendo la enfermedad de su hermano Matías y la difícil encrucijada en que estaban inmersos su padre y su madre. Vio a su hermano Matías lloriquear con insistencia a Nacho para que le enseñara una canción en la guitarra, como un niño.

–Déjame en paz, Matías –le decía Nacho–. No tienes ni puta idea de tocar.

–Pues enséñame.

–¿Y que me arranques las cuerdas si algo te sale mal?, como el otro día.

Gaspar observó cómo finalmente Nacho cedía y Matías le daba un abrazo antes de coger la guitarra. Nadie quería que volviesen a internar a su hermano.

–Bueno, vamos a empezar con una facilita. Tres acordes...

–¿Qué son acordes?

La guitarra de Nacho, manejada por las manos de Matías, comenzó a emitir unas terribles disonancias.

–Yo solo, yo solo –se entusiasmaba Matías.

–Esto ya empieza a sonar –mintió Nacho, y en la distancia cruzó un guiño cómplice con Gaspar.

Todos habían notado al padre de los Belitre cabizbajo, con la mirada perdida, ajeno a las habituales disputas de comidas y cenas. Ni tan siquiera había comentado nada especial al encontrarse, a la vuelta del trabajo, a su hijo menor enfundado en un bozal.

Mostraba la más extraviada de sus miradas y reaccionaba tarde a las preguntas. Su mujer conocía bien los estados depresivos de su marido y sabía que pronto terminaban, pero siempre le recomendaba ir al médico o, como en este caso, hablar con el doctor Tristán.

—No hay para tanto, de verdad.

—¿Quieres que te haga una visita esta noche? Cuando se duerma Matías —le propuso la madre con picardía adolescente—. Seguro que eso te cura todos los males.

Félix sonrió sin demasiado entusiasmo.

—Sólo es pasajero —tranquilizó a su mujer—. Esta tarde he ido a ver a mi madre y no está muy bien. La cabeza, ya sabes.

¿Cómo funciona el mecanismo de enamorarse? El doctor Tristán lo explicaba con simpleza científica: una señal visual llegaba hasta el interruptor sentimental, de ahí al nivel intelectual, que procesaba la información. Ésta se subdividía en archivos diversos como complejos infantiles, traumas, edipos, tabúes, gusto visual, adrenalina y deseo sexual. Cuando la nueva visión superaba el grado medio en estos archivos, se disparaba el termostato nada complejo del amor. Gaspar podría ser infinitamente más poético en su descripción, acostumbrado como estaba a confundir el enamoramiento con la infatuación.

Basilio, cansado de esperar a Mayka a la puerta del cine, se dirigió a la taquillera, pero ésta se negó a devolverle el importe de las entradas. Desconfiaba ante la pustulenta cara del joven. La señora en cuestión se enorgullecía de saber, gracias a su oficio, juzgar a la gente por su aspecto. Lo cual no le había evitado casarse con un tipo violento que, tras veinte años de agresión matrimonial, se había fugado con su propia hija, con la que ahora tenía dos niños.

Basilio buscó un lugar cerca de la pantalla y se dispuso a rentabilizar su gasto volviendo a ver la película. El desganado acomodador alumbró tres filas por delante de él y situó a una joven en la tiniebla. Basilio, al reconocer a Mayka, volvió a incorporarse en su butaca y clavó su mirada en la nuca de ella. Empleó el resto del metraje de la película en toser y carraspear, esperando de este modo llamar su atención.

Cuando Basilio ya albergaba temores de que la película durara eternamente, se encendieron las luces y el escaso público se puso en pie. Mayka reparó en Basilio y se acercó a él con absoluta afabilidad.

—Anda, has venido —le dijo.

Mayka y Basilio salían juntos hacia la puerta bajo la mirada de tres o cuatro excéntricos espectadores.

—De verdad que me ha encantado la película... Hasta he llorado. Lo malo es que había un tipo sentado detrás de mí tosiendo todo el rato. Por su culpa no me he podido concentrar.

—Vaya —fue lo único que articuló Basilio.

—He estado a punto de volverme, pero me estaba encantando la película. Desde luego, los actores americanos están muy bien preparados. Mucho mejor que los españoles...

—Pues sí —respondió Basilio con vaguedad.

—Tú fíjate los que hemos visto en esta película. Todos eran americanos y mira lo perfectamente que hablaban español. Es increíble.

—Eso es el doblaje.

—Ya, ya sé que lo doblan. Pero el mérito está en lo bien que lo hablan. Yo todos los americanos que he conocido hablaban español fatal.

Entraron en una cafetería cercana y se sentaron a una mesa. Mayka le contó que hacía cuatro meses que se había separado de su marido, porque éste la engañaba: «Y no soporto que me mientan. Hay dos cosas que no soporto, que me mientan y que me engañen.» Basilio extirpó una servilleta del pegajoso servilletero y con su lápiz trazó un rápido retrato de Mayka. Ésta, al descubrir lo que hacía, se había detenido para posar con profesionalidad.

—Soy yo, es genial.

—Para ti.

—¿Para mí? ¿Y yo? Tendré que regalarte algo.

La cama era ruidosa. Mayka se tumbó sobre Basilio y comenzaron a besarse mientras él acariciaba sus pechos. Mayka fue a subirle la camiseta para quitársela, pero él la detuvo.

—Es que tengo granos en la espalda –le dijo.

Mayka no insistió y se lanzó con eficacia sobre la cremallera. Entre risas nerviosas le soltó el pantalón y fue bajándolo poco a poco hasta conseguir sacárselo por los pies con zapatos incluidos. Basilio se deshizo de las bragas de ella y, sin dejar de besarse, Mayka introdujo sus manos en los calzoncillos de él. Palpó su sexo y comenzó a estimularlo. Fuera de sí, incapaz de controlarse, Basilio se derramó sobre los muslos de ella.

—Lo siento.

—Ay, qué va, si yo lo que no puedo aguantar es esa gente que no se corre nunca hagas lo que hagas. Tú me das ternura.

Mayka le acogió entre sus brazos hasta conseguir reponerlo. Varió las posiciones y se colocó sobre él. En la espera, hablaban con un susurro entrecortado. Mayka se distanció levemente de él y llevó la yema de sus dedos a la cara de Basilio. Tocó con suave ligereza sus granos.

—¿Te duelen?

Basilio negó con la cabeza mientras se dejaba hacer. Mayka plantó sus labios sobre la mejilla de él y rozó con un beso silencioso sus pustulencias.

—¿Te dan asco?

—¿Te parece a ti que me dan asco?

Basilio alzó los hombros por toda respuesta. Notaba los pechos de Mayka sobre su camiseta y tenía ambas manos sobre las nalgas de ella. Mayka percibió el redespertar sexual de Basilio y descendió con agilidad hasta su entrepierna. Le besó los muslos con la misma suavidad con que un segundo antes le besaba el odiado acné. Basilio permaneció inmóvil, con los ojos cerrados.

Aquélla era la primera vez que Basilio había hecho el amor con alguien. Así que esto es perder la virginidad, reflexionaba de vuelta a casa. Tardó tiempo en descubrir cómo se sentía realmente. Pues no es para tanto. Es como masturbarse, pero mucho mejor. Sus pensamientos no encubrían cierta decepción. Así que eso era todo.

No notó la extraña mirada de su madre cuando entró en casa y empleó casi media hora en la ducha, dejando caer el agua sobre su cabeza pensando sólo en volver a verla.

Cuando salió de la ducha, descubrió al doctor Tristán hablando con su madre. Al percibir su presencia guardaron silencio. Basilio no fue consciente del extraño comportamiento de ambos.

Cuatro días antes, los padres de Basilio y el doctor Tristán habían mantenido una agria discusión. Con astucia, éste los había reunido a solas en su tienda de campaña y los había puesto al corriente de su plan estratégico. Es obvio que el doctor Tristán no estaba improvisando. Cuenta la leyenda que Georg Groddek, díscolo discípulo de Freud, usó de aquella terapia en más de una ocasión. Pero Groddek era un adelantado a su época. Expulsado de la inteligencia psicoanalítica de su tiempo, terminó sus días en Suiza, desde donde escribió a Hitler proponiéndole un plan conjunto para acabar con el cáncer en el mundo. Pero ésa es otra historia.

—Mi idea consiste —les aleccionó el doctor Tristán a los padres— en elevar la autoestima de Basilio. Para ello he perfeccionado un plan y necesito su consentimiento paterno y su soporte económico.

—Doctor, haremos todo lo que esté en nuestras manos para ayudar a Basilio —declaró la madre.

—La idea es espléndida y perdonen mi falta de modestia. ¿Qué creen ustedes que ha faltado todo este tiempo en la vida de Basilio?

El padre se encogió de hombros, la madre dudó.

—Amor —sentenció el doctor.

—Basilio ha tenido tanto amor como el resto de sus hermanos —argüyó la madre.

—No confunda amor con cariño. De lo que estoy hablando es de que necesitamos que una mujer se enamore de Basilio. Eso lograría fortalecer su personalidad.

Madre y padre asentían convencidos de la lógica de la idea. Sin embargo, el doctor les devolvió a la realidad.

—Pero ¿quién va a enamorarse de su hijo? Obviamente, nadie. —Ante el gesto contrariado de los padres, añadió—: Al menos nadie con la rapidez que el tratamiento terapéutico precisa.

—Creo que es usted muy duro con Basilio —se atrevió a sugerir Félix.

—Seamos sinceros. Nadie se enamoraría de su hijo. Así pues, he de ser yo el que provoque esa relación. ¿Cómo? —preguntó con infalible retórica—. Contratando a una prostituta que de un modo realista se enamore de Basilio.

102

—Eso es indigno —exclamó la madre—. Mi hijo es capaz de enamorar a cualquier mujer, no a una cualquiera, usted ya me entiende.

—Por supuesto, pero él no lo logra —replicó el doctor—. Yo también creo en Basilio, pero él no cree en sí mismo. Y esa autoconfianza es la que hemos de lograr.

—Ya, doctor, pero llega usted a extremos... —se disculpó el padre.

—Un médico no puede vivir de espaldas al cambio de los tiempos. Para llegar a la curación de su paciente, debe incluso utilizar lo peor de la sociedad. Miren las drogas, si no.

—Pero ¿por qué una prostituta? —preguntó el padre.

—Seamos sinceros. Hoy en día una relación sin sexo no sirve para nada. Al menos en el tema que nos ocupa. Y búsquenme ustedes una mujer dispuesta a acostarse mañana con su hijo Basilio, vamos, búsquenmela.

El padre y la madre se miraron conscientes de la dificultad evidente de lo que el doctor les exigía.

—Yo —les descubrió el doctor— tengo a la persona ideal. Joven, limpia, digna. Sólo necesito su consentimiento y, por supuesto, que ustedes corran con los gastos.

—¿Dónde se ha visto un padre que le pague las putas a su hijo? —se quejó el padre.

El doctor Tristán les miró con detenimiento y recurrió a su tono más dramático para decir:

—Es cierto. Hay que ser muy buen padre para hacer algo así.

DIEZ

Lo que se intenta potenciar gracias a tu atracción por
Basilio es su vanidad, no olvides que las relaciones sentimentales son, en realidad, una afirmación del egocentrismo.

Nota del doctor Tristán a Mayka

Cuando Gaspar anunció que aquella tarde iría a visitar a la
abuela y Nacho se ofreció a acompañarle, no pensó que su hermano
tuviera en verdad intención de ir. Pero como durante el trayecto
en metro él no mencionó el asunto, Gaspar se atrevió a tomar la
iniciativa.

–No te preocupes, hoy no te voy a cobrar nada por mentir a
mamá.

–¿Mentirle?

–Sí, ya me entiendes, decirle que has estado conmigo visitando
a la abuela.

–Ah, no –le comentó Nacho con indiferencia–, hoy no he quedado con nadie. Me apetece ver a la abuela.

Con precipitación, Gaspar tuvo que cambiar de estrategia.

–Te prometo que yo no diré nada. Además la abuela se pasa
todo el día durmiendo. El otro día ni siquiera me reconoció.

–Pobrecilla.

–Sí, yo creo que hacemos fatal visitándola. Mejor lo dejamos
para otro día.

Cuando ya subían hacia casa de la abuela, Gaspar insistía en que
era preferible no entrar, pero Nacho le agarró del hombro e hizo
que le precediera escaleras arriba. Gaspar llamó al timbre y oyó los
pasos de Sara hasta la puerta. Se saludaron y mientras le presentaba
a su hermano pudo ser testigo de lo esperado. Nacho lanzaba una
de sus miradas letales con media sonrisa y todo su agradable encanto desplegado, aislando a Sara en ocho kilómetros a la redonda de

cualquier otro ser humano presente. Sara fue sencilla en el saludo y se perdió en su habitación, lo que Gaspar interpretó con alivio y Nacho no acabó de aplaudir. Una de las cualidades más irresistibles de Nacho era que carecía de consciencia de su atractivo directo.

Gaspar eludió intercambiar comentario alguno y entraron en la habitación de la abuela. En honor a la verdad aquélla fue una visita breve. Los dos hermanos salieron del cuarto media hora más tarde y se plantaron en el salón sin el menor rastro de Sara.

–¿No sale a despedirnos? –susurró Nacho. Gaspar alzó los hombros atrayendo la mirada cómplice de Nacho, que en voz muy baja le confesó–: Es guapísima, ¿verdad?

–Bah, no está mal –Gaspar trató de quitarle importancia.

–¿No está mal? ¿Es que no te gusta? ¿Esos ojos?

En silencio, Nacho señaló la puerta del cuarto de Sara. Estaba levemente entornada. Se acercó a ella y Gaspar le siguió de cerca. De pronto, algo los detuvo. Del interior del cuarto llegaban los sollozos de Sara. Los dos hermanos intercambiaron una mirada. Sin duda, estaba llorando. Nacho, decidido, empujó la puerta con pretendida despreocupación.

–Bueno, nos íbamos y no queríamos... sin despedirnos.

Sara levantó los ojos hacia ellos y trató de disimular sus lágrimas.

–¿Estás bien? –preguntó Nacho.

Sara asintió. Los dos hermanos Belitre podían ver sus ojos azules húmedos y llorosos. Nacho guardó silencio y ella fue incapaz de hablar, evitaba mirarlos. Gaspar no quiso perder la iniciativa.

–¿Estás llorando?

Nacho le asestó una mirada reprobatoria que no arredró a Gaspar. Sara estaba sentada en el borde del colchón de su cama. Ningún Belitre abandonaría la nave en un momento así, y menos aún un Belitre enamorado.

Nacho fue a sentarse a un lado de Sara y Gaspar no cedió terreno, yendo a parar a su otro costado. Insistieron en sus preguntas y lo más que pudo articular Sara fue: «Julio...» Nacho lanzó una mirada interrogante a Gaspar.

–¿Qué pasa? –preguntó–, ¿has discutido con él?

Sara le miró. Jamás olvidaría Gaspar aquellos ojos clavados en él cuando ella dijo, después de negar con la cabeza:

–Ha muerto.

Allí estaban los dos hermanos Belitre. Flanqueaban a una hermosa Sara que se resistía a soltar más lágrimas de las imprescindibles. Incapaces de decir nada útil, asistían al dolor de Sara con caricias en la espalda y suspiros de acompañamiento. Nacho fue quien más acertado estuvo con sus «Bueno, venga, vamos, no hay que venirse abajo, tienes que ser fuerte», aunque bien es cierto que sonaban algo excesivos haciendo tan sólo media hora que se conocían. Gaspar, que de haber estado a solas con ella la habría tomado en sus brazos y acunado hasta dormirla, se sentía torpe e incómodo en aquella situación compartida.

Entonces cayó en la cuenta de que dos días antes había deseado la muerte de aquel pobre y desconocido Julio. Se sintió culpable y sucio sentado allí. Acababa de comprender que el deseo es el peor y más cruel de los asesinos. Espió a Sara mientras se secaba las lágrimas y comprendió que era indigno de estar sentado a su lado. Se odió a sí mismo y rompió a llorar. Avergonzado, se puso en pie y corrió fuera de la habitación.

Bajó las escaleras a la carrera y en el portal se dejó vencer por el llanto. Se desplomó en el último de los escalones. Su hermano Nacho lo encontró allí y trató de consolarlo. Pero no podía comprender la verdadera razón de sus lágrimas. En cierto modo, perder la virginidad es comprender que el amor también puede ser cruel, asesino, egoísta y miserable.

El doctor Tristán había reclutado a Mayka y cada día la aleccionaba al detalle sobre todos los pasos que debía dar, entregándole un folio de específicas instrucciones y propuestas. Había elegido con esmero cada situación, incluso el simbolismo de los objetos, con la finalidad de producir en Basilio los efectos que ahora mismo éste le narraba:

–Me siento bien, como nuevo, ¿sabe, doctor?, no es una chica perfecta, es bastante ignorante, no es demasiado guapa, pero...

–Pero se ha fijado en ti –terminó el doctor su frase, y prosiguió–: Te voy a dar un consejo, Basi, no seas demasiado exigente. Piensa que en un mundo donde todos te dan la espalda, ella te ha encontrado. Valóralo y mírate a ti mismo, no eres ni mucho menos perfecto.

El doctor conocía con exactitud el efecto que pretendía provocar con sus palabras y con su plan en general. Por supuesto, no pretendía que aquella relación fuera un parche duradero en la vida de Basilio. Muy al contrario, sabía que aquella historia tenía los días contados. El efecto final era conseguir que Basilio abandonara a Mayka, pero con su ego refortalecido.

No le importó que Basilio le escatimara detalles sexuales que él conocía por Mayka ni que le repitiera una por una las palabras que él había escrito para Mayka y que ella memorizaba como una profesional, que es lo que era a fin de cuentas.

—Basi, es de vital importancia que me transmitas tus sensaciones a cada instante.

Los padres intentaban comportarse con normalidad ante Basilio. Y lo lograban. No todo el mundo es capaz de conservar la naturalidad cuando le está pagando una puta a su hijo.

Tampoco a Gaspar le resultó fácil conservar la naturalidad cuando aquella noche su hermano Nacho, desde la cama de al lado, comenzó a hablarle.

—Es que me encanta Sara.

—A mí no mucho —mintió Gaspar—. Es un poco llorica.

—Joder, ¿llorica? —la excusó Nacho—. A ti no se te ha muerto el novio. Pero si hasta tú te has echado a llorar al verla. Y no me extraña, porque es que daban ganas de abrazarla... —Pocas veces una mujer le había provocado tal estado de nervios—. ¿Sabes, Gaspar? —volvió a decir—, creo que voy a ir por ella.

Gaspar se revolvió inquieto en la cama.

—¿Quieres decir que vas a intentar ligártela? —El sí de Nacho fue como un puñal en el pecho de su hermano. Gaspar pensó: Hijo de puta, cabrón, ¿qué hago yo?, maldito cerdo, salido, violador; y sin embargo, sólo dijo—: Yo que tú no lo haría, se le acaba de morir el novio, está muy sensible.

—Por eso —explicó Nacho—, ahora es cuando necesita otro tío que llene el hueco, si no descubrirá que se está de puta madre sin nadie.

Gaspar podía sentir los ojos brillantes de su hermano centellear en la oscuridad. Antes de negarse a continuar la charla y fingirse dormido, Gaspar terció:

—Eres un cerdo. Me parece una guarrada. No lo hagas, Nacho.

También a Basilio le parecía una guarrada aquello, pero no por eso menos excitante. Después de instruirle en lo que consistía un sesentaynueve, Mayka le guiaba con pericia para que la penetrara analmente.

Eran nuevas lecciones en su apresurado cursillo sexual. Mayka le insistía en que un buen amante es el que domina cada uno de sus estímulos y no lo contrario. Basilio se esforzaba por adiestrar sus instintos. Para retrasar su precocidad, Mayka le untaba el glande con pasta dentífrica que insensibilizara la zona, «y además luego me deja mejor sabor de boca». De este modo, aleccionó a Basilio con remedios profesionales no siempre tan eficaces como disparatados.

Ni Basilio, que no daba este tipo de detalles, ni Mayka, que informaba de todo menos de lo que consideraba su estricta privacidad, mantenían al corriente al doctor Tristán de tamañas proezas sexuales. De haberlo sabido, el doctor las habría atajado de raíz. Ya se lo había prohibido a Mayka en una de sus notas: «Evita mostrarte ante Basilio como una consumada experta sexual. Esto podría hacerle albergar sospechas.» Pero el doctor era tan ajeno a la maestría de Mayka como a las útiles lecciones que sus padres estaban pagando a Basilio.

El momento más emocionante fue cuando la segunda tarde Mayka se había empeñado en quitarle la camiseta a Basilio. Aseguraba que no le daban asco los granos y que ella le quería tal y como era. «Hagámosle sentir que no es un engendro de la naturaleza», le había escrito el doctor en sus notas.

Mayka se adecuaba a la perfección al trabajo por su falta de escrúpulos. Por supuesto que se sentía asqueada, pero en su profesión se había visto forzada a hacer cosas peores, mucho peores, y había soportado a seres mucho más repugnantes. Con Basilio, además, podía desarrollar su diezmado sistema afectivo y regalar toda la ternura que guardaba en su interior. Ella quería ser tierna y ahora podía serlo. El plan del doctor Tristán le exigía serlo. Pero no siempre. Para días posteriores, el doctor había dispuesto que ella, sin violencia, le confesara que le daban cierta repugnancia los granos.

—No te lo he dicho antes para no herirte.

—Te entiendo —reconoció Basilio mientras volvía a ponerse la camiseta.

Mayka no entendía por qué, después de los avances que habían logrado, el doctor Tristán la obligaba a aquello. Y lo peor era lo de la máscara.

—¿Te importaría ponerte esto?

Basilio recogió la máscara de plástico que ella le ofrecía. Una sonriente careta de carnaval. Mayka, al verla, habla protestado ante el doctor Tristán, pero éste le había hecho comprender la necesidad de hacer las cosas como él ordenaba: «Tú vas a ser una excepción en la vida de Basilio. Los demás van a sentir natural repugnancia. Él tiene que aprender a ser imaginativo y mucho me temo que yo soy tu imaginación y también la suya.»

—¿Estás segura? —preguntó Basilio.

—Vamos, es sólo echarle un poco de imaginación. Hay dos cosas que no soporto en la gente: que no tengan imaginación y que no les guste fantasear.

Basilio se calzó la máscara y se entregó a hacer el amor con Ma-y-ka. Desnudos, entre las sábanas, ella con su eterna costumbre de mascar chicle y él con su camiseta y la máscara en la cara sujeta con una goma, como si fuera el bozal de Lucas. Era discreta, un hombre de cejas espesas, de gran nariz, sonriendo. El calor, la camiseta, el plástico de la máscara, la entrega, todo ello convertía las batallas amorosas de Mayka y Basilio en una piscina de sudor y sexo.

—Hoy me ha pedido que me ponga una máscara para hacer el amor —le contó Basilio al doctor Tristán.

—¿Una máscara? —se sorprendió éste—. Buena señal. Creo que la chica ya se siente lo suficientemente a gusto contigo como para confesarte sus más secretas debilidades. Muy buena señal, sí, señor.

Quienes sin máscara se enfrentaban al mundo eran el abuelo Abelardo y sus inseparables y trajeados testigos de Jehová, John y Paul. De sus sosegadas lecturas del Apocalipsis en el porche de casa de los Belitre habían pasado a la acción. John y Paul eludían su trabajo obligado de venta de publicaciones de la causa y se lanzaban con el abuelo a largos e intensos paseos por la jungla de Madrid. El abuelo los había equipado con unos útiles botes de pintura en spray con los que se dedicaban a escribir por las paredes.

Las calles se poblaron de anónimos graffitis que sentenciaban: «Dios te vigila», «Tu mente está pecando», «Pon freno a tu soberbia» o «Yo soy el que escudriña las entrañas y los corazones y os daré a cada uno según vuestras obras», este último de menor frecuencia debido a las dificultades para encontrar un muro lo suficientemente grande. Sus tres autores causaban mucho más la sorprendida carcajada del paseante que su indignación. «Reíd, reíd», solía responder el abuelo Abelardo, «Dios también ríe, pero sólo de los buenos chistes, nunca del pecado. Por eso yo le alabaré y cantaré siempre su Nombre.»

Una tarde, en la máquina de escribir de Gaspar, habían redactado a seis manos una actualización de las siete plagas que anuncia el Apocalipsis y que presagiaban en la sociedad de nuestros días el desastre más terrible: 1) La drogadicción como tabaco, alcohol, etc. 2) El uso indiscriminado del automóvil. 3) La falta de ejercicio físico. 4) La televisión como becerro de oro. 5) La falsa fe de creyentes ignorantes de Dios. 6) El desconocimiento de la Biblia. 7) La falta de poesía y el exceso de prosa en la vida diaria.

No era raro verles repartir fotocopias del manifiesto a la salida de iglesias, colegios, fábricas. El abuelo Abelardo, con su bastón y los testigos de Jehová encorbatados y elegantes en su traje azul. Todo ello cuando el abuelo, subido en el capot de un coche, no arengaba a las masas más bien escasas.

–Amigos creyentes –decía aquel día–, os contaré la historia del hombre que se ahogó en un vaso de agua. No tenía sed, pero quería beber y deseó tanto el vaso de agua que a medida que su deseo crecía, él se hacía más pequeño, hasta que, al querer beber, cayó dentro del vaso, que ya no era un vaso sino el más grande de los pantanos, y se ahogó. Sabed, pues, que el deseo agranda las cosas y las aleja aún más. Sólo la humildad trae lo deseado.

–Eh, tú, hijoputa, baja de mi coche ahora mismo...

Por lo general, nadie era capaz de agredir a un anciano de ochenta y cinco años, salvo algún católico furioso que sospechara que su Dios estaba siendo insultado.

Ajenos a la guerrilla teologal del abuelo, sus descendientes tampoco lograban vivir en paz. El bozal de Lucas les había traído el silencio, pero no la calma. Se valía de otros medios para expresar la natural protesta existencialista de un niño de diez años. Matías era quien, en función de padre, mantenía más vigilado a su hermano pequeño. No era raro oír a la madre decirle: «Matías, haz que Lucas salga del agua.» Porque el pequeño se pasaba mucho rato en la piscina, salía con las uñas moradas y las yemas de los dedos agarbanzadas y había que secarle el candado del bozal para que no se oxidara.

Aquella mañana Matías volvió a la cocina después de sacar a su hermano del agua y siguió ayudando a su madre a limpiar los boquerones que iban a comer.

–Parece que con el bozal Lucas se porta mejor –le dijo Matías a su madre.

Lucas aprovechó un descuido para entrar en la cocina, coger un par de piezas de pescado y salir al jardín con ellas escondidas en el bañador. Se acercó con lentitud a Nicole, que con los senos al aire tomaba el sol, y le dejó caer los boquerones en el pecho. Ella se puso en pie de un salto. Persiguió a Lucas a la carrera y le atrapó en el porche. Lo sujetó del brazo y le pegó dos sonoras bofetadas. La madre salió de la cocina y atizó a su vez dos bofetadas a Nicole.

–A mi hijo sólo le pego yo.

Felisín llegó a tiempo para presenciar los bofetones de su madre. Alzó la mano contra ésta, pero entre ellos y sus voces se interpuso Matías:

–¿Qué pasa aquí? ¿Qué clase de familia es ésta? Siempre peleando –gritó al borde de las lágrimas, y entró en la casa, corrió escaleras arriba y se echó sobre el colchón de la cama de matrimonio que compartía con su madre.

Lucas lloriqueaba y huyó a proteger sus peces inertes de la asesina francesa. Felisín consolaba a Nicole. Le cubría los pechos de la mirada de Gaspar y Nacho desde el balcón. La cabeza del doctor emergió por la cremallera de la tienda de campaña. La madre recorrió el camino hasta su dormitorio y se tumbó junto al lloroso Matías. Trató de consolarlo apoyando la cabeza del niño contra su hombro.

–Vaya familia, vaya familia tenemos –repetía entre lágrimas Matías.

La madre lo asió con fuerza sin permitirle moverse, para evitar que viera que ella también lloraba. Matías le besaba el pelo.

Antes de que el drama desencadenara en una silenciosa comida en la que nadie articuló palabra, el padre coincidió con Basilio al entrar en el jardín. Era tarde, casi las tres y media.

–¿Ahora llegas del trabajo? –preguntó Basilio.

–He pasado antes por casa de la abuela, ya sabes, no se encuentra muy bien –le respondió el padre–. ¿Y tú, cómo es que llegas ahora?

–Vengo de estar con unos amigos.

El padre, tan ruborizado como su hijo, se arrepintió al instante de haber hecho la pregunta. Sabía con certeza que Basilio le estaba mintiendo. Lo que Basilio ignoraba es que su padre también mentía. Que tras su gesto serio y cansado escondía su propio secreto. Juntos avanzaron hacia la casa, cruzaron la diana de Nacho, la piscina redonda, la tienda de campaña, la mecedora del porche y entraron en el hogar. Un segundo después les esperaba el espeso y violento silencio que sucede a toda tormenta familiar.

ONCE

¿Sabía que el calor hace que el número de crímenes aumente en más del doble durante los meses de verano?

Un taxista a Felisín

—¿Qué hace una tía como tú con ese monstruo? —gritó uno de los obreros con la boca llena de bocadillo de tortilla de patata.

Basilio aceleró el paso. Mayka recordó las instrucciones del doctor, «muéstrale en público tu afecto», y mantuvo a Basilio cogido por la cintura.

—Eh, chochín... ¿Qué pasa? ¿Te gustan los granos? Yo también tengo uno en el culo...

Mayka les mostró su dedo corazón, desafiante. Se alejaron de los andamios poblados de obreros. Aquello reafirmó a Basilio en su oposición a salir juntos de paseo. Hasta ahora había distribuido su tiempo con pericia a fin de verse con Mayka tan sólo durante sus embates sexuales. Hoy ella había insistido en salir. Y sus modelos, siempre en exceso provocativos, no ayudaban a pasar desapercibidos.

Mayka notó la turbación de Basilio y trató de calmarlo:

—No te preocupes por lo que digan. A mí siempre me gritan cosas. En el fondo es pura envidia. —Basilio no respondió.

A medida que su desincronía sexual se iba limando, sus diferencias personales no hacían sino aumentar. Basilio no encontraba nada de lo que conversar con ella. La visión del mundo de Mayka, le confesó una tarde al doctor, es más o menos del tamaño de un garbanzo. Para el doctor, una vez elevada la autoestima de Basilio el plan consistía en esperar a que éste se cansara de Mayka.

Por la mente de Basilio, en particular tras alcanzar el orgasmo, cruzaba la idea de no volver a ver a Mayka. Le agobiaba su carácter positivo, su plena disposición. Hacer el amor y largarse, éste era el único sistema para aguantar junto a ella. Comenzaba a utilizarla como la mera papelera de semen en que el hombre transforma a su romántico primer amor. Cuando todo el mundo le insultaba, lo evitaba y huía de él, aquella pizpireta mujer se había introducido en la boca su sexo. Obviamente era una razón de peso para guardarle cariño. Y Basilio lo sabía, pero algo en su cabeza, cuando el sexo quedaba saciado, lo transportaba lejos, muy lejos de aquella mujer que a duras penas sabía leer, que jamás había salido de Madrid y que desconocía el partido político que gobernaba en España («Bueno, nadie lo sabe muy bien», había eludido Basilio con brillantez).

A ella debía agradecerle su regreso al mundo. Ella le había abierto de nuevo el corazón como quien abre una lata de sardinas. Ella le había regalado su confianza cuando él se ocultaba de las visitas, posaba de espaldas en las fotos o sufría el desdén generalizado. Por eso Basilio, cuando se sorprendía despreciando a Mayka, se sentía el ser más repugnante sobre la tierra. No sabía hasta qué punto al doctor Tristán le enorgullecía ese carácter miserable, vital para trabajar en la elevación de su autoestima.

Basilio propuso volver a casa. Se adelantó unos pasos, pero Mayka lo atrapó de nuevo con su brazo alrededor de la cintura. De pronto, frente a ellos se detuvo un sonriente Gaspar.

–Hola.

–Gaspar, ¿qué haces por aquí?

Gaspar se encogió de hombros y lanzó una mirada interrogante hacia Mayka. Basilio los presentó.

–No pensé que tuvieras hermanos tan pequeños.

–Bueno, no soy tan pequeño –replicó Gaspar.

–Ay, qué simpático.

–Sí, muy simpático –resolvió Basilio–. Ahora perdona, tenemos que irnos. Hasta luego.

–Adiós, Gaspar. Espero que nos volvamos a ver.

–Seguro –acertó a decir Gaspar mientras los veía perderse calle adelante.

Le faltó tiempo para, al llegar a casa, venderle a Nacho la información por una módica cantidad de dinero. Nacho interrogó a

Gaspar a fondo en su intento de completar una descripción que le confirmara que aquella chica no era humana.

–Nada de eso –le convenció Gaspar–. Es hasta guapa. Y menuda minifalda. Marcando bigote.

–Y ¿seguro que estaba liada con él?

–Pues claro. Si le llevaba cogido del brazo.

–¿A Basilio? De verdad que el doctor Tristán está consiguiendo progresos alucinantes.

–¿Crees que se la tirará? –preguntó Gaspar antes de abandonar el tema.

Nacho se encogió de hombros aún incrédulo.

En ese preciso instante, con máscara y camiseta, Basilio estaba incorporado a horcajadas sobre Mayka con el gran espejo frente a ellos. Mayka le había convencido para hacerlo allí y poderse contemplar durante el acto. En realidad, aquello también era una imposición terapéutica del doctor Tristán.

Cuando, antes de comer, Basilio volvió a casa, Nacho y Gaspar corrieron hasta su habitación.

–Bueno, explícate. ¿Es verdad lo que me ha contado Gaspar?

–Tú es que no sabes guardar un secreto.

–Ah, ¿era un secreto?

–Eres una bestia, la máquina de follar, deja alguna para nosotros, rompedor –le jaleó Nacho.

Basilio, aunque con una sonrisa de orgullo dibujada en el rostro, les pidió por favor que mantuvieran aquello en secreto.

–A papá y mamá no creo que les haga ninguna gracia –dijo.

Y no le faltaba razón. Padre y madre aún tenían sus dudas sobre el tratamiento, pero gracia, lo que se dice gracia, no les producía ninguna. En especial aquella mañana en que el doctor salió al paso del padre cuando se iba al trabajo y le puso al corriente de sus gastos.

–¿Ciento cincuenta mil pesetas? –se sorprendió el padre.

–Ha sido gran parte del mes de julio, y luego la... chica. Me parece barato.

–Pero, doctor, yo no puedo disponer de ese dinero todos los meses. Ni siquiera este mes.

–Si todo sale como espero, a mitad de agosto podrán prescindir de mis servicios.

–Y si no sale como usted espera, también.

Esa misma tarde Nacho, aún impresionado, recomendaría a Aurora, su amante treintañera, los servicios del doctor Tristán.

–¿Le conoces? ¿Es buen psicoanalista?

–No le conozco mucho, pero hace milagros.

–Aún no estoy segura de dejar al mío. Son ya cinco años.

–Hombre, sí te lo estás follando no creo que te ayude mucho.

–No, y la verdad es que me sigue cobrando un dineral.

–Ah, ¿se acuesta contigo y encima te cobra?

–Bueno, es un profesional.

Nacho le dio la tarjeta del doctor Tristán, tarjeta que éste repartía alegremente a unos y otros, y mientras Aurora la guardaba en su agenda se deslizó hasta el baño.

–Nacho, ¿por qué te cierras? Sabes que odio que te encierres –le recriminó Aurora.

–Tengo prisa.

–No me dirás que te vas a ir ya.

Nacho prefería estar solo bajo la ducha. Para su horror, había descubierto que mientras hacía el amor con Aurora, estaba pensando en Sara. Y eso no le gustaba. Desde que nos conocimos lo había visto eludir el enamoramiento, como si aquello fuera la peor enfermedad. Y quizá lo fuera.

Los constantes golpes en la puerta y ronroneos de Aurora no enternecieron el corazón de Nacho. Se tomó su tiempo para secarse, se vistió y se peinó frente al espejo. Incluso se perfumó para ocultar el penetrante olor a mujer que le perseguía como una sombra.

–Ábreme, quiero hacerlo en la ducha –exigió Aurora, que se negaba a apartarse de la puerta.

Desde el interior del baño, Nacho le prometió que si volvía a la cama él le daría una grata sorpresa. Aurora aún permanecía reacia a confiar en él, pero cuando Nacho prometió quedarse toda la noche con ella, recorrió sumisa el camino hacia la cama y se ofreció a su amante como un caramelo desenvuelto. Nacho abrió la puerta del baño y, a la carrera, consiguió abandonar la casa.

Aurora llegó hasta el umbral y se detuvo antes de salir desnuda a las escaleras.

–Eres un inmaduro –gritó a Nacho, y tras cerrar la puerta rompió a llorar.

Nacho, con absoluta falta de remordimientos, encaminó sus pasos hacia casa de la abuela. Aurora sólo significaba para él la más disponible opción. Menuda sorpresa se iba a llevar la abuela Alma al verle de nuevo de visita, pero había que quererla mucho en estos momentos finales de su vida. Al menos, eso pensaba explicarle a Sara. La sorpresa fue suya cuando Gaspar le abrió la puerta.

–¿Qué haces tú aquí?

–¿Y tú?

Sara estaba ayudando a Gaspar a amontonar una lista de libros que la abuela quería regalarle. Nacho se unió a ellos y eludió cualquier comentario sobre la muerte del novio. Se encontró narrando con torpeza que pasaba por allí y había decidido visitar a la abuela. Tuvo que soportar los comentarios escépticos de un Gaspar celoso y posesivo, pero a quien su hermano sólo interpretaba como torpe e infantil.

–Esto parece el metro –bromeó Sara cuando volvió a sonar el timbre.

Félix, el padre, cruzó el umbral e intercambió una sonrisa irónica con Sara.

–Vaya, me sorprende gratamente el interés que mis hijos se toman por la abuela.

Matías terminaba de recoger el desorden de toallas, balones, cremas y demás objetos abandonados con descuido en torno a la piscina cuando su padre y su dos hermanos volvieron de casa de la abuela.

–¿Es que aquí nadie recoge nada? –fue su recibimiento a los tres recién llegados.

La madre tenía la mesa dispuesta en la cocina y esperaba a que se sentaran todos para servir la cena. El doctor Tristán y Basilio charlaban de algún libro que habían leído durante la sesión. Felisín y sus amigos recogían el desordenado salón tras la proyección del día: *Jennie*, un antiguo melodrama en blanco y negro que había hecho las delicias de todos y provocado incontenibles lágrimas en Alberto

117

Alegre, que reconoció haber sido ajeno a tres o cuatro defectuosas transparencias y un acercamiento en travelling no justificado por la narración. Convencidos de que el cine había muerto y ya no se hacían películas como aquélla, terminaron de recoger.

Felisín acompañó a sus colegas a la puerta y los vio salir de la casa. Su familia al completo le esperaba sentada a la mesa. Felisín cogió el proyector y subió a depositarlo en su cuarto. Al agacharse para guardarlo bajo la cama, descubrió una hoja de papel colocada sobre la colcha. Era un pliego doblado con delicadeza, escrito con la personal y afilada caligrafía francesa de Nicole: «La situación es insostenible para mí. Vuelvo a casa. No trates de encontrarme. Nuestra llama se ha ido apagando hasta desaparecer y no podía engañarme por más tiempo. Espero que no me guardes rencor. Te quiso, Nicole. P. D.: No me llevo nada conmigo. Todo era tuyo.»

Felisín no necesitó un diccionario para que la espada de las palabras le destrozara el corazón. Cuando trataba de recobrar el ritmo de su respiración, la llamada de su madre le hizo doblar el papel, esconderlo bajo la almohada y bajar a la cocina.

Se sentó entre sus hermanos, con el sitio vacío reservado para Nicole abofeteándole el amor propio. No había notado nada extraño en ella cuando esa tarde había interrumpido, como de costumbre, su tertulia entre amigos y le había comunicado que salía a dar un paseo.

—Volveré a cenar —había dicho, y aquella mentira se le hacía ahora insostenible al mayor de los hermanos Belitre.

¿Tanto se había enrarecido la situación? ¿Tan mal marchaba todo? ¿Tan ciego había estado para no darse cuenta de cómo se pudría su relación? No había sido capaz de ofrecerle la seguridad que una mujer necesita. La falta de dinero, la imposibilidad de irse de casa habían echado a perder la más hermosa de las historias de amor. O a lo mejor nunca lo fue. Quizá esa imagen idílica sólo había sido una ilusión óptica. ¿Qué sabía de ella? Que era de Niza, pero ni una dirección, ni un teléfono. Nada. Tan sólo un nombre, una tórrida historia sexual durante un festival de cine y el recuerdo de las caricias de aquel cuerpo suave, tierno y deseable. Y una licencia de matrimonio que ahora podía utilizar para escribir su carta de suicidio en el revés.

118

Lucas, liberado de su bozal para poder engullir la cena, levantó la cabeza hacia su hermano mayor y le preguntó:

–¿Dónde está Nicole? ¿No va a venir?

Todos los demás se volvieron hacia Felisín aguardando una respuesta que llenara el espacio vacío en mitad de la mesa. Felisín miró a su hermano pequeño con furia.

–Cállate, enano de mierda, y déjame en paz.

Lucas enmudeció, todos lo hicieron. No fue capaz de contener una lágrima que rodó por su mejilla. Felisín se sintió estúpido culpando a un niño de diez años de su fracaso vital. Giró la cabeza hacia su madre y con sangre fría explicó:

–Ha llamado para decir que se quedaba en casa de una amiga.

El padre le miró con severidad y replicó:

–No vuelvas a hablar así a tu hermano pequeño.

–Eso, ¿no ves que es pequeño? –añadió Matías.

Felisín se sintió mareado, se disculpó y subió hacia su dormitorio.

Cuando una gran familia reunida en torno a la mesa permanece silenciosa, no cabe duda de que algo grave sucede. Si nadie grita, llora, pide silencio, da golpes sobre el mantel o discute enrabietado con algún personaje aparecido en el televisor, sólo puede ser por razones de suma importancia.

El mayor de los Belitre se desnudó en su dormitorio y se metió en la cama. Sintió un vahído. Las sábanas olían a Nicole. En la oscuridad, recuperó la nota de debajo de la almohada y, con ella en un puño, rompió a llorar mansamente. Como hacía un instante había hecho su hermano pequeño.

Nacho y Gaspar, en su acostumbrada charla de antes de dormirse, tenían otros asuntos en la cabeza que requerían toda su concentración.

–¿Has visto cómo estaba hoy Sara? Es preciosa –dijo Nacho para romper el silencio de la oscuridad–. Y no llevaba sujetador.

–Ya te he dicho que no es mi tipo –mintió Gaspar por enésima vez, como un San Pedro del amor que negara con reiteración a su dama.

–Ya tengo el método para ligármela. Ya lo tengo.

–¿Ah, sí? Tío listo. Te crees que Sara es como esas pedorras que te ligas tú.

–Mira, para conquistar a una chica lo mejor es que te vea con otra. De este modo, pierden el miedo a lo desconocido y saben que donde ha pisado otra chica no hay nada que temer. Además se ponen celosas. Y una mujer celosa es más manejable.

–Sí, venga, cuéntame otro cuento –restó credibilidad Gaspar, aunque ya en ese instante trataba de hallar con qué chica podría él presentarse ante Sara y poner en práctica el método de su hermano.

Un piso más abajo, Felisín se despertó, con la nota húmeda en su mano e ignorante de cuánto tiempo había pasado. Creyó que todo había sido un sueño, pero volvió a releer las palabras de Nicole. Miró el reloj. Eran las cuatro y media de la madrugada. Por la ventana abierta pudo ver la luna de agosto riéndose de él. Se vistió aprisa y, en silencio, vació el armario en las dos maletas. Puso en ellas toda la ropa que Nicole había acumulado durante su corta vida en común. Preciosos vestidos, sugerente ropa interior, vaqueros descosidos y gastados, zapatos de todas las clases. Cerró la maleta y buscó un cuaderno sobre la mesa. Se sentó y sujetó con fuerza el bolígrafo.

La inspiración se negaba a ayudarle en aquella empresa, así que desplegó ante sus ojos la nota de Nicole planchando las arrugas con la palma de la mano. Incapaz de serenarse, comenzó a escribir: «La situación es insostenible para nosotros. Volvemos a Francia. Ha sido imposible vivir todos juntos y no podíamos engañarnos por más tiempo. Que no haya rencores. Os quieren, Nicole y Félix. P. D.: Ya nos pondremos en contacto con vosotros.»

Al leerla de nuevo, Felisín sintió una punzada en el pecho. Poner en plural aquellas frases había sido un ejercicio bastante más doloroso que un vulgar plagio. Pensó que tenía que haber escrito esas palabras mucho antes de que Nicole redactara las suyas. Dejó su nota en el centro de la cama y guardó la de Nicole en un bolsillo. Cogió las dos maletas y se deslizó escaleras abajo.

Abrió la puerta de casa y salió a la noche calurosa. Cruzó el jardín con ligeras pisadas que no despertaran al doctor Tristán, que dormía en su tienda. Le tranquilizó oír los ronquidos del psiquiatra. Por la acera, se alejó caminando con las dos maletas. Agotado, detuvo un taxi que atravesaba la calle desierta. Cargaron los bultos en el maletero y emprendieron el camino.

El taxista trató de entablar conversación, sin lograr sacar a Felisín de su ensimismamiento.

–¿Sabía que el calor hace que el número de crímenes aumente en más del doble durante los meses de verano?

–Pare aquí un segundo.

Felisín bajó del taxi, sacó las maletas y las tiró al interior de un contenedor repleto de escombros. Volvió a subir y el taxista le miró con una mezcla de temor y dureza a través del retrovisor. El taxista cruzaría de nuevo la ciudad, tras dejar a Felisín, para regresar al contenedor. Sin embargo, cuando llegó, las maletas estaban abiertas y la ropa saqueada. Se sintió decepcionado al no encontrar el cadáver descuartizado de alguna víctima. Un rato antes, una desvelada mujer lo había visto todo desde el balcón de su casa. Bajó a hurtadillas a la calle y tras ver el lujoso contenido se hizo con las prendas más valiosas y volvió a su casa. Al día siguiente, al mostrarle a su marido a la vuelta del trabajo un precioso traje malva y unos zapatos de ante, éste la emprendería a golpes con ella. Al asegurarle la mujer que lo había encontrado en la basura, el marido redobló sus golpes y gritos de puta. «Aquí el único que te hace regalos soy yo», juró haber oído un vecino. Desgarrado el vestido, descubrió la combinación negra y sugerente de Nicole y tras abofetearla con brutalidad la poseyó, sin caer en la cuenta, hasta más tarde, de que estaba muerta.

El taxista dejó a Felisín frente a un viejo portal en la calle Ortega y Gasset. El mayor de los Belitre vio perderse en la lejanía la pequeña lucecita verde del taxi. Dudó un instante y pulsó con fuerza el botón del portero automático correspondiente al quinto izquierda. Eran las cinco y cuarto de la madrugada.

–¿Quién es?

–Soy Félix Belitre. Necesito un sitio para pasar la noche.

DOCE

¿Qué queda de nuestros amores?
¿Qué queda del mes de abril?
¿De aquellas citas?
Un recuerdo que me persigue sin cesar.

CHARLES TRÉNET

Hasta que no estuvieron sentados a la mesa, a punto de empezar a comer, la madre no se atrevió a subir al dormitorio de Felisín y Nicole. Tras llamar a la puerta y no recibir respuesta, entró para descubrir sobre la cama deshecha la nota de su hijo. Bajó y se la tendió a su marido. Éste la leyó con atención y la perdió a manos de Nacho, que se la arrebató. Fue pasando de hermano en hermano, hasta que Matías se la entregó al doctor Tristán, como si fuera uno más de la familia. Nadie hizo ningún comentario, aunque la madre contuvo a duras penas sus lágrimas.

Pasó un día antes de que recibieran la esperada llamada de Felisín, desde Francia. Nicole y él se habían instalado en casa de los padres de ella, «una gente encantadora», había dicho y la madre creyó entender un reproche en las palabras de su hijo. Le notaba la voz triste y apenas charlaron cinco minutos antes de despedirse. Llamaba desde la cabina de un bar y el volumen de la música les dificultaba entenderse. Felisín prometió que no se quedaría mucho allí y que pronto regresaría con su familia, más que nada por sus obligaciones en el trabajo. La madre colgó en cierta medida aliviada tras oír de nuevo la voz lejana de su hijo.

Sin embargo su hijo no se hallaba demasiado lejos. Había buscado refugio en casa de su amigo Alberto Alegre, siempre dispuesto a ofrecer su hospitalidad. Tras pasar la noche en el sofá había terminado por contarle a su amigo toda la verdad. Se sentía humillado y no pensaba confesar ante su familia. No se encontraba con fuerzas para continuar con su trabajo, así que Alegre le escribiría las críticas de cine y las enviaría al periódico en su lugar, evitando que Nicole volviera a ser causa de despido.

Alberto logró convencerle para que llamara a su familia y los tranquilizara. Felisín puso un disco de Charles Trénet para crear un ambiente francés de fondo y se atrevió a mentir a su madre. Tras colgar, deprimido, quitó el disco y lo rompió en dos. Del mismo modo arremetió contra la colección de vinilos que extraía de sus fundas y partía contra su muslo. Su amigo alcanzó a detenerle cuando se precipitaba furioso contra el ordenado estante de bandas sonoras.

El fracaso amoroso en el hombre provoca estados tragicómicos. Quien evita los clásicos remedios –alcohol, drogas, prostitución– se sumerge en un complicado estado depresivo. La gran crisis de la vanidad conduce a un bajón absoluto de defensas y a una irremontable tendencia a la molicie. He visto a hombres pasar semanas sin abandonar de hecho su cama en un intento de dormir para olvidar. He visto a hombres marcar todos los números femeninos de su agenda de teléfonos buscando ligar para olvidar. He visto a hombres volcarse en la literatura y la redacción de cartas como si escribir ayudara a olvidar. He visto a hombres gritar un nombre de mujer por la ventanilla de un coche a toda velocidad resueltos a vocear para olvidar. Todo ello en una lucha sin cuartel, y perdida de antemano, por evitar la gran derrota de su ego. Los hombres utilizan a las mujeres para enamorarse de sí mismos por persona interpuesta.

La huida de Nicole servía para hacer reflexionar al mayor de los Belitre sobre su gran fracaso vital y profesional. Sobre la mediocridad de su vida y la inutilidad del futuro. Todo aquel ejercicio de autocompasión tenía lugar en mitad del salón de su acogedor amigo, sobre el sofá, del cual Felisín había renunciado a levantarse.

Hay razones para pensar que esa supuesta dignidad amorosa es menor en la mujer. A menudo, ellas están más dispuestas a ser insultadas y despreciadas por el hombre que aman. Como por ejemplo Aurora. Un hombre en su lugar habría sido llamado pelele. Pero ella, en cambio, continuaba poniéndose al teléfono cuando Nacho la llamaba, abriéndole sus brazos y sus piernas cuando él lo solicitaba y sufriendo en soledad cuando él la evitaba. Pocos hombres poseen una dignidad dispuesta a ser abofeteada con tal regularidad. La excusa estaría para muchos en la fascinación de aquella infeliz mujer por su joven y atractivo amante, al que doblaba en años. Quizá en todas las historias dolorosas que había tenido que soportar a lo largo de su vida. Y Aurora no era en absoluto una mujer fea o desagradable, envejecida o inepta. Sencillamente había perdido la paciencia. Esa virtud tan femenina.

Por eso, estuviera donde estuviera y planeara lo que planeara, Nacho podía contar con ella. Aurora se entregaba a él. Sentía que, al clavar las uñas en la espalda de su amante, podía también aferrarse a la vida que se le escapaba. Tras tantos años perdidos y tantos desengaños, había sido capaz de volverse a enamorar, y se resistía a perder el alimento de su pasión. Estaba dispuesta a soportar cualquier castigo para conservarlo, incluso el desprecio.

Encubría sus miedos ante Nacho, lo agasajaba. Siempre le descubría un nuevo recurso de su arsenal amatorio, le preparaba cócteles con éxtasis diluidos, se exhibía para él. Cualquier cosa antes que la soledad, que consumirse como una de esas pastillas efervescentes que, en ocasiones, introducía en su sexo para procurarse aquel placer culpable.

Nacho acababa de llamar al timbre del portero automático y Aurora le había respondido que ni soñara con que iba a dejarlo pasar después de lo de la otra noche. Pero Nacho ya tenía respuesta para aquello:

—No quiero entrar, quiero que bajes tú. Vamos, te espero aquí.

Nacho se escondió al verla aparecer y la sorprendió con un largo y cálido beso que ella rehuyó en un primer instante pero al que se rindió finalmente. Nacho la tomó de la mano y le dijo que iban a hacer algo diferente. Aurora, reacia, caminaba a su lado intentando sonsacar cuál era su destino. Nacho envolvió sus palabras con la más encantadora de sus sonrisas:

—¿Nunca te he dicho que estoy loco? Pues lo estoy. Lo vas a ver.

Aurora quiso pensar que estaba loco por ella, lo que fue suficiente para seguirle con esa insostenible sensación de que todo el mundo la miraba y la juzgaba por esa relación con un joven que podía ser su hijo.

Le extrañó aquel viejo edificio, las oscuras escaleras y el hecho de que Nacho le pidiera que aguardara en el portal. Se temió otro de sus engaños, pero Nacho le aseguró que un instante después la avisaría para que subiera ella también. Aurora se quedó esperando mientras vio a Nacho perderse escaleras arriba.

Nacho llegó a la puerta de casa de la abuela Alma y, al borde de la histeria nerviosa, llamó al timbre. Era una hora temprana de la mañana, imposible encontrar allí a inesperados miembros de la familia y con seguridad el abuelo ya había salido rumbo a su guerrilla urbana. Sara le abrió la puerta y le miró con contenida sorpresa.

—¿Puedo entrar un segundo?

Sara se hizo a un lado para dejarle paso y cerró la puerta a su espalda.

—Claro, la abuela hace rato que está despierta.

Nacho bajó el tono de voz y negó con la cabeza.

—No, no quiero ver a la abuela. —Se le notaba nervioso, las palabras le salían con dificultad, cosa que, sin pretenderlo, ayudaba a su plan. Plan que entrecortadamente fue detallando a una sorprendida y luego divertida Sara—. Es que tengo un problema. Hay una chica esperando abajo.

—¿Una chica?

—Sí, bueno, es una historia muy larga... Necesito un sitio..., bueno, más bien una cama... O sea que no tenemos adonde ir...

—Pero aquí..., yo...

—Estamos desesperados. Ella está casada y bueno... El amigo que nos suele prestar la casa nos ha fallado. Me tienes que hacer este favor. La abuela ni se va a enterar.

Sara le miró con curiosidad, en absoluto ajena a esa media sonrisa inocente que Nacho sabía dibujarse en el rostro.

—Está bien. Ahí, en la habitación del abuelo, pero no metáis ruido que me la cargo.

Cuando Aurora subió, Sara y ella intercambiaron un saludo con correspondida turbación, mientras Nacho guiaba a su pareja hasta el cuarto del abuelo. Aurora conocía muchas clases de perversiones, pero nunca había imaginado que Nacho fuera de los que gustaban de hacer el amor entre crucifijos e imaginería religiosa de todo tipo.

Nacho la obligaba a guardar silencio. La desnudó con diligencia

125

y Aurora rápidamente participó del juego y comenzó a despojarle de la ropa. Cayeron sobre la cama revueltos en un abrazo. Nacho acertó a romper el silencio provocando algunos incontenibles gemidos de Aurora que llegaran hasta los oídos de Sara. Después de conducirla hasta el primer orgasmo, se tomaron un respiro, Nacho se puso en pie y se cubrió con una sábana que enrolló en torno a su cintura.

–Vuelvo ahora mismo –le dijo a Aurora, que no terminaba de abandonar su asombro.

Con un aspecto entre pervertido noble romano y atlético efebo griego, Nacho salió del cuarto del abuelo y cruzó el salón. Se encontró con Sara en la cocina. Ambos contuvieron la carcajada divertidos por la situación. Nacho, inspirado, comenzó a explicarse con grandes aspavientos cómicos.

–Pensarás que estoy totalmente loco –le dijo a Sara.

–Bueno, un poco.

–Es que no sabes qué historia. La tía es una fiera. ¿Sabes que ella está casada con uno de mis profesores? Pero no creas, lo descubrí cuando ya estábamos liados. Es increíble –mintió Nacho en una situación que hacía creíble cada una de sus invenciones–. Chica, no me preguntes cómo me meto en estas cosas.

Sara le miraba divertida, algo turbada por su evidente desnudez, pero sin el rubor y la timidez que Nacho hubiera deseado.

–¿Sabes lo que quiere ahora? –le preguntó Nacho con una sonrisa algo enloquecida–. Mermelada.

–¿Mermelada?

–Sí, vamos, que le gusta..., bueno, ya sabes, le gusta untarme, bueno, ¿qué te estoy contando? ¿Hay mermelada?

Sara mostraba una dentadura perfecta entre los susurros de su conversación y su sonrisa. Abrió la portezuela del frigorífico y sacó un tarro de mermelada.

–¿Mora está bien? –dijo con ironía–. La compré en el herbolario.

Apenas veinte minutos después, Nacho y Aurora habían recompuesto su ropa y salían de la habitación. Sara, con esmerada naturalidad, los acompañó a la puerta y respondió a la timidez de ella y al desparpajo de él con la misma sonrisa encantadora. Nacho se

126

deshacía en agradecimientos y, al salir, se atrevió a plantarle a Sara dos emocionados besos en las mejillas. Ella percibió un intenso olor a mujer y lo vio iniciar el descenso de las escaleras.

—Te debo un regalo —se despidió Nacho.

Cuando estuvieron en la calle, Aurora no pudo callar por más tiempo:

—¿Me vas a explicar a qué ha venido todo esto?

Por toda respuesta obtuvo la evasión más absoluta de Nacho:

—Ahora mismo no, lo siento pero tengo que irme. Sabes volver a casa, ¿no?

Y Nacho se alejó de allí aprisa, nervioso, sumido en la reflexión sobre los riesgos y resultados posibles de su acción. Dios mío, pensó, estaba preciosa.

Por supuesto, aquello fue uno de los pocos secretos que Nacho mantuvo ante Gaspar. Jamás le confesó su arriesgada acción, ni siquiera al volver a casa aquella misma mañana y encontrar a su hermano volcado en otro capítulo de su profesional ensayo. Nacho estaba nervioso y agitado, vagaba por la habitación sin conseguir autocontrolarse. Alternaba los momentos en que creía haberlo echado todo a perder con Sara y otros en que pensaba que el camino hacia su corazón ya estaba expedito. Le sorprendía ese terrible estado de enamorado tan infrecuente en él. Leyó sin demasiada atención los folios que su hermano había escrito y no fue capaz de corregirle gran cosa. El tema, la supresión del sistema educativo tradicional por otro de corte libertario y reducido a un par de años, estaba demasiado lejano de los actuales pensamientos de Nacho. Quería contárselo a alguien, Gaspar era su amigo y su hermano, acababan por compartirlo todo, pero aquello no, aquello era imposible. Sabía que a Gaspar también le gustaba Sara.

La madre seguía preocupada por el aire cabizbajo y deprimido de su marido y buscó el remedio más práctico. Aquella noche, tras sentir cómo Matías caía dormido, se reunió con Félix en el dormitorio de invitados, que seguía llamándose así, transformando al padre de los Belitre en un invitado constante, lo que en verdad no difería demasiado de la posición que ocupaba en la actualidad dentro del organigrama familiar.

Despertó a su marido al introducirse junto a él en la pequeña cama.

–No te asustes, soy yo.

Hablaban en un susurro. Comentaban el hecho de que Basilio hubiera llamado para decir que no iría a dormir aquella noche. La sibilina sonrisa de Gaspar y Nacho no había pasado desapercibida ante sus padres, pero éstos, que más que conocer la verdadera razón del trasnoche lo pagaban, se limitaron a lanzar una mirada interrogante al doctor Tristán, que fue respondida con una sonrisa tranquilizadora.

Charlaron un instante sobre la ausencia de Felisín y luego la madre trepó encima del padre; comenzaron a bromear. De pronto, la puerta del dormitorio se abrió con un golpe y ante ellos apareció un somnoliento Matías.

–Mamá, ¿qué haces aquí? –preguntó con visible contrariedad.

La madre rebuscaba entre las excusas más disponibles, cuando Félix, irritado, alzó la voz:

–Matías, vuelve ahora mismo a tu cama. Vamos, inmediatamente.

La autoridad del padre, en franco desuso, despertó a Gaspar y Nacho, que pusieron oído sin atreverse a comentar nada o salir del dormitorio, y sorprendió a Lucas alimentando a sus peces inertes.

Sin embargo, Matías se había quedado detenido ante ellos, junto a la puerta, sin moverse. La madre le miraba y trataba de calmar a su marido.

–Tranquilo, Félix. Vamos, Matías, vuelve al dormitorio que voy en un segundo.

–Me voy si vienes conmigo.

Félix, agitado, se levantó de la cama y se plantó frente a su hijo.

–¿No me has oído? Acuéstate ahora mismo.

–Tú a mí no me mandas...

Matías no pudo acabar la frase ante la sonora bofetada que su padre le propinó. El pequeño dio media vuelta y se perdió por la puerta de su dormitorio. La madre salió de la cama, lanzó una mirada reprobadora al padre y abandonó el cuarto.

–Félix, no era necesario...

Félix, confuso, cerró la puerta y volvió a su cama. Miró al techo durante un tiempo y luego prefirió dejarse caer hacia un lado, intentando recuperar el sueño perdido.

La madre recibió, al entrar en la cama, el abrazo lloroso de su hijo Matías. Las lágrimas surgían sin parar, le costaba respirar. Para consolar al niño, la madre recuperó instintivamente una antigua costumbre cuyo origen los antropólogos sitúan en tribus primitivas. Llevó su mano hasta la entrepierna de Matías y, con fuerza, la agarró hasta que, a medida que satisfacía la excitación del pequeño, éste fue calmándose.

TRECE

No soy un monstruo. Soy un ser humano.

JOHN MERRICK

Al amanecer, Basilio y Mayka, aún adormecidos, hicieron el amor. Lo que ignoraban es que aquélla sería la última vez. De haberlo sabido, seguro que Basilio no se habría limitado a un par de embestidas en la posición del misionero antes de quedarse dormido con el abrazo de Mayka como almohada y la máscara puesta.

Cuando Basilio se despertó, Mayka apoyó la cabeza sobre su vientre, se sonrieron y ella se empeñó en que debían desayunar a lo grande. Para sorpresa de Basilio eso significaba bajar al Burger King de la esquina y comprar un par de hamburguesas acompañadas de una Coca-Cola y un buen montón de aceitosas patatas fritas.

—Lo ideal sería llamar y que nos lo trajeran a la cama —bromeó Basilio.

—Oh, eso sería chachi —se dejó llevar Mayka—. ¿Quieres que lo hagamos? Tú no te muevas, cierra los ojos y espera cinco minutos.

Mayka se vistió a toda prisa y bajó a la calle. Basilio, solo en la cama, se revolvió, buscando una postura con la que atrapar de nuevo el sueño. Se giró sobre el colchón y sus ojos quedaron a la altura de la mesilla. El cajón estaba entreabierto. Basilio introdujo la mano y topó con la caja de preservativos abierta. Debajo había un papel. Con curiosidad, Basilio lo sacó y lo desplegó ante sus ojos,

Leyó: «Agobia a Basilio con tu cariño. Deshazte por complacerlo. Que no pase un segundo sin que lo abraces...» La nota continuaba, pero los ojos de Basilio planearon hasta el final del folio, donde leyó las iniciales: T. B. No quedaba duda.

Se levantó de la cama como un resorte. Pisó la máscara y la lanzó sobre la silla donde reposaba su chaqueta. Eran las iniciales que había visto en todos los libros del doctor Tristán Bausán. Basilio se dejó caer sobre el colchón.

¿Qué significaba aquello? ¿Qué relación existía entre el doctor Tristán y Mayka? No podía haber ninguna coincidencia, era imposible que el doctor fuera el ex marido de aquella chica. ¿Pero era posible que todo fuera falso?

Cuando oyó abrirse la puerta, sus pensamientos cesaron. Mayka le encontró allí sentado y le mostró las dos cajas de hamburguesas como la cumbre del romanticismo.

–Un super-whopper para el señor y una especial para mí con bacon y queso. Por cierto, ¿tú sabes lo que es un microondas?

Pero Basilio de un manotazo hizo volar las cajas sobre el colchón. Ella se asustó. Basilio la tomó del pelo y forzó a Mayka a arrodillarse ante él.

–¿Cómo se llamaba tu marido?

Mayka se tomó un tiempo de reflexión.

–¿Mi marido?... Ricardo, ¿por qué lo preguntas?

Basilio no contestó. Cerró los ojos en una mezcla de excitación y enfado. Sujetando la cabeza de Mayka volvió a preguntar sin variar el tono.

–¿De qué conoces al doctor Tristán?

Ella levantó la cabeza hacia él, confusa.

–No conozco a ningún doctor.

Antes de que pudiera acabar la frase, Basilio la empujó contra la pared. Mayka cayó al suelo. Basilio le restregó la hoja de papel por la cara. Los ojos de ella revisaron con vaguedad la nota.

–¿De qué le conoces?

–De nada.

Basilio dejó que su mano repitiera la pregunta con un bofetón, luego otro. Mayka comenzó a sangrar por la nariz. Al notar su propia sangre, rompió a llorar y se vino abajo.

–Me paga para que me acueste contigo –gritó con rabia Mayka, como un animal herido.

–¿Eres una puta? ¿Me ha estado pagando una puta?

–¿Y qué más da?

Cuando Basilio llegó a casa, aún era temprano. Nadie de su familia había iniciado el menor movimiento de desperezarse, tan sólo el padre, que en ese momento se encontraba en la ducha. Basilio abrió la verja y entró en el jardín. En el camino no se había amansado su furia. Por el contrario, ésta se había multiplicado con la reflexión atropellada y el primer y somero recordatorio de engaños. Basilio se dirigió hacia la tienda de campaña en cuyo interior dormía el doctor Tristán.

—Hijo de puta, mentiroso, cabrón.

Sus gritos acompañaban las patadas a la tela de la tienda y su furioso arrancar de piquetas, soltando la tensión que la sostenía.

El doctor Tristán se asomó cuando ya la tienda de campaña reposaba únicamente sobre su barra central de sujeción. Basilio le habló con rabia.

—Me has engañado, eres un hijo de puta, ¿por qué lo has hecho? Has jugado conmigo, ¿crees que soy gilipollas? Eres un mierda.

—Basi, por favor, vamos a hablar.

—Quiero que te vayas ahora mismo de mi casa. ¿Cómo puedes mirarme a la cara? Pagarme una puta, como si eso lo arreglara todo. Y tú le dabas las indicaciones, claro. Hoy se la chupas, mañana que se ponga la máscara.

Basilio sacó la máscara de su bolsillo y se la lanzó a la cara al doctor. Éste la cogió en su mano con un gesto de fastidio. Su peor temor se había cumplido.

—¿Te lo ha dicho ella?

Basilio le miró con profundo odio, como si el doctor pensara que aquello cambiaba las cosas. Como si quisiera eludir su estafa no ya como médico, sino como amigo.

—¿Qué más da si me lo ha dicho o no? —preguntó Basilio—. No, no me lo ha dicho. Esa zorra inepta, esa hija de puta subnormal, no me lo ha dicho. Ella sólo sabe chupar pollas y ejercer de puta, que es lo que es, una puta, una sucia puta asquerosa pagada por un cabrón. Esa puta descerebrada.

—No te consiento que hables así de mi hermana —le espetó el doctor Tristán, y sumió a Basilio en la confusión.

Sin atenuar su rabia, el joven Belitre, que ignoraba la presencia de sus atónitos hermanos Nacho y Gaspar en el balcón, dio media vuelta y se introdujo en la casa. Entró en su dormitorio y cerró la puerta con cerrojo. Volvió a abrirla para echar a Lucas de un empujón y luego cerró de nuevo. Se echó sobre la cama y comenzó a llorar.

Puta descerebrada. Lo mismo que Ricardo le llamaba cuando se enfadaba con ella. Si Mayka hacía algo mal, Ricardo, el Rayas, aparecía, la pegaba, la azotaba con su cinturón, le rompía la ropa, la violaba y luego, con dulzura, la acogía en sus brazos y la calmaba. Porque el Rayas era muy tierno, al menos eso le decía Mayka a su hermano Tristán. Porque, sí, es cierto, eran hermanos.

Mayka no se llamaba Mayka, sino Remedios. Mayka era su nombre artístico cuando a los dieciséis años debutó en el pequeño escenario circular de un show porno. Remedios Sánchez podía leerse en su carnet de identidad. Sánchez, porque ése era el apellido de los hermanos, y no Bausán, una reciente invención de Tristán.

El Rayas conocía a Mayka desde hacía más de diez años. Él, un canalla profesional, la había rescatado del patético circuito pornográfico y la había introducido en su propio círculo. Se querían enormemente y lo compartían todo. El Rayas, adicto al caballo, tenía un único medio de subsistencia: Mayka, a quien prostituía. Sus numerosas estancias en la cárcel –o viajes imprevistos para esfumarse por una temporada cuando ejercía de soplón policial–, no le impedían tener vigilada a su mujer.

En una ocasión, el doctor Tristán había intentado rescatar a su hermana del mundo infecto en que vivía y como recordatorio de su fracaso quedaba la cicatriz de su mejilla. «Con ese garabato nunca te vas a olvidar de mí», le había dicho el Rayas antes de arrastrar consigo a Mayka. Ella, por su parte, tenía poco que decir. Se pasaba el día sedada, adicta a las aspirinas, el rohipnol y el valium, dormía la mayor parte del día.

Ahora todo había acabado y el doctor Tristán tuvo que calmar al Rayas, cuya primera intención fue ir en busca de Basilio y romperle las piernas. Ése era el código, nadie tocaba a su chica más que él. Tristán le puso en la mano una generosa propina y el Rayas olvidó códigos y el nombre de su propia madre. Aquel desalmado, con todos sus antecedentes penales a cuestas y los que aún habrían de venir, agarró del pelo a Mayka y la metió a golpes en su coche. El doctor despidió a su hermana con un corto beso en los labios. Siempre que se alejaban experimentaba la misma sensación: ¿volvería a verla algún día?

Félix resumió a su mujer el problema con un escueto: «Basilio se ha enterado.» El doctor le había calmado tras asegurar que Basilio nunca sabría que sus padres estaban detrás de aquella operación.

—¿Y ahora qué va a hacer? No puede dejar esto así —le había recriminado el padre.

—Por supuesto que no. Ahora empieza mi verdadero trabajo.

Luego se había puesto manos a la obra. Recompuso la tienda de campaña, revisó sus notas y se sumergió en la lectura en busca de la solución. Finalmente, la idea le vino sola.

—Necesito la dirección del amigo ese de Felisín que consigue las películas, ¿dónde puedo encontrarle? —preguntó a la madre.

—¿A Alegre?

—Sí.

—No sé..., quizá en la agenda de Felisín.

Gaspar hubo de mirar en la agenda de su hermano Felisín que, como el resto de sus cosas, extrañamente no se había llevado en su viaje a Francia. Cuando le dio la información, Gaspar se atrevió a preguntar qué era lo que había ocurrido con Basilio.

—Tu hermano —le dijo el doctor Tristán con una falsa sonrisa— parece querer culparme a mí de sus fracasos amorosos.

Gaspar creyó entender lo sucedido y pensó que, como era normal, aquella guapa y exuberante chica había plantado a su hermano Basilio con toda seguridad por otro hombre más atractivo.

El doctor Tristán apareció en casa de Alberto Alegre y para su sorpresa fue Felisín quien le abrió la puerta.

—¿Cómo me han encontrado? —preguntó el mayor de los Belitre, en calzoncillos.

—¿Cuándo has vuelto de Francia?

—Ah, ¿entonces no saben nada?

—Yo venía a ver a tu amigo. Necesito una película.

Felisín no pudo resistirse y le contó la verdad, el miedo que sentía a decírselo a su familia y su absoluta humillación. También le hizo prometer que no diría nada a nadie. El doctor Tristán bromeó asegurando que lo juraba con la mano encima del tratado de la histeria de Freud.

—Y ahora me tienes que ayudar tú. Necesito esa película como sea.

Aquella tarde, el doctor Tristán apareció con unos rollos de película en 16 mm bajo el brazo, echó a todo el mundo del salón y colocó el proyector de Felisín frente a la pared. Subió hasta el dormitorio de Basilio y llamó a su puerta. Ante la negativa de éste a salir, el doctor Tristán lanzó dos ágiles patadas y rompió el cerrojo. Tomó de la mano al sorprendido Basilio y lo condujo escaleras abajo con autoridad. Lo sentó en el sofá del salón, cerró la puerta y, tras apagar las luces, comenzó la proyección de la película.

Se trataba de una preciosa historia en blanco y negro que narraba la vida de un ser deforme y las relaciones con su médico. Una enternecedora película titulada *El hombre elefante,* que el doctor había considerado ideal para recomponer sus relaciones con Basilio.

Cuando la película terminó, tanto Basilio como el doctor se miraron a los ojos vidriosos. Volvía a ser cierto, pensaba el doctor, aquello que solía decir su madre: «No hay dolor que un buen cuento no ayude a soportar», cuando lo consolaba años atrás de alguna paliza paterna.

—Te pido perdón no como médico, porque lo que he hecho volvería a hacerlo, sino como amigo —le dijo el doctor Tristán—. No quiero que valores mi medicina, sino sobre todo mi actitud.

Basilio asintió con la cabeza aunque en su mirada había dibujado un interrogante: «¿Ahora qué?» El doctor no tardó en contestarle: «Ahora es el momento de empezar con el verdadero tratamiento.» Basilio asintió, seguía convencido de que aquélla era la única solución.

—Prepara una maleta con tus cosas, nos vamos de acampada —le informó el doctor.

A la mañana siguiente, los Belitre vieron cómo Basilio y el doctor Tristán, con su tienda de campaña al hombro, partían en busca de un lugar tranquilo en el que dar el paso definitivo a su tratamiento. Tan sólo la ropa indispensable, el dinero para comer, el cuaderno de notas del doctor y la foto de Nietzsche junto a su madre.

A la hora de la comida, la mesa estaba más triste que nunca. La ausencia de Felisín y Basilio, la callada culpabilidad de Lucas y el silencio del padre, que había sufrido además la recriminación de la madre por su enfrentamiento con Matías, pesaban sobre el ambiente. El padre tenía ganas de golpear con su puño sobre la mesa, gritar, poner en orden su casa, recuperar la autoridad perdida. Pero, antes que todo eso, sabía muy bien que debía poner orden en su propia vida, en sus sentimientos.

Nacho le observaba silencioso. Por primera vez en su vida, miraba a su padre como a un hombre, no tan sólo como a su padre. Gris, triste, jamás había impuesto su autoridad sobre la familia. Quizá nunca lo ha intentado, pensó. Los padres no dejan de ser, en el entramado familiar, dos electrodomésticos de avanzada tecnología que deambulan por la casa con poca más significación que cualquier otro accesorio del mobiliario habitual.

La explicación a su mirada resentida estaba en algo que había sucedido la tarde anterior. Coincidió con la primera vez que Nacho ensayó con nosotros. Lo hacíamos en una habitación minúscula mal insonorizada en el chalet de los padres de Paqui, el batería. Para celebrar su incorporación al grupo fuimos en mi destartalado R-5 a zambullirnos en la cerveza de algún bar céntrico. En las calles semivacías del mes de agosto lo único difícil era encontrar algún local abierto.

—Eh, ése es el coche de mi padre. Ponte a su lado.

Nacho me señalaba el coche de su padre. Aceleré, pero no conseguía alcanzarlo. En un semáforo, logré llegar a su altura.

—Sigue, sigue, no pares —me gritó Nacho. Se había hundido en el asiento de atrás, entre las piernas de los demás.

—Hostias, ¿quién es esa tía que va con tu padre?

El padre charlaba animadamente con Sara, sentada a su lado. En la pausa del semáforo, se besaban. Con la luz verde, su coche se alejó y yo giré por otra calle.

—No me jodas que tu viejo tiene una amante —preguntó Enrique, el bajista.

Nacho mantuvo su sonrisa y pegó un trago a la botella.

–Venga, vamos a alguna parte.

Creí comprender, pero no dije nada. Un rato después, con los ojos inyectados, Nacho se levantó y decidió largarse.

–Estáis acabados –nos dijo sonriendo–. Yo, en cambio...

Y no supo o no quiso acabar la frase. Lo vimos alejarse calle arriba. Era la una de la madrugada.

Contrariamente a lo que pensábamos, que iba a visitar a su descosida ninfómana madurita de todas las noches que no ligaba, Nacho llegó hasta la casa de la abuela. Supo que era un riesgo demasiado grande tocar el timbre. Podría salir su abuelo con el bastón dispuesto a poner en fuga a palos al mismísimo diablo. Sin embargo, confió en que la habitación de Sara, al ser la más próxima a la puerta, permitiera a ésta oír los ligeros golpes. Porque la había emprendido a persistentes e incansables golpes sobre la vieja puerta de madera.

Es imposible determinar cuánto tiempo estuvo así. Sara oyó unos golpecillos lentos pero regulares contra la puerta y cubriéndose con una larga camiseta salió de su cuarto. Por la mirilla sólo vio la oscuridad completa pero supo que había alguien ahí. Un escalofrío le recorrió la espina dorsal. Preguntó: «¿Quién es?», sin atreverse a abrir. Al oírla, Nacho encendió la luz de la escalera y dejó que Sara viera su cara por la mirilla. La puerta se abrió.

Sara, asustada, le preguntó si ocurría algo grave, pero la cara de Nacho desmintió cualquier preocupación. Sonreía con inocencia y las defensas bajas. Sara lo notó y le preguntó si estaba borracho. Nacho asintió con la cabeza sin llegar a emitir palabra alguna. Sara le agarró de un brazo para ayudarle a entrar, pero Nacho se mantuvo al otro lado del umbral.

–¿Qué? ¿Necesitas la cama otra vez?

Nacho negó con la cabeza y sonrió con malicia.

–Esta vez necesito la chica.

Lo único visible eran los ojos vidriosos de Nacho, inundados de alcohol, y el azulado resplandor de la mirada de Sara. Nacho creyó, con razón, que había llegado el momento de explicarse.

–Tenía que verte.

Avanzó hacia ella y comenzaron a besarse, más bien morderse mutuamente los labios. Se estrechaban con fuerza el uno contra el otro. Sus respiraciones agitadas se escuchaban en el silencio de la noche. Nacho introdujo su mano bajo la camiseta de Sara y recorrió su espalda desnuda, llegó a palpar sus pechos, fríos y erizados. De pronto, Sara se separó de él y mantuvo una ligera distancia.

–Para, no puede ser –le ordenó.

Nacho, inmóvil, trató de calmar la excitación alcohólica.

–¿Por qué? Te quiero desde... desde que te vi. No podía aguantar más.

Sara mantuvo la distancia.

–Anda, vete a casa. Estás borracho.

–Yo no estoy borracho. Eres tú, que estás sobria.

Sara sonrió conciliadoramente.

–Estás liada con mi padre, ¿verdad? Te has liado con él.

Sara recobró la seriedad. Bajó la mirada. Nacho permanecía detenido ante ella. Con lentitud, Sara fue cerrando la puerta.

Nacho se unió de nuevo a nosotros en el bar en el que solíamos dar por terminada la larga jornada veraniega. Bebimos cerveza hasta reventar, en especial Nacho, que vomitando por todos los portales de San Bernardo nos obligó a cargar con él hasta su casa. Le ayudamos a cruzar el jardín y lo abandonamos tras abrirle la puerta con la llave que él no acertaba a introducir en la cerradura. Nos fuimos de allí confiando en que podría meterse solo en la cama.

Pudo.

No estaba tan borracho como para desplomarse. Ni siquiera como para poder olvidar las palabras de Sara. No estaba tan borracho como él quería, es decir, hasta morirse.

Tercera parte

Hogar: El lugar de último recurso –abierto toda la noche.

AMBROSE BIERCE, *Diccionario del diablo*

CATORCE

Para la tarde-noche de hoy se esperan precipitaciones de origen tormentoso, acompañadas por descargas eléctricas y fuerte viento de componente sur.

Previsión meteorológica del 7 de agosto

¿Cómo pretender que alguien esté feliz el día de su cincuenta cumpleaños? ¿Puede alguien exigir de otro tal ejercicio de cinismo? La madre de los Belitre se empeñaba en ver sonreír a su marido, «Quítate esa cara de drama». Le preparó una gran tarta de cumpleaños y le hizo soplar unas velas que componían el siniestro número. Y Félix se esforzó por aparentar un mínimo de felicidad en forma de sonrisa, más que dibujada, grabada a golpe de puntero sobre su cara marmórea. A su alrededor, la familia entonaba desacorde una nefasta letrilla conmemorativa.

Desenvolvió agradecido el pijama, regalo de su mujer, y las fundas para los asientos del coche, regalo de sus hijos. Escuchó resignado los versos que su padre improvisó puesto en pie y luego salió de casa dispuesto a cumplir con su trabajo incluso en una fecha tan señalada.

—Hoy es mi cumpleaños —informó el padre a Sara tras volverse sobre el colchón—. Cincuenta.

—¿Tu cumpleaños? ¿Por qué no me habías dicho nada? Te habría regalado algo.

—Estar contigo es mi mejor regalo.

—No te pongas poético —le reprendió Sara.

—Cualquier cincuentón estaría feliz en mi lugar.

—La pregunta es: ¿Estaría yo feliz con cualquier otro cincuentón?

Sara se dejó abrazar por el padre de los Belitre en la soledad de la habitación de hotel. Él transmitía en su abrazo la terrible necesidad de demostrarse que aún no había consumido todas las alegrías y sorpresas de esta vida. No podía ser cierto que su existencia discurriera de un modo tan gris y con tal consciencia de inutilidad absoluta. En lugar de pólizas de seguro, le habría gustado vender suicidios y asesinatos, salidas de este mundo imbécil en lugar de andamios para sostener una tambaleante existencia.

Sara había aparecido para devolverle la fe en el discurrir de los días. Sara. Pero ¿quién era Sara? Permítanme que les hable un instante de ella.

El mayor logro de su madre había sido coronarse Miss Mar Cantábrico en el 63. Luego Sara supo poco de ella. Creció con sus tíos en Madrid y sólo en espaciadas ocasiones volvió a ver a su madre. A los diecisiete años, alquiló en un vídeo-club casposo tres películas ínfimas en las que la reconoció, en papeles míseros. Ése era el último recuerdo de su madre: en bragas, corriendo por un dormitorio incapaz de resistir los embates de lo que podría denominarse un galán cómico si no un patán trágico.

Poco antes, Sara había vivido su primera experiencia sentimental propia. Ramón, un pintor treintañero adicto a la heroína quien, tras intentar desengancharse a su lado, había sucumbido unos meses más tarde.

Para entonces, Sara había empezado a trabajar en un hospital como ATS. Allí conoció a José Luis, un minusválido con leucemia. Sara salió con él durante un año, antes de que José Luis muriera como vaticinaban los diagnósticos.

Aquellas historias, momentáneas, fatalmente condenadas, reportaban a Sara, al menos, la conciencia de estar haciendo algo por los demás. Por los demás, ya que por sí misma no sentía más que el mayor de los desprecios. Ocurría siempre así. Había decidido entregar su amor a quien más lo necesitara como único medio de elevar su autoestima. Sara se resistía a reconocer que el amor es algo gratuito y caprichoso, empeñada como estaba en extraer una utilidad de los sentimientos, dominarlos, dirigirlos.

La abuela Alma le había dicho un día, tras observarla: «Además de tu nombre debes de tener raíces judías.» Sara había sonreído con una negación. «Pues entonces no entiendo por qué te sientes tan culpable de ser hermosa. Como si fuera algo por lo que tienes que pagar. Bastante tendrás ya con defenderte del acoso de todos los hombres que te saldrán al paso. La mujer, sólo por soportar al género masculino, tiene ganada la mitad del cielo.»

Su superior en el hospital tuvo largas conversaciones con ella. Trató de quitarle de la cabeza aquellas ideas absurdas. Pero Sara se defendía. Estaba enamorada de ellos.

—¿Cómo puedes estar enamorada de un enfermo terminal en silla de ruedas? —le preguntaba con incredulidad. Se refería a su última pareja.

—Pues claro que lo estoy —se sinceraba Sara—. Me gustaría que oyeras las cosas que me dice o cómo me mira.

—Entiendo perfectamente que él esté enamorado de ti, pero otra cosa es que tú lo estés de él...

—¿Y por qué no? Me enamoro de alguien porque puedo hacerle feliz.

—Pero ¿y tú? ¿Eres feliz?

—Por supuesto —le replicó Sara—. Mucho más que si saliera contigo, por ejemplo. Al menos, me siento útil.

Como regalo a su insistencia, Sara accedió a salir con su superior. Para Sara, aquella relación se limitó a una mera autosatisfacción, vanidad y grandes pérdidas de tiempo. Tras una ruidosa ruptura, Sara fue despedida del hospital en condiciones poco transparentes. En cierto modo, aquello terminó por dar la razón a Sara: el amor, sencillamente, no bastaba.

En el vecindario conoció a Julio y comenzó a ocuparse de él; iniciaron una relación. Al morir su tía Asunción oyó hablar del cuidado de la abuela Alma y pensó que aquél sería un trabajo perfecto para ella. Por un lado, la separaba del mundo real, sepultada bajo las obligaciones de la casa de los abuelos, y por otro le dejaba el tiempo suficiente para ir a visitar a Julio, que por entonces ya había caído inmóvil, en cama, en la última fase de un cáncer linfático que, debido a su juventud, se adueñaba de su cuerpo con aún más rapidez. Como era de esperar, Julio murió poco tiempo después y Sara se quedó sola de nuevo. Lo que aún desconocía es que estaba en mitad del ojo del huracán de la familia Belitre.

Entonces, un día apareció Félix Belitre. Para él, fue verla y sentir que desde los ojos de Sara el mundo habría de tener, por fuerza, un aspecto muy diferente del que él veía. Bajó a la calle, para matar el tiempo, y sólo pudo pensar en ella. Finalmente, se decidió a subir y regalarle a la joven un ramo de flores.

Un día después repitió visita. Estaban sentados en el sofá del salón, mientras Félix consumía el delicioso té de naranja que Sara le había preparado. El padre de los Belitre estaba desconocido. Era todo un torrente de palabras.

—¡Cuántos años han pasado desde que cometí una tontería como ésta! Regalar flores –le confesó Félix–. No sabes hasta qué punto tienes la sensación de que ya has vivido lo mejor de tu vida y que, como dicen en el baloncesto, ya sólo quedan los minutos de la basura.

—Vamos, vamos –le tranquilizó Sara–, tampoco eres tan mayor.

—No, no tiene que ver con la edad. Mira mi madre. A sus años, conserva las ganas de vivir...

—Sin salir de la cama, eso sí –ironizó Sara.

—Porque así lo ha decidido. No depende de nadie.

Sin saber cómo, aunque en cierto modo consciente de lo que sucedía, empezaron a ahondar en sus propias vidas, se contaban cosas personales sin aún conocerse demasiado bien.

—¿Puedes creer que ni siquiera fui al entierro de Julio? –le confesó Sara al padre–. Jamás he estado en un cementerio.

—Precisamente por eso te producen rechazo. Si los conocieras... Son una especie de ciudades dormitorio...

—Sí, pero sin prisas por tener que ir al trabajo –bromeó Sara, divertida por la comparación del padre.

—Ésa es otra ventaja de ellos sobre nosotros. Tienes que ir, ya verás como no hay ningún misterio.

Sara dudó. Se encogió de hombros dulcemente y se atrevió a proponer:

—Si tú me llevas.

El padre se puso en pie y se ofreció a hacerlo al instante. Un minuto después, Sara entraba en el dormitorio de la abuela para mentirle diciendo que bajaba a comprar.

Ante el nicho de Julio, Sara dijo:

—Se supone que debería llorar, pero no me apetece.

—Pues claro que no, hay que llorar por los vivos –proclamó el padre con una alegría inusual en él–. Mira, en los cementerios es donde menos muertos hay. Las tumbas están llenas de gente que sigue viva. En cambio, vete a un bar por la mañana temprano. Verás un montón de muertos.

Le señaló a un anciano con gorra que paseaba entre las tumbas, apoyado en un bastón.

–Ese señor lleva muerto años, y aún no se ha enterado. Te lo digo yo. Cada mañana visito a gente que se está pagando un seguro de vida y me dan ganas de decirles: «Pero ¿no ven que ya están muertos? ¿Para qué tirar el dinero?»

–Un poco cruel, ¿no?

–Te lo digo por experiencia. –El padre sonrió abiertamente. Habían echado a andar por una de las calles del cementerio, sin rumbo fijo–. ¿Cuánto tiempo dirías que llevo muerto?

–No me gusta el humor negro.

–Lo digo en serio. Lo pienso fríamente y te aseguro que llevo muerto mis buenos veinte años.

–Para llevar tanto tiempo bajo tierra, no tienes mal aspecto.

El padre insistió en su idea. Sara le rebatía que siempre quedaban cosas excitantes por hacer mientras duraba la vida.

–Tan sólo tienes que buscarlas un poquito más allá de tus narices.

–Claro –se explicó el padre–. Imagina que te hubiera conocido con treinta años menos. Ahora podría enamorarme de ti. Y perdona el ejemplo. Nos casaríamos, tendríamos hijos y dentro de treinta años volvería a pensar que la vida es una mierda.

–Eso es mentira –aún le discutía Sara ya en el coche de vuelta a casa y mientras anochecía en el exterior–, la vida no es una mierda, en cualquier momento surge algo..., no sé, inesperado.

–Sí, mágico y de colores –se burló el padre–. Anda, que yo también he visto *Mary Poppins.*

–Coño –se enfadó Sara–, tú tienes hijos cojonudos, quieres a tu mujer y pronto tendrás nietos.

–Vaya cuadro. ¿A eso le llamas tú felicidad? Eso es conformismo. Aceptar la puta mierda que te tienes que comer todos los días y decir que es una comida estupenda. A lo mejor es lo que hay que hacer.

Había anochecido cuando llegaron a casa de la abuela. El padre detuvo el coche junto al portal, sin apagar el motor. Sara trataba de convencerlo. Insistía una y otra vez sobre lo imprevisible del vivir. El padre ya apenas la oía.

–Tú tienes más suerte que otros –terminó Sara–, así que no te quejes.

–Vaya –se rió el padre–. O sea que hay uno que está fatal, pero como hay otro que está peor, el que está fatal tiene que decir que está de puta madre... La felicidad por comparación. Joder! ¿Lo ves? Hacía siglos que no hablaba tan mal.

El padre se volvió hacia ella. Se miraron cruzando una sonrisa.

–Provocas mis más bajos instintos juveniles –añadió el padre.

–Yo ya sé tu problema –le desafió Sara–. ¿Cuánto llevas sin estar enamorado, vejestorio?

El padre le sostuvo la mirada.

–Llevaba un montón de tiempo... hasta hace cinco minutos.

Sara miró por su ventanilla. Vio el portal oscuro. El padre reprimió las ganas de besarla. Sara se volvió hacia él.

–¿Piensas tenerme aquí toda la noche? –le preguntó.

El padre le mordió los labios con un beso fiero. Sara le respondió sujetándolo con fuerza por la nuca.

Al sentarse sobre la cama del hotel, el cabecero de madera crujió acusadoramente.

–¿Has visto cómo me miraba el de la recepción? –dijo el padre–. Se creía que éramos padre e hija o algo así.

–¿Acaso no es incesto acostarte con la enfermera de tu madre? –Sara dejó reposar su espalda contra la colcha de la cama–. Porque me has traído aquí a follar, ¿verdad?

–Bueno...

–Si es que no se te ha olvidado, después de tantos años muerto.

–Eso es como montar en bicicleta..., nunca he sabido muy bien...

El padre abrazó a Sara y la sonrisa culminó en un beso. Se despojaban de la ropa, con interrupciones constantes para besarse de nuevo, como si los besos que no se dieran fueran un peso que quedaría para siempre sobre sus cabezas. El padre se detuvo ante los pantalones de ella.

–¿Vaqueros? Es la primera vez que lo hago con una chica en vaqueros –se asombró el padre.

–Cállate.

Se dejaron llevar por toda la pasión del momento y, al acabar, permanecieron abrazados.

–Ahora me dirás que sólo te has acostado conmigo para demostrarme tu teoría –dijo el padre.

–Bueno, ¿y qué? –sonrió Sara–. Tú te has inventado tu teoría sólo para acostarte conmigo.

La risa de los dos terminó en un beso. Luego se mantuvieron en un silencio culpable.

–Anda, vámonos. –El padre dejó que fuera ella quien lo dijera antes.

No hablaron apenas hasta llegar a la casa de la abuela.

–Quiero verte mañana –se despidió Sara antes de entrar al portal.

–Y pasado mañana. –respondió el padre.

Así lo hicieron. Aunque Sara no disponía de demasiado tiempo libre, consiguieron verse con regularidad, pasear juntos muy de vez en cuando y sobre todo hablar. Tenían largas charlas en las que ella confesaba sus ideas sobre el futuro y Félix trataba de ofrecer una visión positiva de su vida. El padre se encontraba feliz en los momentos que estaba con ella, pero el agujero se le hacía más oscuro y profundo el resto de la jornada. A Sara le fascinaba aquel hombre callado y gris que escondía en su interior todo el desasosiego de su crisis vital. Se arrogó el papel de ser quien le devolviera las ganas de vivir.

Sara era la única persona a la que Félix confesó su indudable turbación ante el hecho de que su hijo Matías de doce años le hubiera usurpado el puesto de cabeza de familia. «Y lo que es peor, lo hace a la perfección. Imitando todos los vicios y tópicos de cualquier padre.»

Sara, siempre impulsada a ayudar a la gente, no podía tolerar a su lado a una persona infeliz. Tenía que conseguir empujarle hacia arriba, hacia el lado brillante de la vida. A menudo le hablaba de sus hijos, del ingenioso y culto Gaspar, tan tímido y atento a las charlas de su abuela, o de Nacho, tan atractivo y simpático. El padre estaba orgulloso de sus hijos, pero no sabía hasta qué punto él era responsable de su forma de ser. «Han crecido a mi lado, pero no he sido capaz de ser alguien cercano para ellos», reconocía con tristeza.

Le confesaba a Sara que junto a ella se sentía rejuvenecido. «Me oigo hablar y no lo creo. Es como si hablara un adolescente enamorado.» Sara, por su parte, se dejaba llevar con demasiada facilidad por el encanto que encontraba en alguien mayor. Al fin y al cabo, nunca fue adolescente, cruzó sin transición de la niñez a la madurez. Durante todos aquellos años había presenciado con estupor cómo era capaz de regalar placer a los hombres que se acercaban a ella, pero ella se reconocía incapaz de disfrutar. Nunca se lo dijo, pero el padre fue el primer hombre con el que tuvo un orgasmo.

Por supuesto que Félix Belitre aún podía ser considerado un hombre atractivo. Era silencioso, las canas poblaban su pelo negro y su rostro estaba marcado y vivido. Había un brillo apagado en su mirada que sólo volvía a relucir cuando se dejaba avasallar por el torrente de palabras que surgían de su boca. De joven debía de haber sido un hombre muy atractivo, con un aire a Nacho, pero ahora parecía haber enterrado en su interior los grandes secretos de su personalidad.

Abrazado a Sara sobre el colchón barato de la habitación, el padre contó mentalmente las ocasiones anteriores en que había sido infiel a su mujer. Aquella clienta que se convirtió en una traición durante un par de meses a los seis o siete años de casados, una nueva vendedora contratada en la oficina central, tan sólo un par de veces, y tres o cuatro prostitutas. Todas ellas hacía más de cinco años.

Sara no se atrevió a contar al padre su incidente con Nacho. No se atrevió a confesarle que su hijo conocía la historia, ni que, en el fondo, se sentía irremisiblemente atraída hacia él. Tampoco Nacho dijo nada. Se sentía dolido, enfurecido, pero nada de eso aplacaba su enamoramiento. Más bien al contrario. Para él era secundario que su padre estuviese engañando a su madre, lo inaceptable era que Sara le estuviera engañando a él. Escuchaba a sus hermanos cantar al padre el «cumpleaños Félix». Él prefirió no unirse al coro.

Tampoco Felisín participaba de la celebración. Aún no estaba repuesto de su desmoralización, pero comenzaba a sentir los primeros síntomas de una ligera mejoría. Abroncaba a su hospitalario amigo tras leer la crítica que éste había hecho en su lugar y que aparecía con su firma en el periódico. Ya se levantaba del sillón, caminaba y apenas había llorado en los dos últimos días. De modo que decidió recomponer su existencia y volver con su familia, esa numerosa muestra de hiperrealidad.

–Sí, papá, llego mañana –había dicho por teléfono–. No, no hace falta que vengas a buscarme al aeropuerto.

–Tu madre insiste. Dime a qué hora llegas.

–Que no, que prefiero coger un taxi.

Había llegado la hora para el mayor de los hermanos Belitre de abandonar el refugio que con tanta hospitalidad le había ofrecido su amigo. La hora de devolverle su ropa prestada y deshabitar el sillón con el que tantos lamentos había compartido. La hora de cerrar tras aquella puerta la farsa del viaje a Francia y quizá la gran mentira que había sido su historia de amor con Nicole. La hora de regresar a su crítica de cine donde dar su versión de cómo debían ser las películas, ya que no era capaz de imponer su idea de cómo había de ser la vida.

Cuando llegó, su familia salió a recibirle como si de verdad aquélla fuera la vuelta del hijo pródigo, la comparación fue del abuelo Abelardo. Sin maletas, de vacío, como se había marchado, y sin Nicole. Felisín explicó que ella se había quedado en Niza por razones de trabajo, le había surgido un formidable empleo de modelo. La madre insistió en que se tumbara un rato pues debía de estar cansado del vuelo.

–No, no estoy cansado.

–Venga, no seas bobo y descansa un rato, Félix.

Lo que pareció un desliz momentáneo, llamar Félix a su eterno Felisín, no formaba parte de un acuerdo tácito familiar, pero quedó incorporado al uso habitual. Desde ese día, ya nadie le llamó otra cosa que Félix, sin diminutivos cariñosos. Su vuelta de Francia traía consigo un aumento de consideración. La imagen de Nicole se idealizó en su ausencia y la familia, que había asumido su parte de culpa en la marcha de la pareja, revalorizó la posición de Felisín, hecho que éste explotó hasta el capricho.

Al entrar de nuevo en su dormitorio, entre el orden perfecto, llamó su atención una foto colocada sobre la mesilla. Desenfocada y oscura, obtenida con la cámara de Lucas, la madre se había encargado de enmarcar una imagen de Nicole y Felisín abrazados. Se sentó sobre la cama y la sostuvo entre sus manos. Pensó lanzarla por la ventana abierta, pero volvió a posarla en la mesilla y sufrió un ataque de melancolía, lento, que entró por sus ojos, que miraban la tierna foto, y terminó por invadir cada rincón de su cuerpo, inmovilizar sus piernas, bloquear su cerebro y desbordar las compuertas de sus lacrimales.

Lucas, autoculpabilizado de la marcha de Nicole, hacía méritos ante su hermano mayor para recuperar su confianza. Ahora aceptaba el bozal como justa penitencia a su malvado comportamiento. Dedicaba la tarde del domingo a memorizar la programación semanal de televisión y así sus hermanos, con sólo consultarle, obtenían por escrito, en su cuadernillo colgado del cuello, las respuestas a preguntas como «¿Qué película ponen hoy?» o «¿A qué hora empieza el fútbol?». Además, Lucas desempeñaba tres tareas con absoluta dedicación: abrir la puerta a cualquier persona que llamara, contestar el teléfono, siempre que no llevara el bozal (en esta misión ya le había sustituido Matías, aunque esto era causa de todo tipo de conflictos dado su empeño en considerarse el padre de familia), y la tercera de las labores de Lucas consistía en sorprender al cartero antes de que introdujera la correspondencia en el buzón y repartirla entre los de casa.

Así, entre grandes gritos, dio la bienvenida a la primera carta de Nicole, que subió a todo correr hasta el dormitorio de Felisín. A su hermano mayor lo invadió la más sincera alegría y presa del nerviosismo abrió el sobre. Pero su decepción fue tan grande como esperaba. Leyó lo que él mismo había escrito en francés y comunicó a la familia que Nicole estaba bien, les mandaba muchos recuerdos y se excusaba por no haberse despedido en persona.

Felisín había decidido que, para evitar las sospechas, lo normal sería recibir una carta semanal de Nicole llena de besos para todos. Esa labor apenas le ocupaba media costosa hora de escritura en francés. Después enviaba el sobre cerrado a un amigo, profesor de español en Montpellier, que la mandaba a su vez desde allí. Pese a reconocer su propia letra y los sobres que él mismo se dirigía, a Felisín siempre le emocionaba recibir una nueva carta. Siempre confiaba en que, milagrosamente, fuera de verdad Nicole quien le escribiera.

Desde el porche, Lucas vigilaba la llegada del cartero, corría hacia él y le tendía la nota de siempre: «¿Hay algo para nosotros?» El cartero entregaba las cartas a aquel niño con bozal sin atreverse a sonsacarle las razones de su silencio forzado. Un día que se atrevió a comentar el hecho con su novia, ella, tras burlarse de él, le explicó que, con toda probabilidad, el pequeño sufría alguna enfermedad dental y que aquello que él llamaba bozal seguramente era prescripción facultativa. Y acertaba, porque había sido el doctor Tristán quien introdujera el ingenio en la casa.

He vuelto a leer en estos días el capítulo definitivo de *La agresión social: problemática preocupante*. Se titula «Invisibilidad social» y había sido determinante en la decisión de Basilio de ponerse en contactó con el doctor Tristán aquel verano. A lo largo de este capítulo se expone la que es, sin duda, la teoría original más impactante del doctor Tristán Bausán.

Según él, existen en nuestro habitual entorno individuos que pasan desapercibidos de manera casi absoluta. Montones de personas a los que vemos cada día y que nuestro cerebro, pese a la señal visual recibida de su presencia, no procesa. Esta gente, considerados por el doctor como evidentes casos de hombres invisibles, son profesionales de la huida. Unos han optado por esta actitud de un modo casual y otros lo han logrado tras arduo empeño.

«Ese chaval del colegio al que nunca sacan a la pizarra los profesores y que los compañeros no podrían reconocer años después en la foto de fin de curso. En otro estudio comprobé que camareros en un restaurante consiguen ser ignorados por las peticiones de los clientes, que siempre se dirigen a otros empleados. Hay múltiples muestras del talento de ciertas personas para disolver su presencia.»

En opinión del doctor, mucha de la gente con problemas que acude a la consulta de psiquiatras, sería feliz en realidad logrando esa especie de invisibilidad. Obviamente Basilio sería uno de ellos. La necesidad de huir de la agresividad con que la sociedad maltrata a enfermos, deformes, feos e inadaptados, los conduce a la invisibilidad como solución perfecta.

Como dos montañeros, se instalaron en una tienda de campaña en plena cumbre de Gredos. El doctor Tristán trabajaba a marchas forzadas para aleccionar a Basilio en la invisibilidad. En primer lugar corregir su torpeza no sólo física sino personal, su don de la inoportunidad. Abandonar el estado de víctima propiciatoria. El ser humano busca a su alrededor alguien sobre quien polarizar su agresividad. El profesor Jaroslav Kopalsky habló de que los niños feos son culpados por los compañeros de colegio de todo lo malo que sucede en clase, del mismo modo que un alto porcentaje de los condenados por jurados populares pertenecen a algún grupo de alto grado de desprecio social: deformes, desfigurados o feos.

El doctor Tristán seleccionó con científica meticulosidad la ropa de Basilio y, de vuelta en Madrid, le obligaría a cambiar la montura de sus gafas por unas casi invisibles, sólo cristal con unas pequeñas láminas de metal de sujeción. También le cortaría el pelo hasta dejárselo prácticamente al rape, lo que dotaba a Basilio de un aspecto algo enloquecido y amenazador. Si era capaz de infundir temor en la gente, ellos lo evitarían. Además Basilio se estaba dejando barba para intentar cubrir de una manera ordenada la mayor parte del territorio de su rostro.

Tan sólo una noche, tumbados cada uno en su saco de dormir dentro de la tienda, habían hablado de Mayka y de su historia con Basilio.

—Tendrías que haberla conocido de pequeña —le contó el doctor, invadido por la melancolía—. Era la niña más preciosa... Ahora..., bueno, mi padre nos pegaba desde muy pequeños. Yo tuve suerte. A ella le causó lesiones cerebrales.

—Vaya, lo siento.

—Era un hijo de puta. A cierta gente debería prohibírsele tener hijos. En cambio tu familia...

—Tampoco es que sea muy perfecta.

—Pero hay cariño. Tú no sabes lo que es vivir sin eso. Mira cómo ha acabado mi hermana.

—Siento lo que dije de ella.

—Dime una cosa, Basilio —le susurró el doctor—: ¿en ningún momento te gustó?

–¿Mayka?

–Sí. ¿En ningún momento sentiste que te podías, yo qué sé, enamorar de ella?

–Sí, claro que sí –mintió Basilio. Tenía la sensación de que aquello era lo que quería oír el doctor y él no iba a negárselo.

Los accidentales montañeros habían tenido que cambiar la ubicación de su tienda al instalarse junto a ellos una colonia de boy scouts que turbaban con sus cánticos religiosos y sus exploraciones pseudoaventureras la terapia diaria del doctor e impedían su descanso nocturno con la agitación y las prácticas sodomitas de sus tutores. Ganado un valle recóndito, habían plantado su tienda de campaña en la soledad de un riachuelo fuera del alcance de curiosos, paseantes y posibles plagiadores científicos.

Al teléfono hablaba alguien desde una comisaría de distrito. El abuelo Abelardo, detenido, había dado ese número a la policía para que contactaran con su hijo. En ausencia del padre, Felisín hubo de vestirse a toda prisa y ponerse en camino.

En la comisaría acristalada de la calle Luna, se encontró al abuelo Abelardo y sus dos amigos ingleses, John y Paul, detenidos por alterar el orden público. Se habían encadenado ante la puerta de un estanco, los tres, y no permitían el paso de nadie. Gritaban consignas religiosas y señalaban aquel lugar como sucursal del infierno. Ante las airadas protestas de la dependienta, el abuelo Abelardo la había emprendido a bastonazos hasta romper el escaparate del estanco. La dueña interpuso una denuncia y los policías se llevaron en el coche patrulla a los dos ingleses y el incontinente tras reducirlos con autoridad.

Felisín abroncó a su abuelo con furia mientras leía la denuncia en comisaría. John y Paul estaban sentados con la cabeza entre sus manos; soportaban una sonora bronca en inglés de su superior en la congregación. Éste les dijo que se habían terminado sus salidas y su vida excéntrica junto a viejos locos y que los devolvería a Inglaterra para que allí fueran castigados en su justa medida. Aquello era una vergüenza irrepetible que manchaba el limpio nombre de los testigos de Jehová. El abuelo, al oír los gritos, sin entender una palabra de inglés, la emprendió a bastonazos con el superior de sus amigos. Éste, aleccionado en artes marciales, derribó de tres certeros golpes al abuelo y, antes de que Felisín pudiera intervenir, John y Paul ya habían triturado a puñetazos a su propio superior.

El comisario expulsó a todos de su oficina antes de que quedara destruida. Felisín arrastró al abuelo, renqueante, hasta la calle y allí se fundió en un abrazo con John y Paul. El superior, sangrando por la nariz, les había informado de su expulsión de la orden. John y Paul acogieron entre lágrimas la invitación del abuelo para trasladarse con él a casa de su hijo.

Felisín subió con los tres en un taxi. El abuelo insistía en que Dios estaba de su parte y no del lado de los fumadores.

—Estoy de tu dios hasta los cojones —estalló finalmente Felisín—. Si te crees que por hablar tanto de él te vas a salvar de ser devorado por los gusanos lo llevas claro. Tanta misa y tanta polla, y todo lo que ha creado es este mundo que es una puta mierda.

—Demuestras valor. Hablar así a escasas jornadas del fin de la gran tribulación.

—Chocheas.

—A mi edad es lo más digno que se puede hacer.

Cuando el padre, avisado, llegó a media tarde, decidió que lo mejor era perdonar al abuelo y no insistir demasiado en recriminaciones a su locura. Gaspar era el único que permanecía ajeno a aquel maremágnum de protestas, envueltas por la narración del abuelo de su quijotesca y cristiana aventura.

La vista de Gaspar estaba clavada en el cielo desde que había oído las previsiones del tiempo para aquella tarde en el canal local. Cuando vio las nubes negras cernirse sobre su cabeza, bendijo la información meteorológica y salió de casa rumbo al metro.

A las tormentas de verano nadie las espera. Como el amor, surgen de pronto, te encuentras en el lugar equivocado en el momento equivocado, te obligan a correr, saltar, huir, ponerte a cubierto. Y luego, de pronto, el sol surge de nuevo, arrastrando de la oreja al arco iris.

Gaspar Belitre fue, acaso, el único no sorprendido por la repentina tormenta de aquella tarde.

Cuando llegó a casa de la abuela estaba empapado. Aseguró a

Sara que la lluvia le había sorprendido en plena Gran Vía, a la salida del cine, y que no se atrevía a volver a casa lloviendo tanto. Rayos y truenos, tormenta eléctrica y mucho calor como paradójico acompañante.

—Mamá, me quedo en casa del abuelo...

—Sí, será lo mejor —concedió la madre al otro lado del teléfono—. No me fío nada de estas tormentas de verano.

—¡Qué coño tormenta! —increpó el abuelo—. ¿Pensabais que Dios iba a permanecer indiferente a mi detención? Las leyes del hombre no pueden enfrentarse a la ley de Dios.

Abelardo terminó por acostarse en la cama vacante de Gaspar. Pero su sueño era un duermevela inconstante y estaba despierto cuando unas horas después su nieto Nacho entró a acostarse. Charlaron un segundo sobre la detención y la aventura y sobre el futuro de John y Paul. Entonces Nacho cambió con brusquedad de asunto de conversación:

—¿Qué tal os va con esa chica nueva, cómo se llama...?

—Sara —contestó Abelardo, creyendo sacarle de dudas—. Es una chica estupenda, maravillosa. Y bueno, ya has visto lo hermosa que es.

—Sí, parece simpática.

—Tu abuela está encantada y yo también. La verdad es que la pobre Asunción era una bacalada de mucho cuidado.

—Habrá que decirle a mi padre que le suba el sueldo.

—Tampoco hay que tirar la casa por la ventana —zanjó el abuelo, ajeno a la dolida ironía de Nacho.

El padre, antes de meterse en la cama de Basilio, arropó a Lucas.

—A mí me parece que estos peces están más muertos que vivos —sugirió tras echar un vistazo a la pecera.

—¿Qué sabes tú de peces? —le desautorizó su hijo. Liberado del bozal, podían verse las marcas de las correas donde el sol no le había bronceado—. ¿Hasta cuándo se van a quedar John y Paul? Su jefe los ha echado de casa.

—Bueno, ya veremos. Aquí no cabemos más.

El padre recordó con pavor al mendigo que el año anterior el abuelo había instalado en la casa de Algete. Tardaron más de tres meses en deshacerse de él y, aun con todo, al marcharse se llevó consigo la cubertería de plata, el reloj de pared y la hucha de Lucas.

John y Paul se habían acoplado en la cama de invitados. Hablaban en un susurro en inglés. John, el mayor, terminaba de calmar a Paul. «Todo irá bien, no te preocupes.» Paul se volvió hacia él y se miraron a través de la oscuridad rota por los relámpagos continuos.

–No me digas que te da miedo la tormenta.

–No es eso –aseguró Paul–. Es que siempre he tenido ganas de hacer algo.

–¿Qué? Ahora ya no eres un testigo, podrás hacer muchas cosas. Pescar, dejarte barba...

El beso en la boca de su compañero silenció el resto de la frase de John. Un instante más tarde eran un remolino de caricias silenciosas. La pasión callada que sentían el uno por el otro desde hacía tanto tiempo estalló como la tormenta que tenía lugar fuera de aquel cuarto de invitados. Se despojaron de su ropa interior y se palparon los cuerpos tan distintos. «No me hagas daño», le rogó Paul, sin esconder su temor. «No tengas miedo», le tranquilizó su compañero. Al día siguiente abandonarían la casa para instalarse en un pequeño apartamento.

Antes de cenar, la abuela Alma leyó para Gaspar entre sonoras carcajadas compartidas. Saltaba de un libro a otro y de un autor a otro más y de ellos a su copita de vodka helado. Leía párrafos completos en voz alta.

–¿Te he contado que me escribía con él?

–¿Con Valle-Inclán?

–Sí, cuando estaba en Roma. Anda que no habré llevado yo bocadillos a sus hijos.

–Abuela, cuéntame cosas de escritores de aquella época –le rogó Gaspar.

–¿Qué quieres que te cuente? Con mi novio de entonces, León, hasta estuve en Nueva York. Yo era bastante ignorante... Estuve en una fiesta de la que se acababa de marchar Scott Fitzgerald, ése era el más grande. Lástima de matrimonio. La loca aquella lo arruinó...

–¿Y tú, abuela, por qué te casaste con el abuelo si tenías ese otro novio?

–Eso es una larga historia.

Gaspar guardó silencio a la espera de que la abuela añadiera algo, pero ella no dijo nada.

–¿No me lo vas a contar?

–Hijo mío, es demasiado largo.

–Tenemos tiempo.

–Hay locuras, muchas cosas de por medio, incluso muertos. Una guerra es una guerra...

–El abuelo casi nunca habla de la guerra.

–Porque estuvo en el bando ganador. De las guerras sólo hablan los que las pierden. Por eso yo no hablo de mi vida. Anda, léeme tú ahora algo gracioso.

–¿Qué?

–Cualquier cosa. Pero de risa, eh. Ahora de vieja he comprendido que lo único que perdura es lo que hace reír, ¿te das cuenta?

Gaspar cenó con Sara y juntos prestaron nula atención a un estúpido programa veraniego de televisión. Hasta ese momento, todo marchaba según sus más optimistas planes.

–Tu familia estará buena con lo del abuelo –le preguntó Sara.

–Imagínate. Bueno, ya estamos acostumbrados. –Gaspar ensayaba un tono maduro que no terminaba de acoplarse a su voz de infante–. Porque el doctor Tristán está en el monte con Basilio, si no, lo mejor sería que él tratase al abuelo.

–A tu abuelo no le pasa nada. Es sólo la edad.

–¿La edad? Siempre ha sido así. En la boda de mis padres se peleó con varios invitados y le rompieron una botella en la cabeza. Desde entonces la familia de mi madre no se habla con nosotros.

–Vaya.

–Oye, Sara –había llegado la hora de la verdad–, ¿puedo preguntarte algo? Es una bobada, pero como no tengo hermanas...

Sara miró a Gaspar con renovada atención. Él, nervioso y perdiendo el hilo de sus pensamientos en algún instante, comenzó a explicarse:

—Bueno, verás, es que hay una chica que, bueno, me interesa bastante, ya sabes, lo típico: salir con ella y esas cosas, y no sé muy bien qué hacer.

Sara, con esfuerzo, mantenía la seriedad ante aquel romántico caballerete en busca de consejo:

—O sea, que estás hecho un lío, ¿no?

Gaspar asintió ante la clara descripción que había hecho de su situación.

—¿Enamorado?

—Eso creo. Pero es que ella es inalcanzable para mí.

—Eso nunca.

—Pero no me hace caso. Me considera un niño...

—¿Es mayor que tú?

—No, no, no, qué va. Bueno, un poco. Meses, vamos. —A continuación, creyó llegado el momento de atacar al enemigo en su ausencia—: He hablado con mi hermano Nacho y él cree que el mejor método para ligar con una chica es aparecer delante de ella con otra.

Gaspar no supo interpretar la carcajada de Sara. Prosiguió:

—Cree que si te ve con otra se sentirá celosa y esas cosas, pero claro, para él es muy fácil. Liga todo el rato con chicas, aunque las trata fatal y siempre les miente y las engaña. Lo único que quiere es acostarse con ellas y luego pasa de ellas. Pero para mí es diferente, yo cuando me enamoro de una chica no puedo estar con otra, me entrego totalmente.

Gaspar continuó durante algún rato autohalagándose sin ningún pudor, aunque la mente de Sara ya estaba en otra parte. Pensaba en Nacho. Se sintió miserable. Al fin y al cabo, estaba engañando a toda una familia acostándose con el padre. En una ocasión le había confesado esto a Félix y él se había sentido derrotado: «¿Lo ves? Tú misma crees que cuando te acuestas conmigo, te acuestas con mi familia. Yo soy uno, soy sólo yo. ¿Es que para nadie existo por mí mismo?»

Cuando las explicaciones de Gaspar cesaron, Sara le dio un consejo que no por inútil dejaba de ser vital: «Si quieres conseguir a la chica que te gusta, sé tú mismo y confía en ella. Si ella merece la pena de verdad, sabrá descubrirte.»

Sara le preparó la cama del abuelo y Gaspar se acostó orgulloso de cada trueno y relámpago que inundaba de luz el calor de la habitación. La lluvia, golpeando contra los cristales, repetía rítmicamente la misma cantinela: Sa-ra, Sa-ra, terminó Gaspar por identificar el mensaje, Sa-ra, Sa-ra.

Se revolvía en la cama nervioso, sin atreverse a poner en marcha la sección segunda de su plan perfecto. Se levantó de la cama y a hurtadillas fue hasta el dormitorio de Sara. Abrió la puerta y un relámpago iluminó la cama y la forma de la chica bajo la sábana. Gaspar cerró la puerta con un ruido suficiente para despertar a Sara, pero ésta no se movió. Gaspar volvió a abrir y cerró de nuevo con más fuerza. Ahora Sara dirigió su mirada sorprendida hacia él.

–¿Qué haces aquí?

Gaspar estaba de pie, junto a la puerta, con su pequeño y nada musculoso cuerpo encogido de nervios.

–Tengo miedo de la tormenta. –Aquella debilidad infantil encubría una añagaza que ya firmaría el más temerario de los adultos. Gaspar, envalentonado por el ritmo de los latidos de su corazón, añadió–: ¿Te molesta si duermo contigo?

Sara mostró una de sus abiertas sonrisas y se hizo a un lado bajo la sábana.

–Claro que no. Ven.

Gaspar ya estaba levantando la sábana para entrar en la cama cuando Sara le anunció: «Pero te advierto que yo duermo desnuda.» Lo dijo divertida y encantada de provocar la turbación del joven Gaspar, que se quedó detenido.

–Es una broma, bobo.

Sin acertar con una sonrisa digna, Gaspar se introdujo a su lado en la cama. Comprobó que Sara vestía una amplia camiseta blanca que se confundía con la sábana, excepto por el dibujo del pecho: la cara de Frankenstein.

Sara se volvió hacia él y le arropó.

–Cuando era pequeña, mi madre siempre me decía al acostarme: «Echemos una carrera a ver quién llega antes a mañana.» Venga, te echo una carrera.

Por supuesto, perdió Gaspar.

No miento si digo que aquélla fue la noche más tensa de su vida. Rígido, con la mirada en el techo, escuchaba el repiqueteo de la lluvia en el cristal, respiraba con dificultad y sentía el cuerpo cercano y casi desnudo de Sara. Experimentó una brutal erección y con decisión se bajó el bañador y se desnudó bajo la sábana. Pensó abalanzarse sobre Sara y violarla con nocturnidad, alevosía y mucha ternura. Pero no podía moverse. Debieron de pasar más de tres horas antes de que, empapado en sudor, se incorporara calladamente sobre el colchón y, deslizando la sábana hacia abajo, en lentos y estudiados tirones, fuera descubriendo el cuerpo de Sara.

Por el cuello de la amplia camiseta se intuían los hombros desnudos y el nacimiento de los senos perfectos. Gaspar levantó tanto como pudo los bajos de la camiseta. Ganó su ombligo y, a través de la blancura de su ropa interior, intuyó la oscura densidad de su sexo. No se atrevió a subir más allá del vientre de Sara temiendo que ella notara el movimiento de la camiseta. Permaneció tiempo y tiempo mirando aquel rostro y aquellos senos, el contorno de su cuerpo, con una pierna de ella desbordando la sábana.

Había dejado de llover y, en el silencio de la noche, Gaspar podía escuchar cada gota de sudor que nacía bajo la raíz de su pelo. Sara hizo un brusco giro para recuperar la sábana en un gesto mecánico sin abandonar su sueño profundo y Gaspar, atemorizado, se fingió dormido. Agotado por los nervios, el sueño le venció.

Con las primeras luces del amanecer se despertó y retiró la sábana de encima de sí. Quería que Sara, al abrir los ojos, se encontrara con su enhiesto miembro junto a ella; él se fingiría dormido. Pensó que la chica se entregaría a él y lo devoraría a besos. Aún pasó dos angustiosas horas enfrascado en su exhibicionismo antes de que Sara mostrara signos de desperezarse. Cuando lo hizo, descubrió a un dormido Gaspar que mostraba su cuerpo desnudo, perdida la sábana y con una potente erección sobresaliendo de su bañador medio caído. Sara le cubrió discretamente con la sábana y salió del dormitorio. Gaspar tragó saliva y se sintió nervioso hasta la histeria. Avergonzado, terminó de subirse el bañador y Sara le sorprendió despierto al volver del baño.

Bajo su desordenado pelo empapado, Sara le dio los buenos días:
—Venga, a la ducha. ¿O también te da miedo esa lluvia?

Gaspar, bajo el agua, se negó a aceptar la derrota de sus ardorosas estrategias. Sus pensamientos daban la razón a quienes piensan que el ser humano es de nacimiento un pervertido sexual enfermizo y que sólo con la educación y la cultura va alcanzando la civilización erótica.

Gaspar puso en marcha una excepcional tercera sección de su plan. No había cerrado la puerta del baño y cogió la única toalla disponible y la escondió en el interior de la lavadora. Luego, de una voz, llamó a Sara y a través de la puerta pidió una toalla.

Sara rozó la puerta con la yema de sus dedos y anunció que ya traía la toalla. Gaspar, desnudo por completo y chorreando agua, en lugar de abrir una ranura de la puerta y coger la toalla de la mano de Sara, abrió con decisión la puerta del baño y ofreció a los ojos de Sara la visión de su cuerpo desnudo.

–Ah, gracias –dijo al tomar la toalla. A duras penas alcanzaba a disimular su nerviosismo. Sara, con un criminal tono neutro, le dijo:

–Anda, deja de hacer el tonto y vístete.

Gaspar comprendió, ahora sí, el fracaso de su empresa. Se vistió y, sin mirar a la cara de Sara, avergonzado, desayunó y abandonó la casa de la abuela después de darle los buenos días a la ocupada Alma.

–He recibido un telegrama. Tu tío Álex viene a vernos esta semana.

Pero Gaspar no tenía la cabeza en buena disposición para noticias tan poco importantes.

Cuando sonó el teléfono, Lucas dejó su labor y corrió a descolgar. Era para Nacho. Subió hasta el dormitorio y lo despertó con brusquedad.

–Es para ti. Una chica.

Nacho bajó en calzoncillos las escaleras entre maldiciones contra su hermano pequeño.

–¿No te he dicho que si es una chica digas que no estoy? –Y al pasar junto a la cocina se dirigió a su madre–: Ponle el bozal a éste, anda, que no meta más la pata.

A Nacho lo que menos le apetecía a esas horas de la mañana era escuchar los lamentos de Aurora o cualquier otra mujer con quien se hubiera portado, en su opinión, ni la mitad de mal de lo que se portaban las mujeres con él. Descolgó el teléfono del salón y se dejó caer en el sillón con desgana.

–¿Sí? –preguntó crispado ante la mera sospecha de oír el timbre monótono de Aurora antes de las once.

Pero una voz cálida y profunda le respondió desde el otro lado de la línea:

–¿Nacho? Soy Sara. Quiero hablar contigo.

QUINCE

¿Qué pasa chaval, te has perdido?

Un taxista a Gaspar Belitre

La vuelta a casa del doctor Tristán y Basilio supuso el comienzo de los días más felices en la vida del segundo de los hijos de Félix Belitre, pero, como toda época de felicidad, habría de ser breve. Sus hermanos se volcaron en un caluroso recibimiento. Además de su nuevo aspecto –pelo rapado, barba, kilos de menos, vestuario discreto–, pronto apreciarían las primeras variaciones en su carácter: sus largos silencios, su escasa participación en las discusiones familiares, sus jornadas completas en la soledad del cuarto, entregado a la pintura.

El doctor Tristán le había dicho, momentos antes de volver a casa, en el tren: «Compórtate con absoluta normalidad. Tu familia sigue siendo tu medio no hostil.» Y con la gravedad que caracterizaba la expresión de sus grandes verdades le había aleccionado: «Recuerda, hay una palabra que sólo existe entre nosotros, para nadie más.» Ni siquiera necesitó nombrar la palabra en cuestión: invisible.

La invisibilidad social de Basilio no era más que una convención psicológica. Cualquiera podía tocarlo, llamarle o conversar con él. Lo difícil es que cayeran en la cuenta de que lo hacían, que lo recordaran. Por ejemplo, sus compañeros de academia, a la que se reincorporó, recuerdan a un tipo seboso y acneico sentado en la última fila, pero niegan que regresara a los cursos después de una prolongada ausencia. Años después no reconocerían a Basilio en una foto de grupo. Los profesores no recuerdan haberle dado clase y varias de las visitas ocasionales que recibieron los Belitre –en particular la prima

Rosario y su tía Celinda– comentaron para sí la ausencia de aquel otro hijo tan feo que tenían.

Basilio sentía cómo era ignorado en el vagón del metro, en la cola del cine. Saboreaba cómo la gente no apartaba la vista de él con repugnancia, sencillamente porque la gente ya no posaba los ojos en él. Jamás volvió a ser objeto de burla o insultado en la calle o por sus compañeros, nunca más le hirió un comentario a sus espaldas ni tan siquiera volvió a ser objeto de preguntas en clase. Nadie le pedía limosna ni era atosigado con panfletos de propaganda ni se le exigió jamás la documentación. Nunca lo atracaron ni le pidieron socorro. Tan sólo un pobre viejo se agarró a su brazo en un semáforo en busca de ayuda para cruzar una calle, pero Basilio comprobó con alivio que se trataba de un invidente.

A pesar del inusitado desembarco de Basilio en el mundo de los felices, el doctor Tristán permaneció en su tienda de campaña. Se había acostumbrado a la convivencia con los Belitre y, en su afán terapeuta, aún pretendía ajustar algunos desarreglos en la personalidad de Basilio. Para su sorpresa, el contestador de su casa había registrado la llamada de un nuevo cliente que solicitaba sus servicios.

Aurora había olvidado que fue Nacho quien le recomendó al doctor. Lo recibió en su casa y, tras una toma de contacto gélida, se decidió a ponerle al corriente de su tormentoso matrimonio con un hombre que la maltrataba física y psíquicamente. Humillada y perseguida por él, había logrado reponerse tras el divorcio, pero penosas experiencias posteriores con hombres la condujeron a buscar el apoyo de la psiquiatría. El doctor Tristán se adentró por los intrincados caminos de un pasado lleno de sexo torturado y complejos de culpa, de infelicidad y deseos contenidos, a siete mil pesetas la sesión. El estado actual de la paciente, escribiría el doctor en su nueva libreta, era el de una aguda crisis sexual, acrecentada por el trato cruel que recibía por parte de su joven amante. La mujer se desahogó llorando y gritando ante el doctor. Estaba desesperada.

No entró en detalles sobre la implacable persecución que había iniciado sobre su joven amante, Nacho. La última vez que habían compartido unas horas, intentó retenerlo por todos los medios junto a ella. Sólo una ocurrencia de Nacho en el último instante consiguió liberarlo del afán posesivo de la mujer. Le prometió a Aurora quedarse y en mitad de la refriega la ató a la cama y se dio a la fuga. Luego llamó a la amiga con la que habían compartido ciertas experiencias sexuales para que fuera a desatarla.

Aurora, en represalia, llamó a Nacho a casa y Lucas acabó por reconocer su voz de tantas veces como le aseguró que su hermano no estaba. Cuando el teléfono despertó a todos a las tres de la mañana, Nacho tranquilizó a la familia diciendo que era la desesperada madre de un amigo que buscaba a su hijo desaparecido. Los padres no consideraron nada sospechoso que su hijo se vistiera y saliera, él mismo, en busca del muchacho.

—Si vuelves a llamar a mi casa, te juro que no volverás a verme —amenazó Nacho a Aurora.

—Quédate esta noche —exigió ella, con un ruego desamparado.

Mi vida es un desastre, pensó Nacho antes de dormir, sedado por la marihuana, junto a Aurora. No acertaba a explicarse por qué tantas veces uno se acostaba con quien no quería y no se acostaba con quien amaba. Esa misma mañana había acudido a la llamada telefónica de Sara. Quizá saciar los caprichos de Aurora sea una especie de penitencia, pensaba Nacho. Hasta tal punto llegaba su abatimiento.

Sara le había citado en un bar próximo a casa de la abuela. Nacho albergaba inconfesables esperanzas de haber hecho tambalearse la fortaleza de Sara, cuando entró en el bar para descubrirla sentada, sola, frente a una mediada cerveza.

—Desayunas fuerte. —Nacho pidió otra cerveza.

Se disculpó por la intempestiva visita de la noche anterior y luego dejó que su silencio reafirmara todo lo que había confesado sentir por ella. Cuando Sara empezó a hablar, Nacho no fue capaz de interrumpirla ni de controlar el constante baile de sus ojos entre los de ella, sus labios y el fondo del bar.

—No quiero que pienses que intento librarme de ti —le dijo Sara—. Que tu padre y yo..., bueno, qué más da. Tampoco quiero que pienses mal de tu padre y por supuesto no me gustaría que esto saliera de entre tú y yo.

Nacho se encogió de hombros. No diría nada.

—A él no le he dicho que tú lo sabes —le informó Sara. Se daba vueltas a un precioso anillo de anticuario—. Podríamos herir a muchas personas. Tampoco quiero que pienses que tu padre es un cerdo engañando a tu madre.

—Ya sé lo que no quieres que piense. Ahora dime lo que debo pensar.

—Tú habrías hecho lo mismo que él. Saber eso supongo que te hará comprenderle mejor.

Pero Nacho comprendía muy bien a su padre. En gran medida, lo envidiaba. Era un hombre afortunado. Allí estaba Sara para atestiguarlo, hablando de él, con sus ojos cristalinos y su piel de luna. Nacho sintió cómo le invadía una irresistible autocompasión.

—Ahora quiero aclararte lo que hay entre tú y yo.

—Ah, ¿pero hay algo? —Nacho no podía esmerarse más por recuperar su tono indiferente.

—Tú me gustas y yo te gusto a ti. ¿Y qué? No es raro. Por eso creo que lo mejor es que dejemos de vernos...

—¿Me estás pidiendo que deje de visitar a mi queridísima abuela enferma?

Sara se rió, por primera vez. Liquidó su cerveza con un último trago.

—¿Podrás resistirlo? Ya sé que estás muy unido a ella... —Sara prefirió no seguir con el tono de burla—. Tengo que irme.

Sara se levantó y dejó unas monedas sobre la mesa. Nacho le dirigió un movimiento de cabeza que quería ser indolente.

—Nos vemos —se despidió él—. Bueno, no nos vemos, quiero decir.

Nacho permaneció allí, con la promesa de no ver de nuevo a Sara y con la certeza de que estaba perdidamente enamorado de ella.

Nacho se había puesto al día de nuestro repertorio, apenas seis temas, y ensayábamos cada tarde durante todo el mes de agosto. Nos confirmaron una actuación para el 10 de septiembre, pero la noticia no consiguió elevar el ánimo de Nacho. Por aquellas fechas, me presentó a su hermano Basilio, que iba a diseñarnos los carteles:

10 DE SEPTIEMBRE

10.30 H NOCHE

VEN A VER A

Con un gran retrato de Michelle Pfeiffer en el centro. Estoy seguro de que fue Basilio quien lo hizo porque aún guardo ese cartel, y en una esquina está firmado: B. B. Pero nadie en el grupo recuerda que Nacho tuviera un hermano dibujante.

En la tercera semana del mes de agosto, los Belitre recibieron la no por anunciada menos traumática visita del tío Álex. Y fue una visita en toda regla. El original claxon de un impresionante Jaguar blanco comenzó a sonar sin descanso una tarde y todos salieron al porche. El tío Álex abrazó a su cuñada con emoción tras la larga temporada sin verse. Luego fue equivocándose efusivamente al tratar de reconocer a cada uno de sus sobrinos. Se excusaba con ágiles «Has cambiado pero que muy mucho, ahora eres como tu padre» referido a Nacho, o «No es posible que tú seas aquel pequeño cagarro de mierda que yo daba de comer en brazos» a Gaspar. Luego preguntó a voces:

–Bueno, ¿dónde está vuestro padre, muchachos?

–Soy yo –respondió Matías.

–Esto..., volverá esta noche, después del trabajo –terció la madre.

–Trabajando en agosto –replicó el tío Álex–, ése es mi hermano. –Y con una confidencia mal disimulada comentó al oído de la madre, señalando a Matías–: Éste sigue totalmente majara, ¿verdad?

Cuando el padre volvió a casa, los dos hermanos se abrazaron sin gran pasión. Luego, en un aparte, Gaspar les escucharía:

–Mamá sigue pensando que eres un escritor de éxito.

–Calla, calla, que ahora con lo de los ordenadores he conseguido hasta falsificar páginas de periódicos con críticas de mis obras. Qué más da, a ella le hace ilusión.

–Eso sí –concedió Félix.

Ante la abuela, el tío Álex cambiaba radicalmente. Alma recibió a su hijo con un gran abrazo. Álex se había puesto su pajarita y un traje de tweed muy inglés. Aseguró que tenía una obra en cartel en pleno off-Broadway con gran éxito de crítica.

–Estás estupenda, mamá –gritó Álex–. Papá me ha dicho que te estabas muriendo.

–No hagas caso de ese hijoputa, para matarme a mí se necesitan cien poetas –entonó la abuela con desprecio.

–Y menuda enfermera que tienes. Con una chica así, también estaba yo todo el día en cama.

–Desgraciadamente, nunca me gustaron las mujeres. Pero a mi familia los tiene revolucionados. Cada tarde tengo visita.

En esta ocasión, al contrario que la última vez que el tío Álex había venido a España, hacía siete años, logró levantar de la cama a la abuela Alma. Mandó a Sara que la vistiera con su mejor traje y la subió a su Jaguar despampanante. Alma invitó a su nieto Gaspar a que los acompañara y los tres dieron una vuelta por Madrid.

–Mi nieto Gaspar –decía la abuela– va a ser como tú, escritor.

–¿No jodas? –Y el tío Álex le guiñaba un ojo a su sobrino por el retrovisor.

Merendaron con Rosa Chacel y pasaron un segundo a saludar a María Zambrano. Gaspar nunca olvidaría a aquella mujer casi transparente, a un paso de la muerte, que recordaba con precisión la fecha y la hora en que conoció a la abuela Alma sesenta años atrás. También saludaron a Rafael Alberti tras una conferencia en el Ateneo. En un primer momento el poeta confundió a la abuela Alma con la viuda de Mahler, a la que él nunca, por cierto, había conocido, pero luego recordó a la buena Almita, novia de León de Lera.

–Los has humillado a todos con tu figura. ¿Has visto la cara que ha puesto Alberti al ver que te conservas mejor que él? –Así hablaba el tío Álex para animar a la agotada abuela tras la rememorativa tarde.

–Rafael siempre fue muy coqueto –concedió Alma antes de sumirse en sus recuerdos–. Lo que más me jode es no haber podido visitar a Julio Alejandro. Ése sí que es un gran tipo.

Pero lo que marcó a Gaspar es lo que ocurrió en plena M-30, al volver a casa de la abuela. Ya había caído la noche y el tráfico era escaso. El Jaguar americano discurría con exasperante lentitud por el carril de vehículos rápidos y los conductores se habían resignado a adelantarlo por la derecha. «No quiero despertar a la abuela», justificaba Álex su velocidad de crucero. Hasta que otro coche se plantó detrás y dio las luces largas pidiendo paso. Finalmente, con terquedad compartida, se puso a pitar contra ellos. La abuela dormitaba en el asiento del acompañante y Gaspar vio cómo su tío Álex detenía el coche en mitad de la calzada. El otro coche se detuvo detrás de ellos y el tío Álex descendió. El hombre seguía haciendo sonar su claxon con indignación y algo de sorna. El tío Álex fue hasta su ventanilla y le dijo:

–Cállate.

El hombre no por ello dejó de pitar y el tío Álex repitió con su extraño acento:

–Cállate. ¿No ves que mi madre está dormida en el coche?

–Yo me cago en tu puta madre. Quita el coche de en medio.

El tío Álex abrió la portezuela del coche y agarrándole de las solapas lo sacó al pavimento. El hombre lanzó su puño, pero con agilidad el tío Álex detuvo el golpe, le clavó un rodillazo en los genitales y un cabezazo en la nariz. Lo pateó dos veces con fiereza cuando ya se retorcía en el suelo y regresó a su coche. El cambio automático los alejó con suavidad de allí.

–Gaspar –aleccionó a su sobrino–, no dejes que nadie nunca insulte a tu madre. La familia es lo único que tienes en esta vida.

Luego, impertérrito, levantó el culo del asiento y se tiró un pedo. Quiso que su sobrino se riera con él.

Tras devolver a la abuela a casa pasada la medianoche, el tío Álex se empeñó en llevar a Gaspar. Como era su costumbre, se perdió. Como era también su costumbre, se negó a reconocerlo. De pronto se plantaron en plena calle de la Ballesta, rodeado el flamante automóvil de prostitutas que se acercaban a las ventanillas ofreciendo lo más obvio de su personalidad. El tío Álex reía a carcajadas y aminoró la marcha para contemplar mejor el panorama.

–Disfruta, disfruta de las vistas. ¿Qué te parece ésa? –le preguntaba a su sobrino–. ¿Y aquella otra?

Gaspar permanecía silencioso, con los ojos bien abiertos. De pronto, el tío Álex se volvió hacia él y le preguntó: «¿Nunca has estado de putas, sobrino?» Gaspar negó con la cabeza. Luego le preguntó la edad.

–Catorce –confesó Gaspar.

–A tu edad, yo ya había estado con más putas que años tenía. Y serás virgen, claro.

Gaspar no pudo por más que asentir algo avergonzado. El coche se detuvo en seco. El tío Álex sacó su cartera del bolsillo de la chaqueta y le tendió a Gaspar treinta mil pesetas.

–¡Qué cojones! Es todo lo que me queda en moneda española y mañana me largo. ¿Por qué no nos corremos una buena tú y yo?

Gaspar sostuvo los billetes sin saber a ciencia cierta lo que quería decir con aquello. El tío Álex le sonreía con franqueza.

–Ven, no seas tímido –le invitó tras aparcar el coche en segunda fila.

Sobornó al portero de un *top-less* para que obviara la edad del pequeño. El tío Álex le pasó a Gaspar la mano por el hombro. El chico guardó el dinero arrugado en el bolsillo de su pantalón.

–Si quieres ser un buen escritor, las casas de putas han de ser tu segundo hogar. –Por un instante, y en especial a medida que las copas de pacharán iban surtiéndole efecto, el tío Álex se imbuyó de su propia mentira de literato neoyorquino–. ¿Quién fue el genio que dijo aquello de las mujeres son sólo para follar y las putas para hablar? Pues eso, una puta es un libro abierto.

Un par de sudamericanas rellenas se deshicieron en atenciones con ellos y el tío Álex iba ordenando a Gaspar la entrega paulatina del dinero.

–Aquí mi socio capitalista –le presentó a una desinteresada puta que se entregó a acariciar las costillas del pequeño.

–¿No es un poco joven para estar aquí? –preguntó la que se emparejó con el tío Álex.

–¿Y tú no eres un poco mayor?

El tío Álex se zambulló en alcohol y bromas hasta levantarse de la mano de su pareja y perderse en un reservado.

–Espérame aquí y ten los ojos bien abiertos. Cada putón de éstos equivale a cien novelas –se despidió momentáneamente del sobrino–. Y luego vas tú, prepárate.

Gaspar esperó nervioso. Vagaba por la conversación inerme de la otra muchacha –¿de dónde eres?, ¿qué música te gusta?–, y sentía su miembro excitado por las caricias indiferentes. Un tipo arisco bajó por las escaleras y tras comentar algo con la camarera fue hacia él.

—Tú no puedes estar aquí.

—Es que mi tío... —arguyó Gaspar.

—Tu tío puede estar donde le salga de los cojones, pero tú eres menor y me busco un lío si te ven aquí. Venga, fuera. Le esperas en la calle.

Gaspar fue incapaz de enfrentarse y se encaminó escaleras arriba. En la calle, permaneció junto al portero.

—Lo siento, chaval, son las normas. Yo soy un mandao. Venga, aire de aquí que menuda bronca me ha metido el patrón.

Gaspar se alejó. Caminaba entre las prostitutas, desgarradas la mayoría, ajadas y sobreexplotadas. Evitaba mirarlas, aunque sus ojos curioseaban entre ellas casi siempre para su desagrado. De pronto, una de ellas le sorprendió. Tenía la pierna apoyada en la pared, con minifalda y medias negras, un bolso y una camiseta de hombreras cortada en el mismo punto donde terminaban los senos y que dejaba al aire la mayor parte del vientre y el ombligo. Se había maquillado la cara con más profusión que esmero, sin acabar de conseguir disimular el morado de su ojo derecho. Pese a todo, Gaspar no tardó en reconocerla.

Mayka le devolvió las atenciones con un gesto de cabeza. Luego negó:

—Eres muy pequeño.

—No, no, si yo no...

—Te conozco...

Gaspar negó con la cabeza, mientras retrocedía. Vio la luz verde de un taxi al comienzo de la calle. Corrió hasta alcanzarlo y se subió de un salto.

El taxista se giró hacia él, sonriente.

—¿Qué pasa, chaval, te has perdido?

—No, no, a la calle Tremps.

Bajaban de nuevo la calle. Una pelea en plena calzada los detuvo.

—Ya tenemos lo de todas las noches.

Un gigantón fibroso y violento estaba propinando una brutal

paliza a una de las prostitutas en plena calle. Gaspar aguzó la vista. En ese momento, el Rayas asestaba un desalmado bofetón a Mayka. La sujetaba del pelo mientras le propinaba patadas y puñetazos. Sus gritos eran ininteligibles para Gaspar. El taxi llegó a su altura y el Rayas se retiró con irónica urbanidad para dejar libre el paso. La mirada de Mayka coincidió con los ojos asustados de Gaspar.

El matón había reemprendido la paliza. Gaspar sólo pensaba en alejarse de allí. Mayka se soltó de los brazos del Rayas y corrió calle abajo. Él la permitió alejarse. Ella, en su carrera, alcanzó al taxi, se agarró al tirador y logró abrir la puerta.

—Eres el hermano de Basilio, ¿verdad? —recordó ella, y rogó—: No me dejes aquí.

Gaspar tiró de la puerta hacia sí, pero Mayka se aferró sin dejar- le volver a cerrar. Las lágrimas convertían su cara en la desordenada paleta de un pintor de domingo.

El taxista se volvió hacia Gaspar y le preguntó:

—¿Ésta viene contigo?

Gaspar, queriendo acabar con aquella fantasía de bajos fondos, negó con la cabeza. Vio cómo el taxista sacaba la barra de hierro antirrobo de debajo de su asiento y la empuñaba con autoridad. Mayka miró en dirección al Rayas, que se decidió a caminar hacia ella.

—A ésta le voy a partir todos los dientes.

Antes de que el taxista fuera a abrir su puerta, Gaspar se apiadó de la chica histérica.

—Espere, sí, sí. Viene conmigo.

Gaspar abrió su puerta y dejó entrar a Mayka en el coche.

—Corre, vámonos, vámonos de aquí.

El taxista maldijo entre dientes, pisó el acelerador e hizo inútil la carrera del Rayas.

—Gracias, gracias...

Mayka se había abrazado a Gaspar, lloraba de nuevo sin cesar, protegida en el pequeño cuerpo de aquel niño de catorce años. De pronto, mas allá del pelo revuelto y la nariz sangrante de Mayka, por entre su escote, Gaspar vio uno de sus senos, no muy grande pero redondeado y apetecible. Abrazó con fuerza a Mayka y sintió renacer la erección bajo su pantalón.

Gaspar indicó al taxista que se detuviera varios metros antes de llegar a la casa. Le pagó la carrera con una generosa propina del dinero sobrante de su tío y ayudó a Mayka a bajar del coche. Esperó a ver al taxi perderse en la silenciosa y cálida oscuridad. Mayka se estiró la maltrecha falda y sonrió con nerviosismo mirando a Gaspar. Éste la condujo hasta la puerta de casa. Con satisfacción comprobó que no había ninguna luz encendida en las ventanas que daban al jardín. Confiaba en que no hubiera nadie despierto. Entraron en el patio y avanzaron con sigilo hasta las escaleras del porche. Gaspar hizo que Mayka se detuviera allí y él entró en la casa. Todo tranquilo, nadie despierto. A Gaspar le latía el corazón a una velocidad desacostumbrada. Salió de nuevo al porche y, a una seña suya, Mayka le siguió hacia el interior de la casa.

Mayka estaba descalza, perdidos sus zapatos en la trifulca callejera, lo que garantizaba su pisar callado. Seguía al pequeño escaleras arriba. El silencio era absoluto y sus pasos cortos y reflexivos. Gaspar cerraba los ojos con fuerza al posar el pie en cada escalón, como si aquello redujese la posibilidad de ruido. En el rellano, una voz heló el corazón de ambos. Desde la puerta entreabierta de su dormitorio, el susurro de la madre.

—¿Gaspar? ¿Eres tú?

—Sí.

—¿Ya estás aquí?

—Sí.

—¿Te ha traído el tío Álex?

—Sí.

—Hala, duérmete, que es tarde. Hasta mañana.

—Sí.

Aquéllos fueron los diálogos completos antes de que Gaspar continuara escaleras arriba con una Mayka febril a la que le dio por reír de nerviosismo. En la tercera planta siguieron subiendo, hasta llegar al abuhardillado desván. Gaspar abrió la chirriante puerta y condujo a Mayka al interior. Cerró tras de sí y habló a la prostituta en un susurro, muy cerca de su oído: «Aquí nadie entra, pero el suelo está podrido, tienes que estarte muy quieta en el fondo, sin moverte.» Mayka asentía presa del pánico. Vio a Gaspar llegar hasta el fondo en largas zancadas y tumbar un viejo colchón que había arrimado contra la pared. Mayka supo que ya tenía dónde dormir. Cualquier cosa mejor que volver a la calle. Fue hacia él.

La luz de la luna se filtraba por los dos ventanucos de la buhardilla. Gaspar pudo ver a Mayka.

–Dormirás aquí –le dijo.

Ayudó a la chica a sentarse con suavidad sobre el colchón. Mayka le miró y Gaspar le rogó silencio con un gesto. La tensión recorría la espina dorsal de Gaspar como si fuera la continuación natural de las escaleras de la casa. Se arrodilló junto a Mayka y murmuró:

–Tienes roto el vestido. Lo mejor será que te lo quites.

Mayka asintió sin oposición alguna. Gaspar llevó sus dos manos al lateral y bajó la cremallera del vestido. Se lo sacó por la cabeza dejando al aire la escueta y roja ropa interior de la chica. Con orden, Gaspar le quitó el sujetador y luego las medias y las bragas, que liberó por los pies. Desnuda, Mayka se echó hacia atrás hasta posar su espalda en el colchón polvoriento. Se ofreció a Gaspar en silencio y éste se volcó sobre ella. Dejó que la chica dirigiera su excitada torpeza hasta que, con un callado rugido, Gaspar vertió sobre ella todo su deseo contenido.

–Te tienes que ir, ahora mismo. Esto es peligroso.

–¿Ahora? Deja que me quede esta noche, por favor.

–Ni hablar.

–Un ratito sólo. Estoy agotada.

–No, no. Tienes que irte ya.

–Me duele todo, no me puedo ni mover.

–Está bien, pero tendré que sacarte antes de que amanezca.

–Gracias. Eres muy bueno.

A Gaspar le invadió el pánico. Fue consciente del terrible riesgo que corría. Esconder a una prostituta en el desván. Intentó levantarse, pero Mayka lo sujetaba con fuerza. Gaspar, habituado al onanismo adolescente, deseó que Mayka fuera la fotografía de alguna revista erótica que en ese instante pudiera cerrar y esconder en cualquier lugar. Esperaría un instante. Ella también tenía miedo. Le daría un poco de tiempo antes de devolverla a la calle. La tensión dejó paso al sueño, que cayó sobre él como una cálida manta que te arropa y te besa la mejilla.

DIECISÉIS

El maravilloso descanso para los ojos (que no para el estómago, su gastronomía es mayúscula) del Ampurdán, lo convierten en el refugio ideal del viajero inquieto o, ¿por qué no?, en el escenario perfecto para quien anhele comenzar una nueva vida.

Guía Gistaín de rutas españolas

El padre madrugó extraordinariamente aquella mañana. Apenas había podido dormir durante la noche, pero la tensión en que se encontraba le imposibilitaba sentirse cansado. Tampoco desayunó, se vistió a toda prisa y salió de casa antes de que nadie se despertara.

Su mujer le oyó marchar desde la cama. Matías estaba abrazado a ella, como era habitual. Le extrañó que su marido ni tan siquiera entrara en la cocina. Tenía los ojos abiertos como si aquello la ayudara a escuchar mejor. Al ruido de arranque del coche, le siguió la vuelta al silencio de aquella mañana. Desenlazó los brazos de Matías de en torno a su cuerpo y con sigilo salió de la cama.

El padre había aparcado en la calle de los abuelos. Entró en un bar cercano y trató de calmarse con un café. Desde la ventana dominaba el portal del edificio. Un instante antes había llamado por teléfono y al oír la voz del abuelo colgó apresuradamente. Esa cobardía adolescente le retrotrajo a los años de noviazgo con la que ahora era su mujer, al pavor de enfrentarse con los que habrían de ser sus suegros, aquella pareja de emigrados rurales toscos y violentos. Se recordó joven, con aquel abrigo eterno que vistió tantos años, cuando todo era a escondidas, apresurado y sucio, como aquel primer contacto sexual, cuando ella le masturbó bajo el hueco de la escalera de su portal. Al fin y al cabo, su extraña relación con Sara tenía mucho más que ver con la vuelta a los dominios de la adolescencia que con la pretendida madurez que se presupone a los cincuenta. Pensó en las llamadas para reservar habitación en un hotel discreto, como un vulgar viajante que anduviera cepillándose a la hija de un amigo. Pensó en su pasión por Sara, su resucitada entrega sexual, los besos de ella.

La tarde anterior había sido definitiva. Fueron en la moto de Sara al hotel donde tenían lugar sus encuentros. El pelo de ella golpeaba, al viento, el rostro de Félix, que en instantes así llegaba a creer que el reloj de la vida se había detenido expresamente para él. Tras hacer el amor, las yemas de sus dedos recorrían el cuerpo de Sara.

—Nacho sabe lo nuestro. —Sara había esperado al final de la tarde para confesarlo.

—¿Qué? ¿Mi hijo?

Sara asintió. El padre la miró con un interrogante.

—¿Se lo has dicho tú?

—No, pero como si se lo hubiera dicho. Me preguntó y no pude engañarle. Yo nunca miento.

El padre acusó un reproche, que no existía, en la afirmación de Sara.

—Yo sí, ¿verdad? Yo miento a todos. A mi mujer, a mis hijos...

—No quería decir eso.

—A saber lo que piensa ahora de mí.

El padre, con un impulso, decidió vestirse. Trataba de recordar algún detalle en la actitud de Nacho hacia él en los últimos días. Sara lo tranquilizó.

—No va a hacer nada. Te entiende mejor de lo que tú crees.

Pero el padre no tenía tanta confianza en sus hijos como Sara. Cuando aparcó el coche en el patio, sus luces iluminaron el porche, donde Nacho reponía las cuerdas a su guitarra. El padre apagó las luces y descendió con parsimonia. Se saludaron un instante. Había anochecido y el padre caminó hacia su hijo.

—¿Qué tal?

Se sostuvieron la mirada. Nacho, sin dejar su labor, se encogió de hombros. El padre intentó extraer algo de su hijo, pero lo más que consiguió fue preguntar:

—¿Qué tal va el grupo?

—Normal, como siempre —había contestado Nacho.

En la mesita, junto al café, el padre había desplegado el mapa de una detallada guía de viajes. Con su rotulador trazó una decidida ruta de Madrid a Santillana del Mar. Sí, allí el autor recomendaba un hotel barato pero encantador. Podrían llegar por la noche.

El primero de septiembre no era mala fecha para empezar una nueva vida. Los lugares turísticos habrían quedado desiertos y podrían disponer de comodidades en su viaje. Estaba todo calculado. Sacaría algo de dinero del banco y el resto lo dejaría. La cuenta estaba también a nombre de su mujer. Hablaría con la empresa, tras más de veinte años tenía derecho a una jubilación. El sueldo íntegro sería para la familia, él ya saldría adelante, de eso no le cabía duda.

Otro trazo lo condujo de la costa cántabra al sur de Francia. Siempre había querido volver allí: Orthez, Ramiers, Narbonne, Perpignan. Cuando se terminara el primer dinero, podrían instalarse una temporada en el Ampurdán, ¿por qué no?, ¿qué decía el autor? Marcó un círculo sobre la zona, confundiendo en un descuido el Ampurdán con la Garrotxa.

Sorprendido del tiempo que había transcurrido, insistió una vez más con el teléfono. Ahora sí pudo oír la tenue voz de Sara al otro lado de la línea. Alcanzó a decirle que estaba en el bar de enfrente, que la esperaba allí. Pidió un té con leche fría y lo trasladó a la mesa. Le preparó la taza, el sobre de azúcar y el platito, como había hecho otras mañanas. Alzó la cabeza para verla entrar en el bar, arreglada con prisas de recién levantada, pero con toda la calidez que le solía acompañar. Sara se sentó ante él, dio las gracias y se sirvió el té no sin lanzarle un par de divertidas miradas interrogantes. Sus ojos repararon en la guía de viajes, la giró hacia sí con la mano.

–Ayer me dijiste algo que me ha hecho pensar –anunció el padre para recuperar la atención de Sara–. Eso de que tú nunca mientes.

Y era verdad. A costa de sacrificar el pudor, Sara había alcanzado el poder. El poder que otorga seguir siempre la misma línea recta en el comportamiento, olvidar trazar las curvas necesarias quizá para ser feliz. Y como todo el que renuncia a la hipocresía, sumía sus actos en un aire de irresponsabilidad.

–Creo que yo he mentido ya demasiado a lo largo de mi vida. No estoy dispuesto a hacerlo más.

–Me parece bien.

–No puedo seguir con mi familia.

Sara entendió de golpe la intempestiva visita del padre, sus ojos brillantes, idénticos a los de Nacho cuando había aparecido borracho, para declararse con aquel tono romántico, el significado de aquella guía de viajes. Sara no dejó, como habría podido hacer cualquier otro, que el equívoco creciera. Sabía que iba a hacerle daño y tardó un instante antes de encontrar las fuerzas.

–¿Eso es lo único que se te ha ocurrido?

El padre no entendió muy bien lo que Sara había querido decir. Con suavidad, pero de un modo implacable, ella se lo fue dando a entender y el padre tuvo la misma sensación que un niño cuando desenvuelve un regalo y comprueba que es algo que ya tiene. Con ojos de fingida felicidad escuchaba a Sara.

–Es la primera vez en mi vida que he tenido una relación secreta con alguien. Y ése es el problema: nunca sale bien. Cuando quieres a alguien no puedes quedarte callado, cuando te gusta un sombrero no lo guardas en casa.

Eso era, en sí mismo, lo que el padre pretendía cambiar. Salir a la calle y poder gritárselo a todo el mundo. Pero el pensamiento de Sara discurría ya imparable.

–Tú mismo lo dijiste –recordó ella–. Si tú y yo nos casáramos, dentro de unos años volverías a sentirte igual, a creer que la vida es una mierda...

–¿Eso dije yo? –preguntó el padre–. Pero no pasará.

–A lo mejor me pasa a mí. Tan importante es que alguien te haga feliz como que tú hagas feliz a alguien. Eres tú el que tienes que hacer feliz a los demás.

–Ya te sale otra vez el lado monja.

–El único que tengo –replicó ella, enfadada–. Soy una monja que folla, supongo.

–Lo he dicho en broma.

–Ya lo sé. Pero es verdad. Yo no tengo que darte la charla. ¿Has hablado con tu mujer?

–¿De qué? –preguntó el padre, alarmado.

–Del tiempo.

El padre supo que, en esta ocasión, Sara no le iba a conceder ninguna ventaja.

–A lo mejor –añadió Sara– ella también tiene algo que decir sobre tus planes de felicidad futura. A lo mejor ella también ha tenido ganas de largarse un millón de veces.

–O sea que no hay otro remedio que pudrirse. Juntos, pero pudrirse.

–Eso es cosa tuya. –Sara dudó un instante. Sus ojos volvieron a reparar en la guía de viajes–. Me estás proponiendo que me fugue contigo, que iniciemos una nueva vida, que vivamos de comer hierba por el monte.

–Sí, pero no estás obligada a aceptar.

–Guarda tu pasión para quien se la merece.

–¿Eso es un no?

–A tus planes, sí. Ahora supongo que me odiarás y no querrás volver a verme, pero yo no me he movido. Has sido tú. Yo pienso seguir aquí.

El padre regresó a su coche y se sentó frente al volante. Sara había entrado ya en el portal de casa de los abuelos. Guardó la guía de viajes en la guantera. Un día en que, por accidente, se volvió a desplegar ante sus ojos el mapa marcado, se sentiría bastante miserable. Ahora se sentía bastante ridículo.

La madre había encontrado la nota sobre la mesa de la cocina. Apresurada, pero escrita con letra cuidadosa, nada sería más patético que no poder ser descifrada. «Me asfixio. No resisto más. Aunque te parezca egoísta necesito aire nuevo.» Sintió un vahído. Guardó el pedazo de papel en el bolsillo de su delantal. ¿Qué significaba aquello? ¿Era así como se abandonaban las parejas? ¿Así ocurrían esas cosas lejanas de las que oyó hablar o leyó, pero que nunca pensó que le sucederían a ella? Recordó la noche anterior.

La rutinaria excitación nocturna del pequeño Matías no era ya un secreto para la madre, que había optado por ignorar, quizá malinterpretar, el desproporcionado tamaño que adquiría el sexo de su hijo al abrazarse a ella en la cama. Pero aquella noche pasada, en la oscuridad, sintió cómo Matías se subía a horcajadas sobre ella y la besaba. Trataba denodada, aunque torpemente, de subirle el camisón y, al lograrlo, ella le detuvo con un susurro:

–No, hijo, esto no puede ser.

Pero a Matías, amparado en su pesado sueño infantil, nada ni nadie podía detenerlo. Como al viejo Latimer, el síndrome condujo a Matías al paroxismo absoluto.

—Eres mi mujer —dijo Matías con autoridad.

La madre se debatía con indisimulado nerviosismo.

—No, Matías, soy tu madre. Compréndelo, soy tu madre.

La mano de su hijo hacía un trabajo demoledor allá donde más duele.

—No, mamá, eres mi mujer —sentenció Matías.

El chico hizo el amor con los ojos cerrados y nunca supo que su madre había estado llorando todo el tiempo. Sintió la contracción de su hijo al llegar al punto final y el orgasmo seco de un pequeño suplantador de marido de doce años sin aún capacidad seminal. Oyó cómo la puerta entornada del dormitorio se cerró de golpe. Ha sido el viento, pensó en ese instante. Ahora supo que no había sido el viento. No le cabía duda de que su marido, detenido en el umbral, fue testigo de lo ocurrido entre Matías y ella. La culpa es mía, se aseguró la madre.

Al recordarlo, creyó perder el conocimiento. Se refugió en el salón y extirpó de la estantería su voluminosa enciclopedia *Ser madre hoy*. Quizá se equivocaba de lectura y debía buscar un libro que le explicara cómo ser esposa. Se sentó a leer.

«La relación entre el padre y la madre ha de ser ejemplo de conducta para sus hijos. Téngase en cuenta que lo que vean en su casa será modelo para sus comportamientos futuros. Predicar con el ejemplo de una convivencia sana y alegre se dibuja como infalible lección de vida matrimonial para su venidera peripecia de adultos.»

Cerró el libro asqueada. Cuánta palabrería. ¿Qué podría decirles a sus hijos? Habría que actuar con habilidad para no herirlos. Por supuesto, la precipitación era mala consejera.

Gaspar sufría una extraña pesadilla. Se vio entrar en el reservado del bar de Vicente, el padre de Violeta, donde estaba instalada una mesa de billar americano. La sala estaba llena de gente desconocida hasta ese momento para él, aunque con los años reconocería entre aquéllos al editor que publicaría su primera novela. De pronto, todos abandonaron el juego y comenzaron a lanzar las bolas contra él. Gaspar trató de esquivarlas. Protegía su cuerpo con las manos, pero las bolas, ya fueran rayadas o de color, nunca se agotaban y desconchaban la pintura de la pared al golpear junto a él amenazadoramente. Intentó escapar, pero Violeta, que tantas veces le había mostrado su habilidad para el billar en aquel mismo salón, le bloqueaba la salida.

Fue un resorte en su cerebro lo que le golpeó en seco. Abrazado al cuerpo desnudo de Mayka comprobó que ella dormía. Se puso en pie con un salto lejos del colchón y se vistió a toda prisa. Fue hacia la puerta y el suelo crujió con escándalo. ¿Qué hora sería? Gaspar despertó a su accidental compañera de noche con tres movimientos bruscos.

–Lo mejor será que te vayas. Cuanto antes, como sea, pero aquí no puedes quedarte, de verdad, es imposible...

Mayka retrepó sobre el colchón hasta girar y sentarse. Su carne pálida estaba cubierta de moratones y algún refrotón de la noche anterior, el pelo sucio y apelmazado, el gesto confuso tras el despertar. Escuchaba a un Gaspar nervioso, de vuelta a la tierra tras su expedición por la piel del deseo y convencido, ahora sí, del desastre que se avecinaba si no tomaba inmediatas medidas.

–Es la casa de tus padres, ¿verdad? –preguntó ella.

Gaspar asintió y añadió que tenía que irse como fuese, antes de que todos se levantaran. Mayka quiso intuir en el «todos» un rayo de luz.

–¿Vive tu hermano Basilio también aquí?

Gaspar contestó con un no rotundo que luego decoró con alguna explicación acerca de que Basilio no vivía desde hacía tiempo con ellos.

–¡Gaspar!

¿Había sido la voz cercana de su madre o sólo una imaginación suya? El justo castigo por todas sus maldades estaba a punto de caer sobre él. La bola de billar le impactaba, esta vez sí, en pleno rostro. Podía oír los pasos de su madre que ascendía por la escalera. El pavor no impidió a Gaspar encaminarse a la carrera hacia la puerta, abrirla y salir a las escaleras a tiempo de plantarse ante su madre para cegarle el campo de visión tras la portezuela.

–¿Qué haces aquí? Y a estas horas.

—Es que... la abuela me dijo que buscara una cosa.

—¿Qué cosa?

—Nada, nada, porque todo está hecho un desastre.

—¿No teníamos un pacto tú y yo de que no entrarías aquí hasta que no se arreglara? La techumbre está al borde del desprendimiento.

Gaspar asentía al tiempo que cerraba la puerta y comenzaba a bajar las escaleras. Notaba a su madre tan triste que se deshizo en disculpas. Entró en su cuarto.

Nacho estaba sentado sobre la cama, recién despierto. Gaspar le saludó y comprobó que su hermano se sacudía de la cabeza un polvillo blanco.

—Acojonante —dijo Nacho—. Me acaba de caer un montón de yeso. Debe de haber un nido de ratas en el desván.

—Ah, eso —dijo Gaspar, para convertirlo en la trivialidad menos reseñable—. El suelo está medio podrido y cruje a todas horas.

Gaspar escapó también de allí para eludir más preguntas. Bajó a desayunar. En un despiste de su madre, tomó la botella de leche y el cartón de cereales y emprendió el camino escaleras arriba. Nacho se cruzó con él.

—Ni se te ocurra desayunar en el cuarto, que lo llenas todo de migas.

—No, no, no. Ya bajo.

Cuando abrió la puerta del desván se topó con Mayka, que estaba a punto de salir.

—¿Qué haces? —preguntó mientras cerraba a su espalda la puerta.

Mayka se había vestido con su desgarrado traje de la noche anterior y arreglado a ciegas su peinado deshecho. Confesó que pensaba irse de allí, Gaspar fue presa del pánico. De ningún modo podía hacer eso, con toda su familia delante.

—Ahora te toca a ti devolverme el favor que te hice anoche. Yo te escondí aquí. Tienes que esperar.

—No me puedo quedar aquí.

—No, claro, yo te sacaré. Pero sin que nadie nos vea.

El sol pegaba directo sobre la teja y en el desván se dejaba sentir la amenaza de lo que sería el denso calor del día. Gaspar trató de convencer a Mayka. Levantó su botín.

—Mira, te he traído el desayuno.

Mayka le miró y sonrió como habría sonreído a un niño que le enseñara un garabato infantil.

—No puedo tomar leche.

—¿No? ¿Por qué no?

Mayka dijo que odiaba su sabor. Gaspar no vio oportuno transmitirle la lista de propiedades que contenía aquel producto y que tantas veces su madre le había enumerado. Prefirió el chantaje directo.

—Pues te traeré lo que tú quieras. Pero tienes que esperar aquí.

Mayka cogió los cereales bañados en miel y se llevó un puñado a la boca.

—Aquí me voy a asar de calor.

Sí, pensó Gaspar, ésa no sería mala solución: la incineración. Quizá la muerte facilitara las cosas. Cualquier cosa antes que repetir el despertar histérico de aquella mañana.

—Oye, necesito que me consigas unas pastillas —le pidió ella.

—¿Estás enferma?

—Sí, bueno, no... Valium. Cualquier tipo de calmante. Aspirinas.

—Miraré en el botiquín.

Gaspar ya se iba, atemorizado de que alguien los oyera. Ella le llamó la atención.

—Aquel jarrón espero que no sea valioso —señaló una mustia porcelana en un rincón del desván—. Lo he usado como váter.

Lucas interrumpió su desayuno cuando vio llegar al cartero. Corrió hasta la puerta y recogió un telegrama. Lucas cruzó de nuevo el patio y, tras tropezar en los escalones del porche, abrió la puerta de un cabezazo y cayó de bruces dentro de la casa. Ajeno al dolor, llegó hasta la cocina para tenderle el telegrama a su madre.

—Mamá, ha llegado una carta muy rara.

Nerviosa, la madre comenzó a desgarrar el adhesivo del sobre. Por fin nuevas noticias del padre. Chasqueó los dientes con cierta decepción e informó a sus tres hijos mayores, que desayunaban en ese momento, que su padre estaba citado al juicio contra el abuelo que tendría lugar el día 9 de septiembre en los juzgados de la plaza Castilla.

No tardó demasiado en aparecer el abuelo, que se abanicaba con su propia citación orgulloso como si fuera un diploma. Entró en la cocina y se plantó ante Felisín, Nacho y Gaspar.

–Hijos míos, ahora lo entiendo. Mi juicio es el juicio final.

–¿Ah, sí? –dijo Felisín–. Pues no me esperaba yo que fuera en la plaza Castilla.

–O se está conmigo o se está contra mí –retó el abuelo a su nieto mayor–. Es duro tener a mi propia familia entre los que me censuran, pero he de luchar por mis ideas aunque tenga que sufrir la pena de muerte.

Felisín iba a contestarle, pero el abuelo se escurrió hacia el jardín. La madre contuvo la ira de su hijo.

–Félix, hijo, piensa que de él venimos y en él nos convertiremos.

Junto a la piscina se encontraba Matías, que limpiaba el agua cada vez más verde y estancada. El abuelo aún seguía llevándose las manos a la cabeza, malhumorado por el atrevimiento del mayor de sus nietos. Matías se acercó a él y para consolarlo le colocó la mano sobre el hombro y le dijo: «Abuelo, pase lo que pase, mi familia y yo siempre estaremos a tu lado.»

El abuelo agradeció el gesto y vio a su nieto de doce años, en estado crítico del síndrome de Latimer, alejarse hacia la leñera. Lo está haciendo condenadamente bien el chico, pensó.

La madre fue a sentarse en la mecedora del porche, con la mirada clavada en la copa pelada del cerezo.

–Matías, hijo –llamó–. ¿Podrías ir a la farmacia y traerme unas aspirinas?

Pero un inusualmente solícito Gaspar ya estaba junto a ella.

–No te preocupes, ya voy yo, mamá.

La madre pensó que su hijo había notado el bajo estado de su ánimo: Tendré que sobreponerme.

A lo largo del día, Gaspar subió suficiente comida a Mayka para alimentar un batallón. De la farmacia había vuelto cargado con toneladas de calmantes. «Es que mi madre tiene unos dolores terribles, me ha encargado que me dé todos los sedantes posibles», había mentido a la encargada, conocida ya de la familia.

La madre era incapaz de superar su sentimiento de culpa. Pasó el día fingiendo ante sus hijos que tan sólo se encontraba algo mareada. Le pareció imposible oírse decir: «Papá está de viaje por La Coruña dando otro cursillo.» ¿Cómo había podido despedazarse su vida de aquel modo? Había descuidado a su marido, había dejado que sus hijos se interpusieran entre ellos hasta separarlos incluso por las noches. Contuvo las lágrimas.

Batía huevos para una tortilla con frenética percusión, mientras recordaba la primera vez que Félix y ella se habían besado. Fue en el salón de casa de sus padres, en un descuido de los demás, y luego la tensión insostenible hasta, a solas, regalarse muchos más besos sin límite de tiempo, relajados, entregados. Hoy, los besos entre ellos se habían convertido en un trámite rutinario, falto de emoción, habían perdido todo su significado romántico. Ella no había sido capaz de darle a su marido lo que se esperaba de una buena esposa. Encadenaba el batir de huevos para una tortilla con el batir de huevos para otra. Tantas tortillas. En un cálculo somero, a la baja, tenido en cuenta el menú nocturno de la familia y eliminados otros platos que exigieran tal empeño, ese día completaba su tortilla número quince mil. Demasiados huevos batidos como para no sepultar la pasión más encendida.

El anochecer sorprendió al padre aún conduciendo. Con rabia, resentido con Sara, maldecía la energía juvenil que ella le había inyectado. ¿Qué sabía ella del implacable martilleo de los días sobre el clavo del amor?

Se instaló en un hotelucho de carretera pasado Zaragoza. Cerca había una gasolinera y un club de putas con un neón bizqueante sobre la puerta. El padre entró y cenó cinco cervezas y un puñado de pistachos. Una dominicana bajita no tuvo inconveniente en acompañarlo a su cuarto.

Desolado, el padre vio cómo aquella mujer se esforzaba por provocarle una erección. Desnuda, tenía la piel dura, como la recámara de un neumático. Prefirió pagarla y que lo dejara solo. Se metió en una de las camas gemelas. Las sábanas estaban frías. No había nadie para abrazarle.

DIECISIETE

No recibir noticias tuyas reconozco que me asusta. Me cuesta reconocer que vivimos entre dos nadas. Acepto la nada de nuestra inexistencia biológica en el pasado infinito. De ahí el vacío de mi memoria. Pero me niego a aceptar la segunda nada. Este entreacto no me parece tan bien escrito como para conformarme con la cercana caída de telón sin exigir que se me devuelva el dinero de la entrada. Quizá, tu falta de noticias tan sólo se deba a que los correos entre nosotras sean incompatibles.

De la abuela Alma a Ernestina Beltrán

A media mañana, la madre liberó a Lucas del bozal y persuadió a Matías para que se quitara el mono de faena y dejara de enredar con el desagüe de la pila. «Vamos a ir a visitar a la abuela.» Trató de convencer a Gaspar, pero éste adujo que hacía sólo unos días que la había visto. Bajo ningún concepto podía abandonar la casa. Con Mayka en el desván, cada minuto se hacía eterno. La noche anterior tampoco había logrado sacarla de casa. Su inapelable decisión se suavizó cuando ella le enseñó que oral podía ser algo más que una variedad de examen.

Felisín había acudido al periódico para intentar conservar su empleo aunque el crítico titular hubiera vuelto de vacaciones. Nacho hacía rato que se había unido a nosotros para el ensayo.

El abuelo aporreaba la máquina de escribir, mientras pasaba a limpio una nueva versión de lo que sería su discurso de defensa, en verso, ante el tribunal que iba a juzgarlo por delitos contra la propiedad privada y resistencia a la autoridad. ¿Con qué podía rimar juez?

Lucas entró a coger su cámara de fotos inútil y le dijo a Basilio que se iban a casa de la abuela. El hermano gordo no conseguía concentrarse y aceptó los ruegos de su madre para que los acompañara. Cualquier excusa era buena para aplazar sus estudios de recuperación. Estaba a un par de semanas de los exámenes. Gaspar salió al porche para despedir a su madre y los tres hermanos.

—Te quedas solo con el abuelo, cuida de que no haga ninguna tontería.

Gaspar tranquilizó a su madre y los vio perderse rumbo hacia la calle.

Cuando Sara les abrió la puerta, Lucas y Matías corrieron hacia la habitación de la abuela sin siquiera saludar. La madre y Basilio se quedaron mirándola de modo muy diferente. Tiene unos ojos maravillosos, pensó la madre. No le costó imaginar la razón por la que algún miembro de su familia no había escatimado visitas a la abuela enferma. Experimentó un pellizco de celos. Basilio veía ahora por primera vez a Sara. Permaneció callado mientras pensaba que aquélla era la mujer más hermosa con la que se había cruzado en su vida.

Sara los invitó a entrar y los condujo hasta la habitación de la abuela. Tras ellos, cerró la puerta y volvió a su cuarto.

—Perdonadme, pero me encuentro en un estado de nervios total —les recibió la abuela—. El cafre de vuestro abuelo me ha escondido las pipas y el tabaco y estoy que me subo por las paredes.

—A su edad no le conviene fumar, abuela.

—A mi edad no me conviene nada, hija mía. Eso es lo bueno de ser viejos. Lo único que hay que conservar es la dignidad. Y eso, el que la ha perdido es el meapilas de mi marido.

Basilio no prestó atención a los insultos que la abuela dispensaba al abuelo Abelardo. Según ella, lo mejor que les podía pasar es que encerraran a ese hijo de puta en la cárcel tras el juicio. Basilio trataba de que los rasgos de Sara no se difuminaran en su memoria, de conservar la expresión de aquel rostro y disfrutarla en el recuerdo. Sentado a los pies de la cama, se debatía entre la posibilidad de salir y buscarla por la casa con cualquier excusa y la certeza de que nunca alguien como él estaría a la altura de una chica así.

La madre se adelantó a sus planes de fuga.

—Anda, Basilio, saca a los niños al salón. Quiero hablar a solas con la abuela.

Basilio siguió a Matías y Lucas fuera del cuarto y cerró la puerta tras de sí. La madre aguardó aún un instante antes de decir:

—No tengo a nadie con quien hablar. —La abuela cambió la expresión de su rostro. Clavó sus ojos en los de la madre—. Félix se ha ido de casa.

Sara revolvió el pelo de Lucas cuando les vio aparecer en el salón.

—¿Cuándo empiezas el colegio?

—Yo no quiero ir al colegio, quiero ser un pez.

—¿Y eso? ¿Has conocido a una sirena?

—No, porque quiero. El doctor Tristán me va a enseñar a nadar. Me lo ha prometido.

—Lucas, tú no flotas —se atrevió a decir Basilio, pero Sara no reparó en sus palabras.

—¿Queréis ver los dibujos animados?

—Bah, eso son niñerías —replicó Matías dejándose caer sobre el sofá.

—Tú debes de ser Matías, ¿verdad? Venga, sentaos aquí y vamos a ver la tele los tres juntos.

Basilio pensó: Somos cuatro, pero prefirió permanecer en silencio. Se sentó en una silla, detrás del sofá, sin poder apartar sus ojos ni por un segundo de la nuca de Sara.

La abuela había tomado la mano de la madre entre las suyas y la acariciaba con ternura.

—Volverá, no te preocupes.

—¿Usted cree? Todavía no se lo he dicho a nadie —confesó la madre.

—Mejor. Conozco a mi hijo. En el fondo es como yo. No habrá otra mujer, ¿verdad?

—No lo sé.

—Esas cosas se notan...

—Últimamente no dormíamos juntos.

—Los hombres son simples como el mecanismo de un chupete. Había una canción en mi época, de ese genio de Irving Berlin, que los define muy bien: «Cuando tienes lo que quieres ya no lo quieres.»

—No sé qué voy a hacer con los chicos...

La abuela sonrió y dejó escapar, por una vez, todo su encanto.

–Tiene cincuenta años. Demasiado pronto para morirse y demasiado tarde para empezar de nuevo.

En cuanto vio salir de casa a su familia, a Gaspar le faltó tiempo para trepar hasta el desván y entrar en él. En su cuarto, el abuelo tecleaba en la máquina de escribir.

Sus ojos se entretuvieron en el mágico final de la espalda de Mayka tumbada bajo el sol del ventanuco. Al menos así me pondré morena, se había dicho antes de caer dormida. Gaspar se acercó a tientas y se sentó sobre el colchón. Llegados a ese punto, la batuta de su deseo sexual dirigía todos sus orquestados estímulos. Se reclinó junto a ella y bajó su pantaloncillo hasta los tobillos y luego se lo quitó con los pies. Trató de contenerse, pero un segundo después ya reposaba sobre la espalda de ella y exploraba la misteriosa confluencia de sus piernas.

Mayka se despertó sin sorpresa y alcanzó a ver el rostro cercano de Gaspar. Él la besó en la comisura de los labios.

–¿No eres demasiado joven? –preguntó ella con la voz aún espesa del sueño.

Gaspar negó con la cabeza de modo expeditivo.

–Tengo quince años –mintió para añadirse casi once meses de viajada vida experimentada.

Mayka cerró los ojos un instante y Gaspar fue perdiendo el control. Comenzó a moverse rítmicamente sobre la espalda de la chica. Ella permanecía boca abajo contra el colchón.

–Esto no está bien –insistía Mayka con cierta culpabilidad al intuir el bigote incipiente de Gaspar, pero sin percibir que su tenue oposición no hacía sino aumentar la excitación de éste–. No está bien, no está nada bien.

El chico era, a cada embate, más ajeno a su voz. Desvió su atención por el desván, trató de concentrarse en algo que lo despistara de su labor. Se topó con un viejo lienzo cubierto de polvo. Era un retrato de dos mujeres, abrazadas en un diván, desnudas. Ambas eran jóvenes y hermosas, una pelirroja, la otra morena, los trazos de pincel gruesos...

Mayka notó humedecerse su espalda y el cesar de los leves movimientos del muchacho. Gaspar se deslizó hacia un lado del colchón, alargó la mano para recuperar sus pantalones y calzó su deseo satisfecho. Se puso en pie con decisión.

–Tienes razón, no está bien... Tienes que irte. Ahora mismo. Antes de que vuelvan.

–Pero...

–No, no, en serio, si me pillan me matan.

Gaspar terminaba de vestirse a toda prisa.

–Vamos, vístete rápido –urgió a Mayka, y le lanzó su ropa deshilachada–. Oh, Dios, no puedes salir así a la calle.

El escueto vestido rasgado en varias partes no era, en efecto, de ningún modo presentable.

–Espera aquí y no te muevas.

Desnuda, de pie sobre el suelo de madera, Mayka vio cómo Gaspar se precipitaba hacia la puerta y salía del desván. Nunca acabaría de comprender a aquel muchacho tan cambiante. Triste, fue a refugiarse en uno de los rincones del desván.

Gaspar entró en el dormitorio de sus padres. Abrió el armario de puerta corredera y eligió uno de los vestidos de su madre y un par de zapatos viejos. También sacó algo de dinero del monedero y se lo guardó en el bolsillo. De pronto, un terrible estruendo resonó en toda la casa.

El suelo del desván cedió al peso de Mayka y ésta se vio arrastrada en una tremenda caída al piso de abajo. Entre escayola y maderas podridas, plenas de carcoma, aterrizó de pie sobre el colchón de la cama de Nacho. El abuelo, que escribía a máquina sentado frente a la mesa, se volvió asombrado. Una mujer desnuda se alzaba de pie sobre el colchón, joven y preciosa, envuelta en una polvareda blanca. En el techo, un agujero considerable. El abuelo se levantó, fue hacia ella y se hincó de rodillas en el suelo.

–Madre de todos los hombres, enséñanos a decir Amén –recitó–. María, gracias por venir.

Mayka le miró sin acabar de entender la actitud piadosa de aquel anciano. De lo único que estaba segura es de que la confundía con otra. Una tal María. Se cubrió el sexo con una mano y bajó del colchón. Le dolía un tobillo y vio sangre en una raspadura en el pie. Llagas, pensó el abuelo. Sin importarle la problemática explicación

190

teológica que justificara llagas en la Virgen, el abuelo se postró a sus pies y los besó con vehemencia.

—Madre, gracias por tu ayuda antes del juicio final. Bendita seas.

—De nada.

Gaspar había subido a la carrera al desván y su corazón latió con desenfreno al ver el boquete entre dos vigas del suelo. Midió sus pasos hasta el agujero con sumo cuidado y presenció la confusa escena que tenía lugar entre Mayka y su abuelo en el piso inferior. Recogió el colchón, lo apiló junto a los otros trastos y con la tela volvió a cubrir el viejo lienzo. Vació la improvisada y maloliente bacinilla de Mayka por el ventanuco. Con la ropa y los zapatos de Mayka en la mano, retiró los restos de comida sobre la bandeja y bajó con ella a la carrera, la vació dentro del cubo de basura, sin importarle perder cuchillo y tenedor. El golpear incesante de su corazón le impedía pensar. Comenzó a subir las escaleras. Con lentitud, como quien se enfrenta a un castigo merecido pero no por ello menos doloroso.

El abuelo seguía hincado de rodillas a los pies de Mayka y besaba sus heridas. Mayka se volvió para ver a Gaspar en el umbral de la puerta. Gaspar le hizo un gesto expeditivo para que saliera de allí en silencio. Mayka acarició con ternura la cabeza del viejecito a sus pies.

—Basta, basta. Ya está bien.

El abuelo, con lágrimas en los ojos, levantó la cabeza y observó a Mayka salir del cuarto. Gaspar, sin dejarse ver, cerró la puerta y agarró a la chica del brazo para conducirla escaleras abajo.

—Ponte esto, rápido.

El vestido de la madre le venía grande a Mayka. El abuelo salió del cuarto y llamó a voces a Gaspar.

—¡Milagro! ¿No hay nadie en casa? —Superado por los acontecimientos, se arrodilló en las escaleras y comenzó a rezar la salve.

Gaspar empujó a Mayka hacia la puerta de salida y cruzaron el jardín a la carrera. Mayka cojeaba dolorida por la caída e incómoda por los zapatos tres números pequeños. Pero Gaspar tiraba de ella con autoridad. La huida era a vida o muerte.

Hasta pisar la calle no respiró tranquilo. Sujetaba con fuerza la mano de Mayka mientras guiaba sus pasos. Al alcanzar la parada del autobús se subieron al de próxima salida. Gaspar ni se fijó en el número, había que poner tierra por medio. Se detuvo a pagar junto al conductor y resistió las miradas curiosas de los pocos viajeros. Al fondo, vio asientos libres y se encaminó hacia allí sin soltar la mano de Mayka. Se sentaron. Gaspar miró por la ventanilla y se dejó empapar por el sudor.

–Tu abuelo me ha parecido muy simpático.

Claro, cualquiera que te bese los pies te caería bien, estuvo a punto de decir Gaspar. Se limitó a mirarla y hacerle un gesto para que se mantuviera en silencio. Con insistencia, los pasajeros del autobús lanzaban miradas curiosas hacia la extraña pareja instalada al fondo. Gaspar intentaba disimular.

El autobús terminaba su recorrido en plena calle Fuencarral. Gaspar se puso en pie y guió a Mayka hacia la salida. Bajaron a la calle y sintió cómo todas las miradas confluían en él. Echaron a andar por la acera. La calle había recuperado su pulso tras el paréntesis de agosto.

–Me duelen los pies –dijo Mayka para justificar sus andares torpes.

De pronto Mayka se detuvo. Gaspar tiró de ella, pero era inamovible. Miraba fijamente el escaparate de una zapatería.

–Necesito unos zapatos. –Gaspar no fue ajeno a sus pies sangrantes–. Mira, ésos son preciosos.

Gaspar percibió en ese momento que el vestido blanco de su madre no sólo era transparente, sino que la falta de ropa interior de Mayka la convertía en un grito de mírenme. Desesperado, Gaspar dijo:

–Está bien. Entra y pruébatelos.

Mayka casi dio un salto de alegría, como un niño ante la perspectiva de unos zapatos nuevos.

–¿Puedo? ¿De verdad?

Gaspar asintió con los ojos clavados en el suelo. Le ardía la cara. Mayka le plantó un largo y húmedo beso en los labios al que puso punto y final con un gracias que sonaba a reiterativo después del despliegue ardoroso de su lengua. Gaspar vio cómo aquella mujer, obviamente desnuda, entraba en la tienda. Inspiró todo el aire que permitían sus pulmones y se dio media vuelta. Iba a echar a andar, pero una chica parada junto a él le cerraba el camino con una sonrisa en los labios. ¡Violeta! De qué apartado lugar de los recuerdos de Gaspar surgía ahora aquella catorceañera preciosa, de pelo ensortijado y ojos claros. Qué mecanismos usaba Dios para castigar de modo tan certero el vicio y la infamia. Acaso era su pesadilla hecha realidad. Lo siguiente era el impacto de una bola de billar y luego la oscuridad. Gaspar sonrió para romper el rojo vivo de su cara. Estaba sudando.

—Ya veo que estás muy bien acompañado.

Claro, ella tenía que haber visto el beso y la horrible pareja que formaban Mayka y él, y, por supuesto, el cuerpo desnudo bajo la gasa materna. Horror, pensó Gaspar.

—Es una amiga.

—Ya no te veo nunca por el barrio.

—Bueno, es que...

Mayka reapareció por la puerta de la zapatería y se dirigió a Gaspar muy melosa.

—Gaspar, entra tú a verlos. Creo que son un poco caros.

Y señaló sus pies. Gaspar y Violeta clavaron su mirada en los extravagantes zapatos de piel.

—Ahora mismo entro —acertó a decir Gaspar. Mayka volvió al interior. Violeta entendió que debía alejarse de allí.

—Bueno, ven a vernos algún día.

—Sí, sí, claro. Seguro.

—Seguro que no vienes. Ya te has olvidado de mí.

Se despidieron. Violeta echó a andar bajo la mirada perdida de Gaspar, que se decidió a entrar en la tienda. Al entornar la puerta, pudo ver a un dependiente solícito, calzador en mano, agachado a los pies de Mayka, clavados los ojos, con descaro, en su sexo. Ella vio a Gaspar y con una abierta sonrisa le dirigió un gesto para que se acercara.

—¿Verdad que son bonitos?

Gaspar dio media vuelta. Salió de la tienda y emprendió una carrera Fuencarral arriba. En ningún momento se detuvo a mirar atrás. Sólo corría esquivando gente a su paso. Como alguien que huyera de un crimen, como alguien perseguido por el más terrible de los enemigos. Extenuado, se derrumbó sobre un banco de madera en Santa Engracia. Algo mareado. Nadie que lo viera en aquel instante podría sospechar lo miserable que se sentía. Sin embargo, entre el sudor y el agotamiento, notó cómo su cuerpo se relajaba por primera vez en mucho tiempo.

–¿Y tú dónde te has metido? –le espetó su madre nada más entrar en la casa.

Gaspar logró encadenar una farragosa explicación sobre un amigo que le llamó para ir a no sabía adónde... pero la madre lo ignoró con un informativo:

–Se ha caído el techo del desván. Casi mata al abuelo.

Gaspar buscó el gesto de sorpresa más a mano en su registro facial. En la cocina estaban Matías, Lucas, Basilio y el abuelo, que se dirigió a él con grandes voces.

–La Virgen María, no la has visto por no estar en casa. Descendió del cielo sobre la cama de tu hermano. En cueros vivos.

–En pelotas –tradujo Lucas.

–Nunca jamás he tenido una visión tan real.

Durante la comida no se hablaba de otra cosa. El doctor Tristán puso en duda la visión del abuelo y éste le acusó de estar ciego. «No, si el agujero es un señor agujero, pero lo de la Virgen...», se justificaba el doctor. Nacho, cuya cama estaba cubierta de escombros, no apareció en todo el día. En el grupo estábamos ensayando contrarreloj. Apenas faltaban cuatro días para nuestro concierto de presentación. Felisín recibió con puntualidad la postal que esperaba de Nicole. La leyó en voz alta ruborizándose en las referencias más personales. La madre, al escucharle, creyó comprender que su hijo también había sido abandonado. Él también miente.

–Vuestro padre ha llamado –mintió ella a su vez–. Con lo del techo ha estado a punto de volverse...

–¿Cuándo viene? –preguntó Matías–. Porque habrá que llamar a unos albañiles.

–Conozco a unos excelentes –ofreció el doctor Tristán.

–Hombre, en estos casos suele ser mi marido el que decide.

–Nada, nada, los avisaré esta tarde.

El doctor llamó a los albañiles un instante antes de subir a casa de Aurora para su sesión psicoanalítica.

–Es hermoso, joven, le deseo y envidio su libertad de veinteañero, su cuerpo de veinteañero, me domina sin yo querer, me lleva a extremos que nunca soñé y jamás ha sido sádico o malvado conmigo. Nada que ver con mi marido, que me hizo beber su propia orina, que me pegaba sin parar; nada que ver con el jefe de departamento en mi antiguo trabajo, que me violó con una botella de champán y luego me afeitó el sexo; nada que ver con aquel tipo que conocí en la discoteca Keeper, que me ató a la mesa y me cagó en la cara; nada que ver...

Aurora desglosaba con frialdad al doctor Tristán el rosario de humillaciones a que los hombres de su vida la habían sometido. Reconocía cierta atracción por el masoquismo, siempre que fuera un juego mutuo, pero en su caso se había limitado peligrosamente a un entretenimiento unilateral. Sus traumas estaban alimentados por la experiencia de las cumbres que puede alcanzar el hombre cuando interpreta su papel de perverso brutal. Ahora se sometía solícita a los apetitos cambiantes de un jovencito, Nacho, carente aún de experiencia perversa, pero con la crueldad infantil trasladada al sexo. Ella se reconocía a su merced, enamorada con esa sumisión de las esclavas del instinto.

–Ayer fue la última vez que lo vi.

–¿Pasó algo extraño? –preguntó el doctor, libreta en mano.

–Lo de siempre. Me hizo el amor. Luego se fue.

–¿Te pegó?

–Él jamás me ha pegado. Es tierno. Sencillamente me desprecia.

–Y tú a él?

–Vamos, doctor, él me vuelve loca. Seguro que está enamorado de alguna chica de su edad que no se atreve a follar con él. Cualquiera sabe. Conmigo se desahoga.

El doctor Tristán abandonó sus notas y urgió a la paciente a que sacara la prótesis que él mismo le había obligado a comprar. Se trataba de un vibrador con la forma de un pene. El doctor le pidió que lo accionara. El aparato comenzó a vibrar. Por encima del ruido, el doctor le preguntó si lo había utilizado en los últimos días. Ella asintió con la cabeza.

–Por favor, destrúyalo –le ordenó el doctor–. Usted sufre pedestalismo, es decir, total dependencia del pene masculino.

La paciente tiró al suelo la prótesis. El látex seguía vibrando en una reducción ridiculizante de lo que, al fin y al cabo, era el sexo. Con rabia, la mujer lo pisoteó una y otra vez, sin lograr que el movimiento cesara, pero el material crujió. La intensidad destructiva de la paciente aumentó y, en su frustración, cogió la prótesis y la arrojó a la calle por la ventana abierta. Con inercia, el pene impactó en la cabeza de un jubilado que iba a cruzar la calle tras la estela del trasero pizpireto de una muchacha de falda tableada. Las dos pilas salieron disparadas. El anciano se rascaba la cabeza a la altura de la zona impactada. Estoy realmente obsesionado, pensó al distinguir el aparato en el suelo.

–Es arriesgado –convino el doctor Tristán–, pero voy a aplicar con usted un tratamiento de rechazo radical.

–Por favor, doctor, no me llame de usted.

–Usted podrá practicar el sexo como hasta ahora, pero trataremos de que su síndrome de inferioridad se supla por una reacción dominadora suya sobre su pareja.

–¿Sabe que guardo un revólver en la mesilla? –le había dicho ella–. Desde la época de mi divorcio. Estaba tan atemorizada. Ayer pensé en el suicidio.

–No quiero que juegue con esas ideas, ¿me lo promete?

Ella asintió. Le contó que unas noches antes había aceptado irse a casa de un desconocido con el que entabló conversación en el supermercado. Se acostaron juntos, pero cuando él dormía le roció los genitales con benzina de recargar mecheros y amenazó con prenderle fuego. «Y reconozco que disfruté», comentó la paciente. «En especial cuando se echó a llorar. Nunca había hecho llorar a un hombre.»

Aurora tenía un sueño recurrente. No era una pesadilla erótica, lo cual en alguna medida decepcionó al doctor. Se recordaba con dieciséis años, el día de su confirmación en el colegio de monjas, su vestido precioso y el obispo de Madrid que le dio la bendición. Entonces tenía tres novios, era virgen y se turnaba para salir con cada uno de ellos. Le gustaba revivir ese día, se preguntaba qué error había cometido entonces, por qué dejó de ser la niña perfecta, en qué se equivocó.

Cuando la sesión terminó, la paciente acompañó al doctor Tristán al ascensor.

–¿Quiere usted acostarse conmigo, doctor? –preguntó ella.

–Me alegro de que se atreva a confesarlo –sonrió el doctor con complacida autosuficiencia–. Es posible que yo la desee a usted, pero la ética profesional anula todo lo demás. Hasta dentro de dos días.

La puerta del ascensor se cerró y el doctor comenzó a bajar. No pudo resistir y detuvo el aparato entre dos pisos. Se bajó los pantalones y culminó la excitación que había venido sintiendo durante el último tramo de la sesión. No anotó nada de ello en su cuaderno.

El padre había seguido la ruta marcada en su guía de viajes hasta llegar a Cadaqués. Encontró una habitación con vistas al mar y pagó dos noches por adelantado. Había comprado un cuaderno. «El problema empieza cuando uno se para a pensar», escribió. Pero no pudo pasar de ahí. Se sentía ridículo, como si quisiera emular los aires de escritor de su hijo Gaspar. Él, que había abandonado hacía tanto tiempo la lectura. Quizá ahí residía su error, se dijo. En creerse uno de sus hijos, en pensar que podía volver a tener veinte años, ser libre y tener alas. Olvidaba que a los veinte años uno no tiene alas ni es libre y, a veces, ni tan siquiera se tienen los veinte años más que en el carnet de identidad.

Incapaz de soportar la soledad, descolgó el teléfono y llamó a Sara. Tardó en contestar. Le dijo:

–Me he ido de casa.

–¿Estás loco? ¿Dónde estás?

–¿Qué más da?

–¿Y tu familia? Hoy ha estado aquí tu mujer...

El padre colgó. No necesitaba la ayuda de nadie para sentirse culpable. Sara esperó que el teléfono volviera a sonar. No lo hizo. Antes de irse a dormir, se miró en el espejo. Se observó con detalle, como si fuera la primera vez. Luego se preguntó: ¿Quién soy yo?

Matías notó que su madre aún seguía despierta en la cama, junto a él. La abrazó con fuerza.

—¿No te puedes dormir, mamá?

—Sí, hijo, sí. Ahora mismo. Tú sigue durmiendo.

—¿Echas de menos a papá?

—Un poco.

—Yo también... ¿Cuándo va a volver?

—Pronto. Muy pronto.

—Un padre no tiene que irse nunca de casa, ¿verdad? Bueno, sólo al trabajo...

—Vamos, duérmete, que es tardísimo.

DIECIOCHO

En el intento de perfeccionar a un ser humano, se corre el riesgo de crear un monstruo.

Anotación del doctor Tristán

Al doctor Tristán lo despertó una punzada de dolor en el costado izquierdo. Supo que aquél iba a ser un día duro. Abandonó su tienda de campaña y se dirigió al Hospital Clínico. Aún era temprano. Su hermana Mayka evolucionaba favorablemente, pero los vestigios de la paliza que el Rayas le había propinado permanecían en su rostro y cuerpo.

El doctor intentó, por enésima vez, convencer a su hermana para que presentara una denuncia por malos tratos, pero ella se negó. Mayka consideraba que la culpa era sólo suya. Había desaparecido tres días sin dar señales de vida. Para ella, la paliza del Rayas demostraba la preocupación obvia de un amante.

—Remedios, por favor, no seas ingenua —le rogó su hermano—. No puedes seguir así.

—Yo no valgo nada —dijo la chica—. Al menos el Rayas nunca me ha abandonado.

El doctor Tristán le dejó algo de dinero sobre la mesilla de noche.

Al regresar, Basilio le esperaba junto a la tienda. El doctor se asustó con aquel gesto triste y la mirada huidiza. Pasearon por el jardín mientras charlaban.

—Doctor, quiero volver a ser como era.

—¿Qué es lo que pasa?

—Nada. Sencillamente estoy harto de ser invisible —se explicó Basilio—. No negaré que me libra de muchos problemas, pero también me crea otros.

—¿Ah, sí? ¿Como cuáles?

—No sé, doctor, también soy invisible cuando no quiero serlo.

—Por supuesto, en eso consiste el tratamiento. Pero pensé que tú nunca querías ser visto.

—Pues se equivocó.

Basilio había perdido su mirada en los límites del jardín. El doctor le tomó del brazo para atraer su atención.

—Aquí pasa algo y quiero que me lo cuentes.

Basilio hizo una pausa. Tomó aire y levantó los ojos hacia el doctor.

—Estoy enamorado.

—¿Enamorado? Todos nos enamoramos. ¿Para qué? Para recibir bofetadas. Nada más que para eso. ¿Quién es la chica?

—Eso no importa.

—Exacto. Da igual quién sea. Cambian todo el rato. Hoy es ésta, mañana aquélla, y cuando te quieres dar cuenta, has arruinado tu vida. A las mujeres las inventamos con nuestro deseo.

—No me entiende. Ni siquiera sé si estoy enamorado. —Basilio quería mostrarse enfadado pero le era imposible ante alguien tan cercano como el doctor—. Quiero averiguarlo. ¿Y sabe lo que pasa? Que ella ni siquiera me ve. No existo para ella.

—Bueno, no creo que la cosa sea tan grave —trató de calmarle el doctor—. Podemos buscar una solución intermedia. Pero sin duda es el precio que tienes que pagar por tu tratamiento.

—¿Pagar? No se da cuenta, esa chica... no me ve. Necesito volver a ser yo mismo. Que la gente sepa que existo, que pueda hacer algo con ella.

—Tú eres el que no se da cuenta —le frenó el doctor—. Imagina que vuelves a ser tú. ¿Qué crees que hará esa chica al verte? Echar a correr como todas. ¿Acaso quieres ver las fotos de cómo eras antes? Está bien, puedes dejar tu invisibilidad. ¿Y qué? ¿Conquistarás a esa chica? ¿O te vomitará encima?

Basilio se soltó de la mano del doctor Tristán y giró en redondo de vuelta hacia el porche. El doctor le vio entrar en la casa. En alguna parte había leído la frase: «Entre la pena y la nada, elijo la pena.» Como doctor, proporcionaba la nada a sus pacientes. Ahora se daba cuenta de que ellos preferirían, siempre, la pena.

Basilio se encerró en su cuarto y se negó a bajar a comer. Previsor, había cogido una caja de galletas al subir. La madre miró al doctor sin atreverse a preguntar y éste la calmó. Mientras se ponía la mesa, el doctor Tristán llamó a Aurora por teléfono. Le dio la dirección de la casa y le dijo que sería mejor que mantuvieran su sesión de consulta allí. Quería tener vigilado a Basilio.

–No hace falta que entres en la casa. Estoy en una tienda de campaña que hay en el jardín –le explicó el doctor antes de colgar.

La madre, en un intento de distender el ambiente, y evitar incómodas preguntas al doctor, se dirigió a Felisín.

–Háblanos de Nicole. ¿Qué cuenta del trabajo?

–Bueno, le va de maravilla. Va a intentar sacar unos días libres y venir a vernos. Si no, tendré que ir yo.

–Qué suerte –se quejó Gaspar–, ya me gustaría a mí ir a Francia. ¿No puedo ir contigo?

–Ya veremos, el apartamento de Nicole es muy pequeño.

–Me encantaría conocer a Simenon.

–Dicen que ha hecho el amor con diez mil mujeres –informó Nacho.

–No digas bobadas –terció la madre.

–Es verdad, mamá –ratificó Gaspar.

–¿Y para qué quieres conocer tú a alguien así? –zanjó la madre–. De ir a Francia nada.

Tuvo que ser Matías quien de un cachete obligara a Lucas a recoger la mesa. Ante las quejas del pequeño, intervino la madre.

–Matías, ayúdale tú también.

–Está bien –replicó Matías–. Se supone que el padre también debe dar ejemplo.

La madre intercambió una mirada con el doctor Tristán, sus ojos estaban húmedos. El doctor subió para intentar de nuevo hablar con Basilio.

–Gracias, doctor, pero no quiero hablar con nadie –le respondió desde el otro lado de la puerta.

Basilio había caído en un estado de desidia absoluta. Pasó tumbado en la cama más de cuatro horas y sólo se levantó para dibujar. Trazó sobre un folio una detallada aproximación al rostro de Sara. Luego continuó el dibujo e imaginó su cuerpo desnudo.

Se sintió excitado. Recordó aquella noticia del periódico que Nacho había recortado con sorna. Un tipo había intentado quitarse la vida tras ser abandonado por su novia. Se encerró en el baño y se cascó dieciséis pajas. Antes de concluir la que redondeaba el número lo encontraron desvanecido al borde del colapso y con un desgarro de abductores. Fue ingresado en urgencias. Basilio tuvo la tentación de hacer algo así. Comenzó a masturbarse sin dejar de mirar el desnudo de Sara. En la cima de excitación se puso de pie de un salto. Buscó dónde aliviarse. El agua de la pecera de Lucas fue disolviendo el extraño placton blanco. Ningún pez se alteró. Estaban muertos desde hacía semanas. Basilio miró de nuevo el dibujo de Sara.

No sabía nada de ella, no aspiraba a nada con ella. Quizá tan sólo a que sus ojos reposaran en él durante un segundo. Aunque fuera para sentir repugnancia. Pero no soportaba la idea de no ser nadie para ella, de no existir. El placer de ser mirado por aquellos ojos profundos como el mar era algo a lo que Basilio se resistía a renunciar. Incluso si aquello derrumbaba la atalaya feliz de su inexistencia.

Lucas corrió a descolgar el teléfono. No cayó en la cuenta de que tenía el bozal puesto y permaneció con el auricular descolgado. Gaspar lo vio y le arrebató el teléfono a su hermano pequeño.

—Oiga, ¿pero hay alguien ahí? —decía una voz de chica.

—Lo siento, pero Nacho no está y no sabemos cuándo volverá —contestó Gaspar, dando por sentado que al tratarse de una voz femenina preguntaba, sin duda, por su hermano.

—Gaspar —dijo la voz—. ¿Eres tú?

—Sí, soy Gaspar.

—Hola, soy Violeta.

Gaspar sintió un estremecimiento. ¿Violeta? Tragó saliva.

Aurora observaba cada rincón de la tienda de campaña del doctor Tristán con creciente curiosidad. «La psiquiatría portátil», bromeó el doctor, que se había vestido con su elegante traje. Sus ojos se detuvieron ante la foto.

—Friedrich Nietzsche y su madre —sació la curiosidad de la paciente.

—Cuando quiera, empezamos.

—Discúlpame un momento. —El doctor salió de la tienda.

Quería, antes de comenzar, comprobar que no había novedad en cuanto a Basilio. Nacho salía en ese momento de casa y se saludaron junto a la tienda.

—Qué, doctor, ¿va para el centro? —le preguntó Nacho.

—No, ahora no puedo. Hoy recibo en la tienda.

—¿En la tienda?

—Sí, hijo, sí, de todo hay que hacer en esta vida.

—Bueno, bueno. Hasta luego.

Aquella voz sonaba para Aurora a alguien conocido. Detuvo el pequeño ventilador. Sin duda, era Nacho. Asomó la cabeza por la cremallera de la tienda y alcanzó a verle abandonar la casa. Sin pensarlo dos veces, salió tras él. Así que aquélla era su casa. En la calle iba a llamar su atención, pero la curiosidad pudo con ella. Nacho iba cargado con la funda de la guitarra eléctrica y subió a la carrera al autobús. Aurora cruzó la calle y detuvo un taxi.

—Siga a ese autobús —le ordenó al taxista.

—Eso está chupado.

Cuando el doctor Tristán volvió a la tienda de campaña y no encontró a Aurora, pensó: ¿Qué coño pasa hoy con mis pacientes? Sin duda estaba jugando fuerte con Aurora y ella no aguantaba la presión.

El doctor Tristán anotó en su libreta, sumido en la reflexión: «He de acentuar mi cuidado. En el intento de perfeccionar a un ser humano, se corre el riesgo de crear un monstruo.»

Así que el método de Nacho, a fin de cuentas, iba a resultar certero. Para interesar a una chica no hay nada mejor que dejarte ver ante ella con otra. En todo ello pensaba Gaspar mientras esperaba a Violeta a la entrada del cine. La vio aparecer al otro lado de la calle, con sus rizos al viento, la faldita corta y sus piernas adolescentes.

—Hola —ambos se saludaron desde lejos.

Violeta, al hablar, lograba transmitir la más absoluta inocencia, pero cada uno de sus movimientos, todos sus gestos, contradecían aquella impresión.

–Al final he tenido que ser yo la que te llame.

–Bueno, es que... –Gaspar no supo por dónde salir.

–Anda que no he esperado días que me llamaras...

–¿De verdad?

Violeta asintió con un movimiento de cabeza que pretendía mostrar su malhumor.

–Bueno, es que pensé que tú... –Gaspar se defendía–... y claro, como hemos tenido tanto trabajo en casa, con la mudanza y todo...

–Ya, excusas, excusas.

Gaspar no recuerda nada de aquella película. Sólo que miraba de reojo a Violeta en espera de alguna señal. La chica se quejó del frío que hacía en la sala y se acurrucó sobre Gaspar, que entonces se decidió a pasarle una mano por los hombros. Violeta buscó su boca. Se besaron una y otra vez durante largo rato. Probablemente la película entera. Gaspar pensó que Violeta no era como Mayka. Al fin se cumplía su sueño. Había estado enamorado de ella más de dos años y por fin la tenía en sus brazos.

–¿Sabes lo que me apetece? –le susurró Violeta.

Gaspar se sintió altamente excitado.

–Palomitas.

Gaspar se levantó de su butaca y recorrió la oscuridad de la sala hasta ganar el hall. Se apostó frente a la aburrida dependienta de palomitas y le pidió un cartón y dos Coca-Colas. Tras pagar, sujetó toda su compra con dificultades y enfiló hacia el interior. Pero de la sala, en ese momento, surgió una pareja. Gaspar se detuvo en seco. Se besaban y abrazaban con ardor y entre risas. Ella levantó la vista y también reconoció al cargado Gaspar.

–Hola.

El español de Nicole había mejorado bastante. El hombre que la acompañaba comprendió la mirada de ella y los dejó a solas.

–¿Qué tal tu hermano? –preguntó Nicole.

–Bien, como siempre, supongo. –Gaspar no salía de su asombro.

–¿No está en casa? –El acento aún maltrataba las consonantes fuertes.

–Sí, sí, seguimos todos allí.

–¿Tus padres, bien? ¿Todos bien?

–Sí.

–Algún día me gustaría visitaros –le confesó Nicole, quizá tan sólo por educación.

Gaspar se encogió de hombros. Comprendía que su hermano había sido, en realidad, abandonado por su esposa francesa. Con todo aquel entramado de postales y cartas, Felisín no hacía sino mantener a la familia en la mentira.

–No le digas que me has visto –le pidió Nicole antes de alejarse para unirse a su nuevo amigo.

Está más guapa, pensó Gaspar, y se sumergió en la oscuridad de la sala. Sintió pena por su hermano mayor.

Sostenía apoyado en el regazo el cartón de palomitas que atacaba entre sorbo y sorbo de Coca-Cola. Violeta, sin perder de vista la pantalla, alargaba la mano para cogerlas a puñados. Aunque la mirada de ambos estuviera clavada en las imágenes, sólo tenían conciencia de quién estaba a su lado. Gaspar pensaba en las maravillosas vacaciones que habría pasado de haber salido con ella todo el verano. Ahora era septiembre y, en apenas una semana, la vuelta al martirio colegial significaría el final de las vacaciones. Este año tendría que ir a un nuevo instituto, cerca de la casa. Pero no le importaba, con Violeta se sentiría bien. Todo el tiempo del mundo para ellos solos.

Notó la mano de Violeta ir en busca de las palomitas. En lugar de introducirse en el cucurucho de cartón, planeó hasta la cintura de Gaspar. Palpó la sinuosa geografía y deslizó con lentitud la cremallera. Los dos seguían con la vista clavada en la pantalla, inmóviles. La mano de Violeta se introdujo certera y aleteó hasta abrirse paso. Permanecieron un instante petrificados, hasta que los dedos de Violeta recobraron la actividad. Gaspar se dejó hacer. Las palomitas cayeron al suelo, desparramándose, al perder Gaspar la tensión de las rodillas.

A la salida, adujo que debía volver rápido a casa. Violeta le besaba con insistencia pese a la pasividad de él.

–¿Qué te pasa? Estás raro –le dijo a Gaspar.

–¿Yo? Qué va. ¿Por qué?

Era evidente que estaba raro. Dentro de él se había levantado el telón tradicional de un teatro ya conocido. Quizá, pensaba Gaspar, sólo alcanzo a disfrutar de las chicas que me rechazan. Pensó en Sara. Su intacto amor por ella. ¿Decepcionan las chicas cuando satisfacen nuestros deseos?, se preguntaba a sí mismo. Gaspar notó la incomodidad de su entrepierna empapada. Se sintió sucio. En muchos aspectos.

Aurora tuvo dificultades para ganar una posición desde la que pudiera vigilar a Nacho sin ser vista. El chico se había sentado, acompañado de la funda de su guitarra, a una mesa del café. Parecía esperar a alguien. Estuvo tentada de entrar y hacerse la encontradiza. Pero la curiosidad venció de nuevo. Cuando vio a Sara entrar en el bar no tardó en recordarla. Con rabia, puso el tacón de su zapato sobre su otro pie y se pisó con fuerza hasta hacerse sangre en el empeine.

Nacho había acudido a la llamada de Sara. Por el tono con que ella lo saludó, supo que no debía concebir falsas esperanzas.

—Quiero que sepas que yo no tengo nada que ver en lo de tu padre.

—¿Qué?

—En que se haya ido de casa.

Sara tuvo que ponerle al corriente de la marcha de su padre. Le contó la llamada de la noche anterior. Mientras hablaba pensaba que tenía el don de hacer sufrir a todo el mundo a su alrededor. Nacho estaba confuso. Pensó en su madre. ¿Tan poca atención le prestaba como para no haber percibido nada de lo que estaba sucediendo?

—Siento ser yo la que te lo cuente.

—Al menos así me entero de algo. ¿Y tú por qué no te has ido con él?

—¿A ti qué te importa?

Nacho tragó saliva. Notó en Sara las ganas de marcharse y quiso llevar la iniciativa, aunque tan sólo fuera por una vez. Se puso de pie.

—Dime al menos que me desprecias, que siempre te he parecido un gilipollas. Pero dilo claro.

—Eso no es verdad.

—¿Entonces qué? Me gustaría poder dormir por las noches.

Se inclinó sobre ella y le dio un corto beso en los labios. Sara le vio salir del bar.

Cuando Nacho pasó frente a ella, Aurora se sumergió en el interior del portal donde había permanecido escondida. Nacho no la descubrió. Se alejó con pasos cansados. No pudo ver que la mujer estaba llorando.

Durante el ensayo de aquella tarde no noté a Nacho peor que en los últimos días. Apenas hablaba, se limitaba a tocar la guitarra, ajeno a las discusiones del grupo, provocadas casi siempre por los nervios ante la cercanía de nuestro estreno en público. Y en su casa también se limitaba a ser una sombra. Se había oscurecido el Nacho que sus hermanos conocían, siempre provocador, el que tocaba la guitarra en el porche o hacía el pino para que sus hermanos pequeños sonrieran. Se habían terminado las charlas con Gaspar antes de acostarse y los concursos de tiro de escopeta. Creo que a los ensayos tan sólo acudía para poder escapar de su casa.

Su casa recuperaría la alegría perdida ese mismo atardecer, cuando el coche del padre cruzó la puerta de entrada y Félix hizo sonar la bocina. La madre, sentada en el porche, creyó ver visiones. Su marido salió del coche y se dirigió hacia ella con una sonrisa algo forzada. Matías y Lucas corrieron a abrazarse a él.

–¿Qué tal por La Coruña? –preguntó Matías.

Lucas escribió algo ininteligible en su cuaderno. El padre no acertó a desentrañar la letra, pero le dio un beso en la frente. Supo que la madre no había dicho nada de la nota. Se acercó a ella. La tomó de la mano. Felisín, pese a la llegada del padre, no abandonó el salón, donde, junto a sus colegas, disfrutaba de la proyección de *La sirena del Mississippi*. Alberto Alegre lloraba, emocionado por la historia de amor, en tanto que Felisín consideraba que el abandono femenino había de ser algo tradicional en la cultura francesa.

El padre dejó a Matías al cuidado de la casa y les anunció que llevaba a la madre al teatro. Sin acabar de entender, la madre se subió al coche. El padre condujo en silencio y se detuvo junto al parque cercano. No hizo falta que le confesara a la madre que no tenía ninguna intención de ir al teatro. Ella se conformaba con volver a verle.

–Creo que tenemos que hablar –dijo él.

Caminaron hasta el parque y se sentaron en un banco algo apartado. Como dos enamorados que fueran a hacer manitas y sentarse el uno en el regazo del otro. Apenas acomodados, percibió el padre lo ridículo de la estampa y argüyó:

—Prefiero pasear.

La madre se levantó tras él. Para entonces el padre ya había empezado a hablar. Se unió las dos manos tras la espalda, como si eso le ayudara a transportar la culpabilidad.

—Espero que ninguno de los chicos haya leído la nota —comenzó el padre.

La madre negó con la cabeza.

—No sabía qué hacer con ella.

Sacó de su bolso el pedazo de papel arrugado y se lo tendió al padre. Éste la rompió en minúsculas porciones que cayeron al suelo de arena.

—Creo que me he portado como un egoísta. Has comprendido lo que ha pasado, ¿no?

La madre asintió. No quería que el nombre de Matías apareciera en la conversación. Al fin y al cabo, aunque enfermo, era su hijo, el fruto de su unión. Lo que había presenciado el padre entre ella y el pequeño era sólo culpa suya. El padre, por su parte, prefería preservar el nombre de Sara. Tenían tantas cosas que decirse, pero eran incapaces de confesarse siquiera alguna de ellas. Quizá no podía ser de otro modo: tras el sí del matrimonio desaparecía el amor.

—La mañana que me fui —le contó el padre— me sentía como un joven que quisiera reemprender una nueva vida. Salir de casa. No podía soportarlo. Me aplastaba el peso de la familia.

—No tienes nada que explicar —terció la madre—. La culpa es mía.

—No pienses eso ni por un momento.

La madre se sintió orgullosa de la generosidad del padre, pero estaba convencida de su falta.

—Una mujer no puede descuidar a su marido. Lo de Matías y yo...

—Y un padre tiene que aceptar a su familia tal como es —arguyó él—. No puedo quitarme el fardo de encima porque pesa.

En eso tenía razón el padre. Él también tenía que haber encarado el problema de Matías y no abandonar, pensaba la madre.

–Supongo –añadió el padre en su tono antiacusador– que te has sentido despreciada por mí. Y tienes toda la razón para culparme. He sido un imbécil.

Sara había puesto en evidencia la debilidad de su matrimonio, ahí estaba la falta compartida. Al padre le sorprendía la resignación con que su mujer aceptaba su desliz infiel. Temió que lo hubiera sabido desde el principio. Muy de ella, pensó, habría sido permanecer en silencio, sufrir sin exigir nada.

–Sabes lo que te digo –arrancó la madre, y su marido ahora se esperó lo peor–, que nunca debimos dejar que Matías nos separara por las noches.

–No ha sido sólo eso –interrumpió el padre.

–Sí –le corrigió su mujer–, un matrimonio debe estar junto y ser ejemplo para todos sus hijos.

El padre se dio cuenta de que su mujer tenía razón. Matías había terminado de separarlo de su familia, de convertirlo en un inútil, vacío del cual había venido a rescatarlo Sara.

–Matías –confesó el padre– ha resultado ser un padre perfecto. ¿De qué sirvo yo a su lado? Incluso hace mejor mi papel que yo.

–Nada de eso –le recriminó la madre–, no lo hace mejor que tú. Nadie puede sustituirte. Antes que dejar que nos separara, hubiera sido preferible volverlo a ingresar.

Tenían más hijos y no podía echarse a perder la familia por uno solo de ellos. Quizá había sido un error confiar en que el cariño le sanaría, en que al cerrar los ojos a la enfermedad ésta desaparecería.

Al padre le parecía injusto culpar de su historia con Sara tan sólo a Matías. Pero en el fondo comprendía que la madre quisiera rescatar la pasión en su pareja y, para eso, había que empezar por recuperar el territorio de las noches. A lo mejor se podía terminar con ese infierno que le suponía verse desplazado del papel de padre de familia por su hijo de doce años.

Al llegar a casa hubo un coro de preguntas en cuanto a los detalles de la obra. La madre se escurrió hacia la cocina, rescatada por sus obligaciones domésticas. De lejos oyó al padre bromear con sus hijos, decía que no se había enterado de nada por haber pasado todo el tiempo haciendo manitas con su madre.

—Hasta el acomodador nos ha tenido que llamar la atención —rió el padre.

—¿De qué trataba el argumento? —preguntó Gaspar, con interés profesional.

—¿El argumento? Ya lo dijo el poeta: «Envejecer, morir, ése es el único argumento de la obra.»

Durante la estrepitosa cena, el padre, que había hecho gala de un encomiable sentido del humor, le dijo a Matías: «Hoy voy a dormir yo con tu madre.» Para su sorpresa, el pequeño apuró el vaso de leche de un trago y contestó: «Está bien, pero no te malacostumbres.» Y se subió a dormir a la habitación de invitados, agotado como estaba de faenar todo el día por la casa.

Nacho, al regresar, encontró la cena fría. Trató de ocultar su sorpresa al ver al padre. Así que había vuelto. Intercambiaron una mirada. El padre supo que su hijo estaba enamorado de Sara y le envidió. Ojalá yo pudiera vivir su vida, se dijo. No sabía cuánto se equivocaba.

DIECINUEVE

> El fardo que pesa sobre el hombro, no pesa menos por dejarlo caer.
>
> Proverbio edetano

A la mañana siguiente, la madre tenía la sensación de que la casa hubiera recobrado su color original. Se encontraba activa, capaz de hacer funcionar a la familia una vez recuperado el engranaje que faltaba en la gran rueda. El padre volvería a marcharse al trabajo y regresaría al mediodía. La madre comprendía que su vida estaba llena gracias a momentos tan poco significativos como ése. O quizá es que estaba vacía.

Confirmó una vez más su teoría de los vasos comunicantes. Para que uno esté bien, otro tiene que sufrir. En este caso, para que su matrimonio recobrara la pasión perdida, ella había de tomar una dolorosa decisión. Quería sorprender al padre cuando volviera. No había dicho nada a nadie. Esa misma mañana, ingresó de nuevo a Matías en el hospital Amor de Dios.

—Es sólo una revisión —le tranquilizó la madre—. Te tendrán unos días en observación.

—Pero si estoy perfectamente —se quejó Matías.

A la madre se le partía el corazón. Horas antes le ordenaba la ropa dentro de su pequeña maleta, ilustrada con Snoopy vestido de escocés, pero Matías la había detenido.

—Mamá, no querrás que vaya con esa maleta, ¿verdad? Es de niño.

—Pero, hijo...

La insistencia de Matías la obligó a buscar un bolso de viaje más amplio y pesado. Ahora, se le saltaban las lágrimas al ver cómo el pequeño lo arrastraba por el pasillo, incapaz de sostenerlo y sin aceptar ayuda, mientras se dirigía a su habitación.

La madre odiaba aquel edificio lleno de esquizofrénicos de siete años, de paranoicos irrecuperables de quince o de graves casos de conflicto de personalidad en recién nacidos. Pero quizá aquél fuera mejor hogar para su hijo Matías que su propia casa. Al menos, la casa no debía venirse abajo sólo por él.

El director recibió a la madre con su engolada suficiencia y la invitó a sentarse.

—Ya veo que al final me ha dado la razón, el mejor sitio para Matías está aquí.

La madre prefirió no responder. El director, ajeno a su sufrimiento, prosiguió:

—Haremos unas pruebas al niño y le confiaremos los resultados en breve. Ya conoce nuestro trabajo.

—Sí, doctor.

La madre se despidió de Matías, que instalaba sus cosas en el cuarto en el que conviviría con otros dos niños. Escondió, con todo su esfuerzo, las lágrimas.

—Mamá, dales un beso a todos. Cuando vuelva, ya iremos a comprar las cosas del colegio de Lucas. Está a punto de empezar el curso, no te olvides.

—Sí, hijo.

El abuelo sembró el desorden en los juzgados. Por aquellos pasillos donde la gente esperaba, fumaba, charlaba, discutía y escupía en las papeleras, con algún juez ajado que firmaba atestados como si fueran recetas de farmacia, el abuelo, acompañado de su hijo Félix y su fiel Gaspar, buscaba el lugar donde encontrar a su abogado de oficio.

Resultó ser un cuarentón con gafas y traje, que sudaba copiosamente bajo su camisa improbable. Hablaba con prisas, aunque su inteligencia era lenta.

—Vayan a la sala catorce y espérenme en la puerta —les informó—. Estoy terminando con otro y voy enseguida.

Junto a la sala catorce, se encontraron a John y Paul. Se fundieron en un abrazo con el abuelo. John, con la cara descompuesta, acusaba una resaca tremenda. A Paul se le filtraba el enfado con su pareja, sospechaba que la noche anterior había estado con mujeres, tras salir del trabajo. El abogado surgió de nuevo y les lanzó una mirada torcida.

—Lo mejor será que ellos no hablen. Aquí se odia a los testigos de Jehová y no harán más que empeorar las cosas.

El abogado los apartó hacia un lado y sujetó la mano del abuelo Abelardo con inusitada familiaridad.

—Abuelo, no se preocupe, que vamos a mover los hilos pertinentes —decía, mientras mordisqueaba un cigarrillo mentolado de plástico y con boquilla ámbar.

—Menos mal que es de plástico, pobre desgraciado —le confió el abuelo.

—Nada, nada, la jueza es blanda y no habrá lío —aseguraba el abogado.

—Dios es justo Juez y amenaza con su ira —salmeó el abuelo—. Si no se convierten, afila su espada, tensa su arco y apunta.

—Vaya, espero que no le diga estas cosas a la jueza. —El abogado hablaba más hacia el padre.

—Abuelo, abuelo —dijo el padre—. Cálmate. Este señor es quien te va a defender.

—Es el Señor quien juzga a los pueblos.

—En este caso es Margarita Torijano —bromeó el abogado con inconsistencia—. Y yo su único abogado.

El abuelo se rebuscó en los bolsillos. En todos ellos. Una y otra vez. Comenzó a ponerse nervioso y se dio cuenta de que había olvidado algo.

—Coño, me he dejado la declaración en casa.

—No se preocupe, no hará falta —replicó el abogado.

—¿Cómo que no? —añadió el abuelo—. Si estaba en verso. Gaspar, tú sabes dónde guardo los poemas, ¿verdad?

—Sí, abuelo —respondió Gaspar.

—Corre a casa y tráeme uno largo que hay en un cuaderno que pone: *Versos del juicio final.*

—Pero, hombre —decía el abogado—, ya le digo que no hace falta...

—Calle, coño —le cortó el abuelo—. Vamos, apúrate, Gaspar, o no llegarás a tiempo. Félix, hijo, dale para un taxi.

Gaspar bajó a la calle y detuvo un taxi. Al llegar a casa de los abuelos, le ordenó esperar en doble fila.

–Vuelvo ahora mismo.

Sin resuello, llegó al piso de la abuela. Sara le abrió la puerta y Gaspar explicó su encargo, mientras corría al cuarto del abuelo. Rebuscó entre los cuadernos de contabilidad reciclados en almacén de ripios: *Juegos florales, Elegías, Cánticos espirituales*, rezaban los títulos. Finalmente encontró la que buscaba. Un par de folios escritos a máquina, bajo el título: *En la hora del juicio final*. Gaspar lo cogió y fue a guardar el resto, pero otro papel sobre la mesa llamó su atención. Era un poema incompleto. Se lo acercó a la vista. Sorprendido, lo cogió también y volvió al taxi con una apresurada despedida a Sara.

En el interior del taxi, volvió a revisar el poema incompleto que había secuestrado su atención. No podía creerlo. La letra estilizada del abuelo, el primer verso: «Sara, mi último amor (poema erótico)». Gaspar se sumergió en la lectura.

Sara, mi último amor,
que tarde llegas a mí,
cuando ya todo lo viví,
Sara, mi último ardor,
endulza mis seniles ojos,
resucita esto que son despojos,
y deja que muerda tu flor.
Déjame palpar tus senos,
y bésame con besos de tu boca,
que despida así los días terrenos,
Sara, con estos versos obscenos...

Gaspar salió de su anonadamiento. ¿Cómo era aquello posible? ¿Su abuelo también? ¿Sara había despertado el anciano deseo del abuelo? No mentían los versos, quizá algún adjetivo impreciso, cuestiones de rima.

Gaspar siempre creyó que aquellos ripios nacían de la inagotable imaginación lírica de su abuelo y quizá era así. Sin embargo, aquel poema, en concreto, surgía de un suceso reciente, que él desconocía, entre la joven cuidadora y el veterano poeta.

Una noche —eran costumbre las interminables cenas en que el abuelo narraba, con prolija divagación, alguna de sus andanzas— Abelardo fue más lejos en su cariño por la joven. Sara miraba aburrida el televisor cuando el abuelo la interrumpió:

—Eres preciosa, ¿lo sabes?

—Abuelo, por favor.

—No me llames abuelo. No soy tu abuelo.

—Pero eres abuelo.

—Sí, pero no tuyo.

Hubo una pausa. Sara creyó enfadado al abuelo y le lanzó una sonrisa amistosa. Eso le volvió a dar fuerzas.

—Oye, Sara, ¿puedo pedirte un favor?

—Pues claro, abuelo —y rectificó—, quiero decir... Abelardo.

—Eso está mejor. Es para un poema erótico que estoy escribiendo —explicó el abuelo algo ruborizado. Sara dibujó una media sonrisa con sus labios leves. El abuelo retomó su temblequeante petición—. Y..., bueno..., necesitaría... como ilustración... ¿Tú me podrías enseñar..., ya sabes..., los pechos?

Sara parpadeó como una maestra sorprendida por la picardía de un niño.

—Ande, abuelo, no sea guarro.

—Es para un poema —se excusó él—. Un poema erótico.

—Pues váyase al cine —le recomendó ella algo divertida—, allí se ven a montones.

—Miento, no es un poema erótico, es un poema de amor.

—Inspírese en una foto, yo qué sé.

—Es que es un poema de amor sobre ti. —El tono habría doblegado a cualquiera.

—La cena se enfría —dijo Sara, y escapó hacia la cocina.

El abuelo sólo se atrevió a sostener clavada la mirada en el televisor. Sara le observaba con insistencia en un reto para comprobar si era capaz de pedírselo de nuevo. Pero el abuelo estaba humillado por su atrevimiento. Al terminar la cena, silenciosa como nunca, Sara comenzó a recoger. En su último viaje de la cocina al salón se detuvo y se interpuso en la mirada del abuelo y apagó el televisor. Se desabotonó la blusa y la mantuvo abierta durante un breve lapso. El abuelo degustó sus pechos firmes. Cuando ella volvió a cubrirse, el abuelo cerró los ojos para perpetuar aquel sabroso instante.

—Hasta mañana —se despidió Sara antes de perderse en su dormitorio.

La jueza apareció con un café con leche humeante que salpicó los papeles. Utilizó el BOE de secante mientras tomaban asiento los encausados. Leyó los informes remitidos, con una mirada de soslayo hacia la estanquera cuyo escaparate don Abelardo Belitre había destrozado a bastonazos, ahora maquillada y enfundada en un traje de domingo.

—Bueno, está claro —sentenció—. No me hace falta más. El acusado pagará el escaparate roto por la mitad del valor que la dueña declara.

Hubo un revuelo en la sala. Todo protestas. La jueza se puso en pie con orgullo salomónico.

—No hay sentencia que valga en el juicio final —gritó el abuelo.

—Y las costas van para el acusado.

—Nos declaramos insolventes —arguyó el abogado defensor.

—Compruébese y que firmen todos —dijo la jueza al secretario—. Mucho me temo que el señor Belitre tendrá una pensión. De ahí se le descontará.

El abuelo Abelardo dio un paso al frente y se plantó frente a la jueza.

—Escuche, señora, «Aunque estoy como basura expuesto al humo, no olvido tus estatutos» —recitó el abuelo—. Salmo de Kaf 118, 83. ¿Qué más quiere oír? Dios defiende al hombre que se rebela contra el tabaco. Yo actué contra esta enviada del diablo vendedora de malos humos.

—¿Se puede saber —replicó la jueza— por qué a este hombre no se le ha declarado incapacidad mental?

—Ni hablar —fingió el defensor—. Es sólo un hombre molesto por el tabaco.

—Bueno, que se calle y adiós —sentenció la jueza en su camino hacia la salida.

—«Ya están casi ciegos mis ojos por la tristeza, envejecieron en medio de tantos como me son hostiles» –gritaba el abuelo, ya ignorado–. ¡Socórreme!

Los testigos de Jehová arrancaron a aplaudir ante el asombro de la estanquera. El abuelo, como quien dirige una orquesta, empezó a entonar el «Señor, tú has venido a la orilla», acompañado de los ingleses, que, con su demoledora pronunciación, se sumaron al coro.

–Esto es desacato –decía el defensor–, bajen la voz.

Quiso la fortuna, o desfortuna, según se mire, que aquel día se aplazara por enfermedad de una testigo la causa contra un violador reincidente, el tristemente célebre sátiro de Atocha, y vagaran los periodistas, desocupados, por el edificio de los juzgados. Así fue como Paco Infante, mientras tomaba café con la jueza, oyó hablar por primera vez de Abelardo Belitre.

Subió a la sala catorce y no le fue difícil localizarlo. Los cánticos aún proseguían. Presenció la expulsión del abuelo de la sala tras el juicio, «un poco breve para ser el final», escribió en su agenda, y al terminar se presentó.

–Señor Belitre, soy Paco Infante de *El País*. Me gustaría entrevistarle brevemente para mi periódico.

–Será un placer –contestó el abuelo.

El padre temió lo peor y trató de evitarlo. Alargó el cuello buscando a Gaspar. En cuanto volviera habría que irse corriendo.

–Espere un poco, amigo –dijo el abuelo–, uno de mis nietos está al llegar con unos versos que he escrito.

El doctor Tristán no había conseguido localizar a Aurora. Cada vez que llamaba a su teléfono, se topaba con el contestador. Dejó un nuevo mensaje: «Aurora, soy el doctor, ponte en contacto conmigo. Podemos discutir cualquier cosa que no te guste de la terapia, pero, por favor, no me dejes sin noticias tuyas. Estoy preocupado. No hagas ninguna tontería.»

Sus problemas con Basilio, al menos, habían alcanzado una tregua. El segundo de los Belitre reconocía encontrarse mejor, había abandonado su cuarto y comía con buen apetito. El doctor, sin embargo, sabía que las preocupaciones seguían rondando su cabeza.

Como relajo, se había entregado a un nuevo cómic en el que consumía las horas, incapaz de concentrarse en sus estudios.

—Pasarás por esto más veces, puedes estar seguro —vaticinó el doctor—. Tienes que sentirte a gusto contigo mismo, con tu nuevo estado.

—Lo sé, lo sé —reconoció Basilio—. Por cierto, doctor, ¿se acuerda de la máscara que me hizo usar?

—Sí, claro. Aquí la tengo.

Rebuscó en el interior de la tienda hasta encontrar la máscara que presidiera las relaciones de Basilio con Mayka.

—Me gustaría quedármela —pidió Basilio—, como recuerdo.

A la vuelta del juzgado, Gaspar se creyó en la obligación de narrar uno por uno a todos sus hermanos la secuencia del juicio. A Felisín lo encontró entregado a la escritura.

—¿Ya habéis vuelto?

Gaspar le contó, a grandes líneas, lo sucedido.

—De verdad que el abuelo está pa'allá —resumió Felisín.

—¿Qué escribes? ¿Una crítica? —preguntó Gaspar con curiosidad.

—No, a Nicole.

Gaspar escrutó a su hermano con no poca piedad.

—Le escribes mucho, ¿verdad?

—Bah, lo normal —se justificó Felisín.

—¿Vas a ir por fin a verla?

—Aún no lo sé. Depende de ella. Ahora anda muy ocupada.

—Ya, claro.

—¿Por qué? Quieres venir, ¿eh?

—No, no, qué va —se evadió Gaspar.

—Anda, que te conozco. Sabes lo que pasa, que nos apetecerá pasar todo el tiempo juntos y solos. Ya hace tiempo que no nos vemos. —Felisín se sumergió en cierta rememoranza nostálgica.

—Ya, ya, claro.

Mientras bajaba hacia la mesa, Gaspar pensó que su hermano había logrado consolarse con su mentira o, al menos, lo disimulaba muy bien. Probablemente no quería aparecer como un derrotado ante su familia. Qué desconfianza. Acaso pensaba que no iban a saber entenderle. Quizá quisiera preservar la imagen de Nicole. Gaspar la recordó con aquel tipo en el cine, muy hermosa, eso sí.

La madre también mintió a todos cuando aseguró que sólo había ingresado a Matías para que le suministraran una nueva medicación. Luego, en privado, le confesaría a su marido la verdad. Los dos obreros que habían comenzado las reparaciones del desván se unieron aquel día a los comensales. Entre ellos, John y Paul, que acompañaron al abuelo. A nadie le era ajeno el silencio en el que se había sumergido Nacho. El padre supo inmediatamente que tendría que ver con Sara. Le alivió oír a la madre preguntar por el grupo.

–Bien, seguimos ensayando –respondió Nacho.

–Tocáis mañana, ¿no? –preguntó Basilio. Nacho asintió con la cabeza.

–Tenemos que ir todos –declaró la madre.

La posibilidad de ver a toda su familia entre el público del concierto alertó a Nacho, que habló con autoridad.

–Ni soñéis con que vais a venir.

En efecto, al día siguiente nos esperaba nuestro concierto de presentación. Aquella tarde trasladamos en la furgoneta de Enrique los instrumentos y probamos sonido en el local, antes de que abrieran. Era una pequeña sala, perfecta para nuestras aspiraciones. Una caja de cerillas habría sido más apta para nuestra calidad. El dueño nos advirtió que tendríamos que cambiarnos entre las cajas del almacén. No nos molestó, al menos beberíamos sin freno.

Cuando Sara oyó llamar los golpes tímidos a la puerta, miró su reloj. Era más tarde de la una de la madrugada. Supo que se trataba de Nacho y secretamente se alegró. Había tomado una decisión. No podía seguir pensando en él y negárselo a cada segundo. Sería egoísta por una vez en su vida. Estaba harta de mentir a todos los que la rodeaban.

–¿Quién eres? ¿Nacho? –preguntó Sara alarmada.

–No, soy su hermano Basilio.

Basilio estaba al otro lado del umbral, cubierta la cara por su máscara de un hombre sonriente.

–¿Basilio? ¿Qué Basilio?

Basilio tenía una carpeta debajo del brazo. El sudor le goteaba bajo la máscara y se sentía ridículo.

–Vine el otro día con mi madre –añadió Basilio acercando su boca a la puerta–. Soy nieto...

–Vino la madre con los dos pequeños... Esto es una broma de Nacho, ¿verdad?

–Que no, joder –se enfadó Basilio. ¿A qué venía tanto preguntar por Nacho y hablar de él?–. No puedes recordarme porque soy invisible.

–¿Qué? –Sara empezaba a sentirse asustada.

Se mantuvo al otro lado, sin abrir la puerta.

–Mira, aquí está todo. Lo he dibujado para ti.

Basilio abrió la carpeta y sacó una lámina de dibujo. Había varias viñetas pintadas a color con aerosoles. Se la pasó a Sara por debajo de la puerta.

–¿Qué es esto?

–Es la historia de mi vida. No te preocupes, es corta. Sólo esa hoja.

Desde su dormitorio, la abuela escuchaba la voz atenuada de Basilio que conversaba con Sara a través de la puerta. Se preguntó cuál de sus nietos sería esta vez. Ya habían desfilado todos por allí. No le hubiera gustado estar en el pellejo de aquella chica. Ella bien sabía que, a veces, la belleza acarrea un alto precio. Sin embargo, su pasado ahora le pareció un apagado recuerdo, ni rastro de la intensidad con que había vivido su juventud.

Los dibujos eran detallistas y ágiles. Basilio había resumido su vida con un poder de síntesis encomiable. Un niño horrible, un adolescente repulsivo, un adulto marginado. Entre los dibujos, Sara reconoció al padre y al resto de la familia Belitre. Se sintió algo más tranquila. Luego aparecía un doctor con una cicatriz en la cara y su viñeta contenía un diálogo: «Yo puedo resolver tus problemas. Te haré invisible.»

Sara escuchaba la respiración de Basilio al otro lado de la puerta, empezaba a intrigarle aquel joven grueso. Basilio se pasó la mano bajo la máscara, para tratar de secarse el sudor. Las viñetas se sucedían. Ahora el protagonista era una silueta sin cara. Entonces Sara se vio a sí misma, dibujada.

–¿Ésta soy yo?

–Sí. Perdona, no dibujo muy bien.

–Está perfecto.

A Sara lo que más le impresionaba era la calidad de los retratos. Se reconoció a sí misma. ¿Cómo podía aquel chico haberle dibujado con tanto detalle y ella ni tan siquiera recordarlo? Llegó al final. Una sola viñeta dibujada en un tamaño mayor.

La escena, en tiempo presente, describía a Sara frente a un hombre con máscara. La misma máscara que llevaba ahora Basilio. Un diálogo surgía de su sonrisa perpetua: «Te quiero.» El espacio para la respuesta de Sara estaba ocupado por un signo de interrogación.

Sara pensó que toda la familia Belitre estaba francamente desequilibrada. Al menos, los que ella había tratado. Incluso a los que apenas conocía, como este Basilio, que ahora aguardaba en el umbral de la puerta a que aquella interrogación dibujada se tornara en palabras reales.

–¿Qué es esa tontería de que eres invisible? –Sara quitó el cerrojo y abrió la puerta.

Al otro lado del umbral no había nadie. Sara buscó con la mirada.

–¿Basilio?

Pero Basilio había escapado hasta la calle. Se sentía ridículo. Ni tan siquiera le había abierto la puerta. ¿Qué esperaba? ¿Cuándo aceptaría que la vida feliz le estaba prohibida? Se zambulló en la Gran Vía. Detuvo un taxi. Se subió a él. Había olvidado quitarse la máscara.

–¿Qué? –bromeó el taxista–. De alguna fiestecita, claro.

Basilio no contestó, pero el taxista no se arredró, aburrido de la tranquila noche.

–Eso me recuerda un chiste. En una fiesta de disfraces se presenta un tío tal cual. Y uno le dice: «Oye, ¿y tu disfraz? A una fiesta de disfraces hay que venir con algo diferente.» Y el primero le responde: «Yo es que me disfrazo todos los días para ir de normal por la vida.» No es muy bueno, ya lo sé, pero tiene su filosofía.

La máscara de Basilio reía. Él no. Había sido capaz de resumir su propia existencia en unas cuantas viñetas, pero escucharla ahora reducida a un chiste sin gracia le deprimió aún más.

–Pues la verdad es que tu disfraz no es muy original.

–No es un disfraz –acertó a decir Basilio.

–¿Ah, no? ¿Y qué es entonces? –preguntó el taxista con franco interés.

–Es que soy asquerosamente feo.

–Hombre, no será para tanto –replicó el taxista. En su oficio no se tolera que alguien los supere en fatalismo–. Yo mismo era gordísimo, no te creas. Llegué a pesar noventa kilos y treinta más. Nunca digo la cantidad completa para sentirme mejor, me lo enseñaron en la cura de adelgazamiento.

Basilio no daba señales de pertenecer al mismo planeta que aquel extrovertido empleado del taxi.

–Venga, cojones, quítate la máscara. No puedes ser tan feo como dices. Me estás engañando.

–Sí que lo soy. Las mujeres echan a correr si me ven. Todos me evitan. –Basilio lloraba bajo la máscara. Sus lágrimas se mezclaban con el sudor–. Mi vida es una mierda.

–Pero, hombre... ¿No tienes novia ni amigos?

Basilio negó con la cabeza. Tenía prisa por librarse de aquella tortura añadida.

–Esto lo arreglo yo, por cojones –decidió el taxista con un golpe de volante.

Basilio no hizo preguntas cuando lo vio variar de dirección. En la Casa de Campo, el taxista, que se llamaba Paco y no había dejado de hablar en todo el camino, se detuvo junto a una puta, la más presentable del lugar, y le silbó para que se acercara.

–Hola, guapo –saludó ella.

–¿Cuánto por hacerle aquí a mi chico –y señaló con la cabeza a Basilio en el asiento trasero– algo que rime con «patio»?

–¿Qué?

–Pues si no es eso, algo que rime con «llamada».

Acordaron un precio. El taxista sacó un par de billetes de una caja de puros bajo su asiento y se los tendió a la puta. Le abrió la puerta de atrás. Ella entró y se sentó junto a Basilio.

–¿Qué venís, de una fiesta?

–Calla y chupa que no se gasta –la calló Paco con autoridad.

La prostituta se entregó a satisfacer la dócil entrepierna de Basilio y, terminada la faena, descendió del automóvil y recuperó su plaza, junto a una señal de velocidad limitada a cuarenta. Ella había superado, con mucho, esa limitación.

—Liberado el semen, la vida tiene otro color, ¿verdad? —El taxista empezaba a mostrarse monotemático—. Ya he visto que ni te has fijado que la chica tenía nuez.

Al llegar, Basilio agradeció la invitación y pagó la carrera. Bajó del taxi con precipitación.

—Nada, nada. Hoy por ti y mañana por mí. Y alegra esa cara, joder, que sólo tenemos una vida. Y yo he visto a muchos gatos maldecir por tener siete.

Vio a la máscara sonriente abrir el portón, cruzar el jardín y entrar en la casa. El taxista arrancó de nuevo. Por el retrovisor pudo ver olvidada en el asiento trasero la carpeta de Basilio. Alargó la mano para cogerla y miró las viñetas.

—Por lo menos, el jodido tiene talento. ¿De qué se quejan estos jóvenes? —se dijo él, que era completamente infeliz, y volvió a su ruta. La pequeña luz verde rasgaba la noche de Madrid iluminada bajo la luna llena.

VEINTE

Sólo tenemos una vida y yo he visto a muchos gatos maldecir por tener siete.

Un taxista a Basilio Belitre

Cuando vieron que el periódico le dedicaba una página completa, foto incluida, los dos obreros que trabajaban en el desván dejaron de tomar a chanza al abuelo. Incluso éste hubo de dedicarles dos fotocopias porque querían mostrárselo a sus familias. El titular decía: «LA MANO AMIGA TAMBIÉN DEBE ABOFETEAR.» La entradilla aclaraba algo más el contenido del texto: «Un anciano juzgado por arremeter contra los estancos.» Y el pie de foto: «Abelardo Belitre, el anciano antitabaquista, ayer en el juzgado.»

El artículo, de un tono socarrón y ligero, incidía en el hecho de que el abuelo era el primer hombre juzgado, y condenado, por oponerse con violencia al consumo de tabaco en nuestro país. Con fáciles recursos, comparación de la empresa del abuelo con el empecinamiento quijotesco, Paco Infante intercalaba las incendiarias opiniones del abuelo con comentarios propios en un guiño hacia el lector. Todo ello redondeado por un análisis tan vacuo como impreciso donde abundaban los errores: añadía tres años al abuelo, dos hijos, restaba un nieto, equivocaba su antiguo empleo de contable por uno de funcionario y le presentaba como viudo, cosa que no pasó desapercibida a la abuela Alma: «Ya me dan por muerta hasta en la prensa, qué felicidad.»

En días posteriores se publicarían varias cartas al director en protesta contra aquel «anciano senil y demente», y una sola de apoyo, que contenía la solidaridad de un colectivo de fumadores pasivos de Lechago, Teruel.

El abuelo, desbordante de orgullo, anunció que aquella misma noche había sido invitado al popular programa de televisión «Galería de curiosos». La madre le planchó el traje, le arregló el aspecto y eligió una corbata inédita del padre a juego con la camisa. A las nueve en punto, se presentó un chófer de televisión con la orden de recoger al abuelo. De inmediato, el resto de la familia se puso en camino hacia casa de la abuela, donde habían decidido ver el programa.

Colocaron el televisor en el dormitorio de la abuela Alma, pese a las protestas de ésta:

—Llevo años sin dejar entrar por las noches en mi dormitorio a ese mamarracho, ¿por qué hacer hoy una excepción?

Dispusieron sillas para todos alrededor de la cama. Incluso el doctor Tristán, como uno más de la familia, llegaría con el tiempo justo y ocuparía su lugar durante la sintonía de comienzo del programa.

—¿Qué se puede esperar de un país que deja a este zoquete hablar en televisión? —repetía la abuela Alma indignada.

La madre echaba en falta a Matías. Había hablado con los responsables del hospital para que le permitieran ver la tele aquella noche. Solo, en un saloncito dotado con televisor, el pequeño Matías, en batín, se sentía orgulloso: mi abuelo es famoso.

Los que no tenían silla se acomodaron a los pies de la cama de la abuela y desde las diez no perdieron de vista el televisor. Basilio había estado violento al toparse con Sara, pero ella rompió su frialdad al pedir que la ayudara a preparar bebidas para todos. Ninguno de los dos hizo, ni haría en el futuro, la menor mención a la noche anterior.

Pero la verdadera sorpresa de Sara llegó cuando el padre llamó al timbre.

—No encontraba dónde aparcar. Hola, Sara.

El padre sintió una punzada en el corazón. Aún no había logrado desalojar a Sara de su pensamiento. Ella también estaba turbada.

—¿Cómo estás?

—Bien.

—Están todos en el dormitorio de la abuela.

—Bueno, voy para allá.

Gaspar no eludió a Sara y charlaron un instante. Ella estaba nerviosa y, al final, se decidió a indagar sobre la ausencia de Nacho.

Gaspar le explicó que a esa misma hora tenía un concierto con su grupo. Su grupo de música, especificó ante la desinformación de ella. Sara quiso saber el nombre del local y Gaspar, tras consultar con Basilio, volvió con la respuesta. Sara había tomado una decisión. No iba a dejar pasar más tiempo. De hecho, había esperado que Nacho apareciera junto con la familia para hablar con él. Jamás antes en su vida se había sentido igual, nerviosa y desvelada por causas sentimentales.

—Gaspar, diles que volveré luego.

El abuelo resultó ser el último entrevistado de «Galería de curiosos». Antes hubo tiempo para el proclamado, oficialmente, hombre con la cabeza más grande del país. Un cacereño orgulloso de haber destronado el habitual reinado vasco en esta modalidad sin otra ayuda dietética que una desmesurada ingestión de arroz con leche. También le precedió un banderillero que ostentaba el récord mundial de cogidas por asta de toro: doscientas cincuenta y tres. La entrevistadora, ducha en su oficio, derramó algunas lágrimas cuando el desafortunado banderillero, mientras enseñaba su parcheado torso a las cámaras, narró la pérdida de su mujer y tres hijos en un accidente de tráfico, y luego le despidió con un desdramatizador: «Usted no puede decir eso de: "Más cornadas da el hambre."»

—Ay, ¿no podían haber sacado al abuelo antes que esto tan desagradable? —se quejó la madre al verle los costurones y cicatrices al banderillero.

—Más desagradable es el abuelo —replicó la abuela—. Ser vomitivo donde los haya.

—Este programa es una bazofia, un aquelarre —intuyó Felisín.

Como colofón, la presentadora se volvió a cámara y dijo:

—Nuestro último invitado viene de Madrid, es ya octogenario...

—¿Qué es octogenario, mamá? —preguntó Lucas.

—Pues de Madrid, ¿no has oído?

Las aclaraciones posteriores tornaron imposible escuchar el resto de la presentación. Para cuando se relajó el ambiente, el abuelo ya estaba en plano y la presentadora encendía un cigarrillo.

—¿Le importa que fume?

—No se preocupe —replicó el abuelo—. Dice un proverbio bíblico que es sabroso al hombre el pan mal adquirido, pero después se halla la boca llena de mierda.

—Con suerte lo internan al acabar —se consolaba la abuela.

El padre salió un momento del cuarto:

—Voy por agua —dijo.

Buscó a Sara por la casa, ni rastro de ella. Gaspar se asomó al salón.

—Papá, corre, te estás perdiendo lo mejor.

—Voy, estaba buscando...

—Sara no está —le informó su hijo—. Se ha ido al concierto de Nacho. Yo creo que le gusta.

—Ah. —El padre volvió al dormitorio y se sumergió en el ambiente familiar.

—Hijo, ven, ven a sentarte aquí a mi lado —le pidió la abuela.

—Bueno, cambiando de tercio —decía la presentadora—. Creo que usted también ha sufrido apariciones de Dios y la Virgen.

—Sí, precisamente unos días antes de mi juicio final se me apareció la Virgen atravesando el techo de mi casa.

—¿Cómo es una aparición? Porque mucha gente no puede ni tan siquiera imaginarlo. Y mucho menos saber cómo es el aspecto de la Virgen María, por ejemplo, si la ven.

El abuelo Abelardo, ajeno al tono irónico, describió a Mayka desnuda con todo lujo de detalles. Mientras escuchaba, el doctor Tristán pensó: Vaya, se parece a mi hermana, y sonrió. Gaspar, aunque pensaba lo mismo, no sonrió.

—Bueno, creo que lo ha dejado usted muy claro —puntualizó la presentadora, sumida en el asombro.

—Bueno..., tampoco me fijé en más, comprenda mi pudor, estaba allí como Dios la trajo a la gran tribulación...

—Sí, sí, pero ahora ya es tiempo de despedirnos.

—¿Puedo saludar? —la interrumpió el abuelo.

—Pues claro, don Avelino.

—Abelardo... Quiero leer una elegía en honor a mi mujer —se explicó el abuelo mientras rebuscaba en sus bolsillos.

—Vaya, ¿ha muerto recientemente? —preguntó con discreción la locutora: así ganaba tiempo para tener listos sus lacrimales en caso positivo.

–Oh, no, no. Todavía no ha muerto, pero cuando se muera no podrá escucharla. –El abuelo se giró hacia la cámara con la hoja de papel desplegada–. Ah, advierto que es verso libre, aunque mi especialidad sea el soneto. Ahí va eso, Alma.

En su cama la abuela se revolvió incómoda.

–Pero será hijoputa el desgraciao este. Siempre dejándome en ridículo. Me va a matar él, al final me mata.

El abuelo ya recitaba desde la televisión en un momento mágico que recogen todas las antologías del primer canal.

> Como siempre has hecho,
> sé que en este momento,
> te burlarás de mis ripios,
> despreciarás mis versos.

Se había puesto las gafas de leer y, emocionado, levantaba la vista hacia la cámara al coronar cada verso.

> Si nos ha separado la vida,
> quizá cuando estemos lejos
> comprendas que cuatro versos,
> es todo cuanto tengo.

–Bueno, don Evelino, lo sentimos, pero el tiempo... –La presentadora trataba de acallarlo.

> A veces cierro los ojos y pienso,
> pienso que todo es perfecto,
> recuerdo tus ojos, tu pelo
> y la risa que gratis regalabas...

–Don Eulalio, nuestro programa no es..., lamentamos que...

–Calla, hijaputa –gritó la abuela, desde su cama, a la mujer de la televisión.

> ... risa que hoy es desprecio
> e imagino que soy quien amas,

qué más da si estoy ciego.

Alma...

—Bueno, señores, ya lo ven, cosas del directo...

La presentadora consiguió interrumpir al abuelo y despedir entre prisas el programa. Gaspar creyó ver una lágrima en el rostro blanco, inmaculado, de la abuela Alma. Sobre la habitación, había caído el más pesado de los silencios.

El padre comprendió, allí sentado, en mitad de la reunión familiar, que había muchas formas de querer a alguien, muchos modos de amar, que quizá la pasión tan sólo fuera un espejismo. Y si, pasados los años, alguien recuerda cómo se peleaban sus padres sin cesar, él sólo añade que tenían su propio modo de quererse.

El local, aunque pequeño, no se había llenado, lo que demostraba el escaso poder de convocatoria de nuestro grupo. Creo recordar que salimos a escena con retraso porque el dueño se empeñaba en esperar hasta que llegara más gente. «Lo único que puede pasar es que se vayan los pocos que hay», dije.

Aparecimos al calor de nuestros amigos más cercanos, los incondicionales que no podían fallar en aquel primer concierto del grupo. Arrancamos con una versión de los Kinks.

Debió de ser al comienzo cuando Sara se abrió paso hacia las primeras filas y estoy seguro de que Nacho la vio. Porque, en un instante, su aspecto cambió y se lanzó a tocar con energía inusual en él. En algunos momentos se le escaparon varias notas falsas, pero no importó, jamás le habíamos visto tocar así y eso nos contagió a todos.

Al terminar, nos retiramos al improvisado camerino, que era un largo pasillo lleno de cajas de bebidas, con el suelo encharcado de agua, y un frío que helaba el sudor. La gente empezó a llamar a la puerta. Entraron algunos amigos para felicitarnos. Tímidamente, Sara entró en el cuarto y Nacho, al verla, salió a su encuentro.

—Como no me invitaste he venido por mi cuenta —sonrió ella.

—Gracias. Joder, qué sorpresa. Me alegro...

Nacho estaba feliz. No sabía muy bien qué añadir y decidió

cambiarse a prisa para salir de allí cuanto antes. Volvió a mirar a Sara, alguien entró en el cuarto. El rostro de Nacho se ensombreció. El primer disparo nos hizo enmudecer. El segundo resonó en la habitación como un cañonazo y vimos un borbotón de sangre surgir del vientre de Nacho. Hubo gritos y carreras, un tercer disparo. Alguien me empujó. Me arrodillé junto a Nacho en el suelo. Recuerdo que me puse perdido de sangre. Grité para que alguien llamara a una ambulancia.

Sara, a mi lado, sujetó la cabeza de Nacho, mientras lo tumbábamos en el suelo. Dos amigos le arrebataron a Aurora la pistola que escondía bajo la chaqueta. Con la pólvora se había prendido fuego la tela. La retuvieron, con fuerza, contra la pared. La espera se hizo eterna entre los gritos de la gente. Alguien sacó a Aurora de allí y yo no alcancé a verle la cara. Luego un ruido de sirenas en la calle. Sara comprobó que Nacho aún respiraba.

Dos camilleros nos apartaron y cargaron a Nacho en la ambulancia. Sara le llevaba cogido de la mano y subió a la parte trasera con él.

–¿Tú quién eres? –le preguntó un enfermero.

–Su novia –recuerdo que respondió, y fue la primera vez que la vi. Hasta entonces no había reparado en su presencia.

Nacho pasó veinte minutos en el quirófano. Sara y los demás esperábamos fuera. Yo llamé a casa de sus padres, pero nadie contestaba. Me atreví a preguntar a Sara y ella me dio el teléfono de casa de los abuelos: «Están todos allí», dijo. Pregunté por el padre y le dije que había ocurrido un accidente.

Sara se acercó a una de las enfermeras que salieron en tromba de la sala. La mujer torció el gesto y la abrazó para tratar de consolarla. Por encima de su hombro, me dirigió un gesto para que me ocupara de ella.

Cuando la camilla volvió a salir, Sara se separó de nosotros y acercó su cara a la de Nacho. Le besó con lágrimas en los ojos. En voz muy baja, al oído, me pareció oír que le decía: «Te quiero.»

Nacho, mientras moría, no quedó cegado por ninguna luz ni vio desfilar su vida ante los ojos, como dicen que ocurre. Oía respirar a Sara junto a él, no se sentía mal, no le dolía nada. Lo único que quería era regresar a casa, a casa de sus padres, allí estaría a salvo.

Pensó que alguien le llevaba y que, como en cualquier noche de borrachera, lograría meterse en la cama y dormir hasta la mañana siguiente. Pero nadie le llevaba a casa.

Luego se murió y Sara pensó que había llegado demasiado tarde. Era curioso, siempre queriendo a gente que iba a morir y ahora iba a morir el que quería. Vi llegar a la familia y pensé que decírselo sería el peor momento de mi vida.

Lo fue.

VEINTIUNO

Ernestina, si lees esto, ya conocerás a mi nieto, pues he guardado la carta en el bolsillo de su chaqueta. Cuídalo como si fuera yo. Si has recuperado la juventud, te agradará, y si no también; es guapo como lo era su abuelo, ¿recuerdas? Ya me contarás de él y me confirmarás si allí donde estáis se escucha a Art Tatum tocar «Have you meet miss Jones?» como aquella noche en Madrid, tú y yo.

De Alma a Ernestina Bertrán

La casa de los Belitre se asemejaba a un palacio encantado. Todo discurría en silencio y la vida real permanecía, respetuosa, al otro lado de la valla. Estuve junto a ellos en esos momentos y fue entonces cuando los conocí de verdad. Me sorprendía hasta qué punto la muerte otorga un aire absurdo a las cosas más pequeñas que envuelven los días.

Gaspar descolgó el teléfono, una tarde, y Violeta le recriminó desde el otro lado del hilo.

–¿Qué pasa?, ¿ya no te acuerdas de mí? ¿Por qué no quedamos esta tarde y salimos por ahí...?

–No puedo –dijo Gaspar.

–¿Cómo que no puedes? Venga, vamos al cine si quieres.

–No puedo. Mi hermano Nacho se ha muerto.

–Joder, vaya excusa –replicó Violeta con sorna–. ¿No se te ocurre nada mejor?

–No –zanjó Gaspar, y luego colgó el auricular.

En lo cotidiano, la muerte extiende sus resonancias como un golpe de platillos. Lucas lloraba durante la cena y la madre, a quien ya se le habían agotado las lágrimas, dura como una roca delante de sus hijos, trataba de consolarle.

–No lloro por él –replicó enfadado el pequeño Belitre, cualquier cosa antes de confesar la razón de su tristeza–. Es que se me han muerto los peces.

Sara también pasó tiempo en la casa de los Belitre durante aquellos días. Allí comencé a tratarla y la fascinación que me producía me hacía sentir miserable. Yo no me consideraba invitado en aquella historia. Las comidas duraban hasta la noche en que aparecía la cena como por encanto. Todos esperaban alguna noticia y no precisamente la llegada de parientes improbables o amistades oportunas. El cartero trajo cientos de telegramas. Entre ellos uno de Nicole, que Felisín creyó oportuno leer en voz alta.

–Me es imposible acudir al entierro. Lo siento en el alma. Me hubiera gustado conoceros a todos mejor. Perdón.

Gaspar rompió en un llanto incontrolado y subió corriendo a su cuarto. Se echó en su cama. Lo que le faltaba por oír eran las mentiras de su hermano mayor. Ignoraba que aquel telegrama había sido, en realidad, enviado por Nicole. Sintió el peso de la cama vacía junto a la suya, de los rincones compartidos con su hermano. Era como entrar en un museo y sólo alcanzar a ver los blancos inmaculados de la pared donde un día hubo un cuadro.

Tumbado en la cama pudo oír a los obreros terminar de repasar el suelo del desván. Uno de ellos lloraba constantemente y, a veces, incluso miembros de la familia tenían que consolarlo. Gaspar rebuscó en el armario de Nacho, bajo su ropa, y encontró la caja de cartón. Dentro, su colección de fotos pornográficas y más fotos de chicas desnudas, con toda probabilidad novias ocasionales de su hermano. Las revisó una a una. Al acabar, en el fondo, encontró unas canciones, no demasiadas, llenas de tachones y enmiendas, escritas con la caligrafía imposible de Nacho. Intentó leerlas. No entendía nada. Se sintió impotente.

El entierro resultó ser un fraude al dolor verdadero, como ocurre siempre. Miles de figurantes sin frase, pero con murmullo. Un cura rebotado de un bautizo y despistado en la lectura. El único momento emotivo fue cuando el abuelo, incapaz de leer su verso, dejó que John y Paul entonaran, con voz de niños, un precioso cántico religioso: *Jesus gonna be here / Be here soon. / He gonna cover us with leaves / with a blanket from the moon / with a promise on a row / and a lullaby for my brow. / Jesus gonna be here / Be here soon.*

La abuela se había levantado de la cama para estar junto a la madre de Nacho. Nadie vio cómo Sara, al terminar, intercambiaba un abrazo con el padre de los Belitre. Éste se echó a llorar.

—¿Te acuerdas de lo que me dijiste en este mismo sitio? —le preguntó Sara.

El padre negó con la cabeza. Se mordía un labio.

—Que hay más muertos en las calles que en los cementerios. Que las tumbas están llenas de gente que sigue viviendo...

El doctor Tristán se fue antes del final, desolado. Le confesó a Basilio que abandonaba el psicoanálisis. Al fin y al cabo, nunca había terminado la carrera. Gaspar se quedó en casa al cuidado de Lucas. Hasta el día de hoy, nunca ha acudido a un entierro.

Algunos días después, de callado y mutuo acuerdo, el padre y la madre se dirigieron a la clínica Amor de Dios para recuperar a su hijo Matías. El director les informó de que la noticia se le había dado a Matías de un modo racional y cuidadoso.

—El niño lo ha comprendido a la perfección —les tranquilizó el director.

—Vaya, yo no. Será que está mejor que yo —ironizó el padre.

—Por favor, queremos volver cuanto antes a casa —dijo la madre.

Mandó llamar a Matías. El pequeño notó los ojos vidriosos de sus padres y subió al coche con ellos. La madre se volvió hacia él y buscó fuerzas para ensayar una sonrisa. El padre conducía concentrado en la carretera. Estaba atardeciendo.

—¿Estáis tristes porque Nacho se ha muerto? —preguntó con inocencia Matías.

Los padres no pudieron evitar intercambiar una mirada. La madre intentó evitar que en su respuesta se le quebrara la voz.

—Claro, hijo.

—Pero Nacho no se ha muerto —les tranquilizó Matías—. Nacho soy yo.

En los días siguientes pudieron comprobar, cómo, en efecto, el síndrome Latimer de Matías se desplazó hacia la personalidad de Nacho. Se empeñó en ocupar la cama de éste, utilizaba sus expresiones y su lugar en la mesa. Y muchas tardes cogía la guitarra y les tocaba una y otra vez canciones, a duras penas reconocibles, que Nacho le había enseñado sentado en la mecedora del porche. Cuando sonaba el teléfono, no era raro escucharle gritar desde donde estuviera: «Si es una chica, dile que no estoy.»

A unos familiares de Murcia que vinieron cargados desde tan

lejos con sus condolencias y se presentaron con un: «Lo de Nacho ha sido horrible», Matías les contestó con un escueto: «¿Qué tiene de horrible? Aquí estoy, ¿no?» La madre, como era su costumbre, los invitó a café y pastas.

Durante aquella hora en que los padres se habían ausentado para ir al hospital, el doctor Tristán no había dejado de trajinar por el jardín. Nadie le había sonsacado palabra de la razón oculta tras sus idas y venidas. Los abuelos, que junto a Sara pasaban una temporada en la casa con el resto de la familia, discutían constantemente. La abuela se empecinaba en culpar al abuelo de haber plagiado el poema que leyó en la tele.

Gaspar había guiado a su abuela, cogida del brazo, por cada rincón de la mansión, como ella la llamaba. «Al fin y al cabo, yo soy la heredera directa.» En el desván, casi terminada la labor de los obreros, la abuela disfrutó con los antiguos objetos sin valor allí acumulados. Gaspar le mostró el viejo lienzo. La abuela pegó un salto hacia atrás. Gaspar, confundido, pensó que se había ofendido al ver a las dos mujeres desnudas pintadas por el autor.

–Hijo, tú que tienes buena vista, mira la fecha.

–Firmado Y. N., 1928 –le leyó Gaspar.

–Yuri Nedelcu –reveló la abuela–. Un húngaro de la Transilvania ahora rumana, exiliado tras la guerra. Horrible pintor, gran jugador de fútbol. ¿Sabes quién es la gorda pelirroja?

–No.

–Ernestina Beltrán. La dueña de esta casa. Posó desnuda para el autor. Ya ves, locuras de juventud. Y no tan joven.

–¿Y la otra?

–¿La guapa? –Gaspar asintió. La abuela sonreía–. ¿Sabrás guardar un secreto?

Cuando, al atardecer, los padres llegaron a casa, el doctor Tristán les hizo aparcar en la calle. Había instalado en mitad del jardín una cuerda desde el cerezo a la valla y en ella había colgado una sábana. Había repartido sillas plegables por toda la hierba a fin de convertir aquello en una especie de cine de verano. Sentó a los padres y Matías en las primeras filas y corrió al proyector de Felisín.

Una película comenzó a surgir de la sábana. Antigua, en blanco y negro, y muda.

Entre el público estaban sentados todos: Lucas, Matías, Gaspar, Basilio, Felisín, los abuelos, los padres, Sara, los dos obreros, John y Paul. El doctor Tristán corrió a sentarse a mi lado cuando la película empezó.

La recordaré siempre: *El joven Sherlock Holmes* de Buster Keaton. Primero hubo un silencio absoluto. Después, alguna risa tímida. De pronto, los dos obreros estallaron en una sonora carcajada. Trataron de controlarse, pero les fue imposible. Gaspar se volvió hacia ellos y se contagió de la risa. Poco a poco, todos fueron uniéndose a la carcajada general. Lucas, que al haber comenzado el colegio se había liberado del bozal, reía a grandes voces. Igual que Basilio y el doctor Tristán, que había de correr junto al proyector cada vez que se atrancaba la cinta. Y la abuela tremendas risotadas soltaba. También la madre, ajena a la película, al ver a los demás reír. Y Sara reía. Pronto no quedaba ninguno serio. Se entregaban todos a la risa en mitad de aquella noche de septiembre, como posesos, como si alguien los hubiera rociado con un gas hilarante de efectos superlativos.

La familia Belitre riendo, ése es el mejor recuerdo que guardo de ellos.

ÍNDICE